THE QUEEN OF CRIME
繁體中文版
20週年
紀念珍藏

本末倒置

阿嘉莎・克莉絲蒂——著
斯韌——譯

Towards Zero

Agatha Christie®

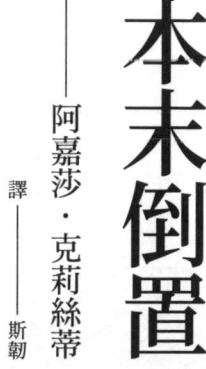

策畫者的話

通俗是一種功力

吳念真（導演、作家）

通俗是一種功力。絕對自覺的通俗更是一種絕對的功力。

這樣的話從我這種俗氣的人的嘴巴說出來，大概很多人要笑破褲底了。不過，笑完之後請容我稍稍申訴。這申訴說得或許會比較長一點，以及，通俗一點。

小時候身材很爛，各種遊戲競爭完全任人宰割，唯一隱遁逃避的方法是躲起來看書或聽大人瞎掰。那年頭窮鄉僻壞的小孩能看的書不多，小學二年級時最喜歡的是超大本的《文壇》，老師借的。看著看著，某天老師發現我的造句竟出現：「捧著：朝陽捧著一臉笑顏為群山剪綵」這樣亂七八糟的文字，就拒絕再讓我看那些超齡的東西了。

老師的書不給看，我開始抓大人的書看。一種是厚得跟磚塊一樣的日文書，對我來說那完全是天書，但插圖好看，經常有限制級的素描。另一種書是比較薄的，通常藏得很嚴密，只是裡面有太多專有名詞、重複的單字和毫無限制的標點，比如「啊啊啊」、「……！！！」

老讓我百思不解。有一天，充滿求知欲地詢問大人竟然換來一巴掌後，那種閱讀的機會和樂趣也隨著消失了。

所幸這些閱讀的失落感，很快從大人的龍門陣中重新得到養分。講到這裡，我似乎先得跟一個村中長輩游條春先生致敬，並願他在天之靈安息。

我所成長的礦區，幾乎全是為著黃金而從四面八方擁至的冒險型人物，每人幾乎都有一段異於常人的傳奇故事。這些故事當事人說來未必精采，但一透過游條春先生的嘴巴重現，有時連當事人都聽得忘我，甚至涕泗縱橫，彷彿聽的是別人的故事。

條春伯沒當過日本兵，可是他可以綜合一堆台籍日本兵的遭遇，一如連續劇般從入伍、受訓、逃亡荒島，面對同鄉同袍的死亡，並取下他們的骨骸寄望帶回故鄉，乃至骨骸過多搞不清哪是誰的等等，讓聽的人完全隨他的敘述或悲或笑，彷彿跟他一起打了一場太平洋戰爭。此外他也可以把新聞事件說得讓一個三、四年級的小孩，到現在仍記得當時腦中被觸動的畫面。例如當年瑠公圳分屍案的凶手做案之後帶著小孩到安東街吃麵（這讓我一直以為台北的安東街是條專門賣麵的街道），還有甘迺迪總統被暗殺、賈桂琳抱住她先生、安全人員跳上飛快的車子保護賈桂琳……當然，這記憶全來自條春伯的嘴巴而不是報紙。我的記憶全是畫面，有畫面，是因為條春伯說得精采，說得有如親臨他至死都還搞不清地理位置的達拉斯命案現場。

於是這小孩長大後無條件地相信：通俗是一種功力，絕對自覺的通俗更是一種絕對的功力。透過那樣自覺的通俗傳播，即使連大字都不識一個的人，都能得到和高階閱讀者一樣的感動、快樂、共鳴，和所謂的知識、文化自然順暢的接軌。也許就是因為這些活生生的例子，俗氣的自己始終相信：講理念容易講故事難，講人人皆懂、皆能入迷的故事更難，而能隨時把這樣的故事講個不停的人，絕對值得立碑立傳。

條春伯嚴格地說是有自覺的轉述者，至於創作者，我的心目中有兩個。一個是日本導演山田洋次，一個是推理小說家阿嘉莎．克莉絲蒂。

山田洋次創造了寅次郎這個集合所有男人優點跟缺點的角色，在以《男人真命苦》為名的系列下，總共完成百部左右的電影。它們的敘述風格、開頭、結尾的方法不變，唯一改變的是故事，是時代，是遍歷日本小鄉小鎮的場景。數十年來，看《男人真命苦》幾已成為日本人每年的一種儀式，一如新春的神社參拜。

數十年前訪問過山田導演，他說，當他發現電影已然有它被期待的性格時，電影已經不是導演自己的。他說：當所有人都感動於美人魚的歌聲時，你願意為了讓她擁有跟你一樣的腳，而讓她失去人間少有的嗓音嗎？

人間少有的嗓音與動人的歌聲，都來自山田導演絕對自覺的通俗創造。

再如阿嘉莎．克莉絲蒂，如果我們光拿出她說過的故事和聽過她故事的人口數字，就足以嚇死你。五十多年的寫作生涯，她總共寫出六十六本長篇推理小說，外加一百多篇短篇小說和劇本。其中有二十六本推理小說被改編，拍了四十多部電影和電視劇集。作品被翻譯成一百零三種文字的版本，銷量超過二十億本。

夠了。你還想知道什麼？知道二十億本的意義是什麼嗎？二十億本的意義是全世界平均三個人就有一個人讀過她的書，聽過她說的故事。

說來巧合，她和山田洋次一樣，創造出個性鮮明的固定主角（當然，前前後後她弄出來好幾個），然後由他（或是她）帶引我們走進一個犯罪現場，追尋真正的罪犯。

故事就這樣？沒錯，應該說這是通常的架構。那你要我看什麼？不急，真的不急，克莉絲蒂會慢慢冒出一堆足夠讓你疑惑、驚嚇、意外，甚至滿足你的想像力、考驗你的耐心和智商的事件來。

推理小說不都是這樣嗎？你說得沒錯，大部分是這樣，不一樣的是……對了，她像條春伯，像山田洋次，她真會說，而且她用文字說。

文字的敘述可以讓全世界幾代的人「聽」得過癮、「聽」個不停，除了聖經，也許就是克莉絲蒂。她不是神，但她真的夠神。

數十年前，台灣剛剛出現她的推理系列中譯本，那時是我結婚前，常有同齡的文藝青年來我租住的地方借宿，瞄到我在看克莉絲蒂，表情詭異地說：「啊？你在看三毛促銷的這個喔？」

我只記得他抓了一本進廁所，清晨四點多，他敲開我的房門說：「幹，我實在很討厭那個白羅……再拿一本來看看，我跟你說真的，要不是你的書，我真的很想把那個矮儸壓到馬桶吃屎！」

我知道他毀了，愛吃又假客氣，撐著尊嚴騙自己。克莉絲蒂再度優雅地撕破一個高貴的知識份子的假面具，她的手法簡單，那手法叫通俗，絕對自覺的通俗，無與倫比、無法招架的功力。

昔日的文藝青年如今跟我一樣，已然老去，但不時還會看到他寫一些充滿理念和使命感極重的文章，在報紙和雜誌上出現。我知道他要說什麼，只是常常疑惑他想跟誰說；同樣，我記得他說過什麼，但轉眼間忘記他說了什麼。但請原諒我，幾十年前那個晚上，他在我家看完的那兩本克莉絲蒂的小說內容，我可還記得清清楚楚。

也許有一天再遇到他的時候，我會問他之後是否還看過克莉絲蒂其他的書，如果沒有，我會跟他說，想讀要趁早，因為你會老、會來不及。至於白羅那個矮儸，大概永遠不會消失。哦，對了，還有一個叫瑪波，你說不定會來不及認識……

歡快氣氛下的解謎樂

龍貓大王通信

一九八〇年代，美國電視觀眾最喜歡的作品類型之一，是看俊男美女在電視上「床頭吵床尾和」。一九八二年，浪漫推理劇《龍鳳妙探》（*Remington Steele*）大受歡迎，男主角皮爾斯．布洛斯南（Pierce Brendan Brosnan）高大帥氣，女主角史蒂芬妮．齊姆帕勒（Stephanie Zimbalist）嬌小可愛，他們之間不但有最萌身高差，還有最凶的吵架音量，你一嘴我一嘴地互嘴黜臭，其實偷渡的是勢均力敵的甜蜜情意。一九八六年的《雙面嬌娃》（*Moonlighting*）吵得更凶，布魯斯．威利（Bruce Willis）與西碧兒．雪柏（Cybill Shepherd）這對歡喜冤家從鏡頭前吵到鏡頭外，但觀眾只認識鏡頭前流氓與淑女的美味關係，而這已經足夠讓布魯斯．威利的星運一飛沖天。

情侶神探的公式不只讓八〇年代的觀眾買單，其實早在二〇年代就被證明很有賣點。謀殺天后阿嘉莎．克莉絲蒂的經典中，恰巧就包括一對龍鳳妙探的系列作品，他們是克莉絲蒂創作的蛋頭神探與阿嬤神探之外的唯一一組情侶神探：湯米與陶品絲。

這對情侶在一九二二年出版的《隱身魔鬼》首度登場；一九二九年出版的短篇集《鴛鴦神探》裡已經結為夫妻；一九四一年的《密碼》裡勇破二戰諜網；一九六八年已步入老年的貝里福夫妻，繼續在《顫刺的預兆》裡偵查老人療養院的死亡祕辛；最終在一九七三年的《死亡暗道》裡，老先生、老太太已經決定退休，還買了一棟退休房……聽起來他們似乎沒有繼續關心凶手與謎案的必要了，對吧？怎麼可能，陶品絲搬進新家整理環境時，在前屋主留下的書中，竟然找到一段塵封已久的祕密訊息：「瑪麗喬丹並非自然死亡，凶手是我們其中的一個。」

有誰只是整理書櫃也會突然變身偵探？湯米與陶品絲就會，這多少能證明，克莉絲蒂在這對鴛鴦神探身上放進不少玩心。也許是她為湯米與陶品絲設計的浪漫關係，令克莉絲蒂為他們而寫的故事也格外輕巧俏皮。別誤會，湯米與陶品絲出場的處女秀《隱身魔鬼》有國際陰謀、有失竊的機密文件、有神祕又奸詐的犯罪首腦「布朗先生」（這下你就懂書名《隱身魔鬼》是在說誰了）。這看來是一部暗潮洶湧的諜報小說，而確實湯米與陶品絲也穩穩地踩中大部分的可怕陷阱，但克莉絲蒂將這對男女寫得實在太過可愛……你潛意識裡早就知道，他們絕對要邊吵架邊談情地（順便推理）百年好合，不會在這個險境裡就GG（完結）。

湯米與陶品絲的情誼首先是建立在「好哥兒們」的友情之上，從《隱身魔鬼》的開場就看得出來：

「湯米，你這個老東西！」

「陶品絲，老朋友！」

兩個年輕人熱情地相互問候……那兩個「老」字頗易讓人誤解，其實兩人年齡加起來絕不超過四十五歲。

二〇年代已經不是封建時代，但男女之間還是有別。而湯米與陶品絲之間的情誼，能夠打破這種隔閡，他們首先是鐵打的好友，彼此在軍醫院認識，因此他們之間有太多戰場回憶可以閒聊，也深知對方的個性與偏好，更重要的是，他們都是一窮二白。這對日後的鴛鴦神探久別重逢，既不談情也不破案，而是討論如何賺錢。克莉絲蒂可不會那麼輕易就灑糖，但從湯米與陶品絲彼此互補的性格設定，你很快就會了解這段友情遲早要昇華成戀情。

你可以懷疑，金庸筆下的郭靖、黃蓉這對射鵰俠侶設定，是不是抄襲自湯米與陶品絲。因為郭靖和湯米一樣，是個有點遲鈍的傻大個——湯米的傻可不是我說的，是克莉絲蒂這樣寫：「湯米不太聰明……但他的慧眼絕對能一眼看穿真偽。」不只如此，克莉絲蒂還形容他「有張（看得過去）的醜臉」。到底什麼樣的長相是「醜但看得過去」？克莉絲蒂只說這種長相是「很難歸類」，而且是「綜合紳士與運動員的臉孔」。這種先踹後捧的寫法我是不會買單的，湯米擺明就是個不會被稱為男神的樸拙男性。

而陶品絲與湯米完全相反，下面這段克莉絲蒂的形容，會不會讓你腦中浮現一個二〇年代的黃蓉模樣？

陶品絲稱不上漂亮，可是那張小臉蛋上有著精靈般的線條、堅毅的下巴，還有一雙隔得很開、從平直的黑眉毛下望去迷迷濛濛的灰色大眼，在在表現出個性和魅力……她的外表散發著一股敢作敢為、精明能幹的味道。

「精靈般」、「個性魅力」、「敢作敢為精明能幹」，這是一位充滿行動力又特立獨行的女性，剛好補足了湯米謹慎緩行的保守個性。當久違重逢的湯米與陶品絲一起討論該如何賺錢，他們在排除繼承遺產（沒有任何親戚有遺產）與為錢結婚（兩人的異性緣都少得可憐）兩個途徑後，決定還是親力親為白手起家。但是誰先提出一起合夥開公司的點子呢？當然是即知即行的陶品絲！他們決定開一家「青年冒險家企業」，名稱響噹噹，事實上，他們開的是《銀魂》裡的「萬事屋」生意：有錢，什麼活我們都幹。

這種歡快的氣氛，引領湯米與陶品絲穿梭一個又一個謎團，大到《密碼》裡追捕兩名納粹間諜，小到《顫刺的預兆》裡的養老院祕密。即便他們沒有在解謎，光是看湯米與陶品絲鬥嘴聊天就很有趣，而這是有別於白羅系列或瑪波小姐系列的獨特樂趣。

這種創作上的玩心有時不是那麼容易發現，例如在《鴛鴦神探》這本短篇小說集裡，每個小短篇不但都是貝里福夫妻的探險歷程，同時也是克莉絲蒂的諧仿之作——每一篇內容都隱射推理黃金年代的名作家或名角色。例如〈女士失蹤了〉致敬了福爾摩斯的〈法蘭西斯・卡法克小姐的失蹤〉（*The Disappearance of Lady Frances Carfax*）；〈霧中人〉則諧仿了史上最厲害的「神父偵探」布朗神父……克莉絲蒂甚至諧仿自己，在《鴛鴦神探》的最後一個故事〈代號十六的人〉裡，湯米自稱是「沒長鬍鬚但智力過人」的白羅！

湯米與陶品絲系列的五本小說，自《隱身魔鬼》到最後的《死亡暗道》，克莉絲蒂創作的時間橫跨五十年，我們可以看著貝里福夫妻逐漸變老。福爾摩斯也會老，白羅也會老到糊塗，但是湯米與陶品絲卻老得很愉快。他們始終愉快，不管是年輕或蒼老，這讓閱讀五本湯米與陶品絲系列的體驗，宛如身處春風之中一樣愉快，值得推薦給長期與雨劍風刀相伴的推理粉絲。

當然，除了湯米與陶品絲系列之外，克莉絲蒂還有不少經典：《一個都不留》自然不用多提；《無辜者的試煉》是我個人特別喜愛的一本小說，我在遠流的App「謀殺天后密室」裡的「密室之聲」Podcast第十六集裡，談過這本講述家庭內情勒暴力的小說；此外還有曾與白羅合作過的雷斯上校探案《褐衣男子》與《魂縈舊恨》，以及性格沒那麼出彩的穩重蘇格蘭警場刑事主任巴鬥，他的幾本小說包括《煙囪的祕密》、《七鐘面》、《殺人不難》與《本末倒置》也包含在內，特別值得一提的是，《本末倒置》是克莉絲蒂本人最喜歡的十部作品之一。而《謎樣的鬼豔先生》中的哈利・鬼豔，是唯一獲得克莉絲蒂獻詞的偵探。

獻詞

阿嘉莎・克莉絲蒂是世界讀者最眾，也最廣受喜愛的女作家。

身為克莉絲蒂的孫兒，我相信奶奶會非常樂見這次出版，

因為她極以自己作品中的趣味與娛樂為豪。

歡迎所有喜歡本系列的台灣新讀者參與這場饗宴！

——馬修・培察（Mathew Prichard）

獻給　羅伯特・葛瑞斯（英國詩人、小說家）

親愛的羅伯特：

承蒙你客氣地說過你喜歡我的偵探小說，我於是冒昧地在此把這部作品呈獻給你。

我只要求你在閱讀本書的時候，要嚴厲地壓抑住你的評析本能（無疑地，依你近來過度活躍的表現，你在這方面的敏銳度必定增強許多）。

這個故事純粹是供你娛樂，可不是要讓葛瑞斯先生你列舉為文學笑譚呵！

01 序幕：十一月十九日

一些對法律感興趣的人和律師正圍坐在壁爐旁。他們當中有律師馬丁岱、王室法律顧問魯菲．洛德，還有因卡斯泰一案而名聲大噪的小丹尼爾。其餘三、五個法界人士是克利佛大法官、「路易斯和查奇律師事務所」的路易斯和年邁的褚維士老先生。褚維士先生年近八十，老成練達，是一家著名律師事務所的重量級元老。大家都說，他所掌握的社會幕後祕辛，全英格蘭無人可出其右。他也是一位犯罪學專家。

思慮不周的人都說褚維士先生應該寫本回憶錄。但褚維士先生考慮得更深遠。他知道的東西太多了。

雖然，褚維士先生早已退休，不再親自執業，但在英格蘭，沒有其他人的見解能像他那樣受到同行尊重。無論何時，只要他那微弱、清晰、細小的聲音一出，周圍總會出現一陣虔敬的肅靜。

此時此刻，大家正談論著那天早晨才在倫敦中央刑事法院了結的一樁轟動案件。這是一樁謀殺案，被告被判無罪。這些人熱絡地重審這個案子，做出專業上的批評：

檢方顯然太過仰仗某個證人的證詞……老德普李區應該知道他給被告多大的辯護空間。亞瑟充分運用了那個女僕的證詞。班莫爾所做的總結方向正確觀點犀利，但是陪審團相信那個女孩。大勢已去，陪審團都怪得很，你永遠不知道他們相信什麼，不相信什麼……可是，一旦他們對一件事情形成印象，誰也別想使他們有所更改。關於那根撬棒，他們相信女僕說的是真話，連法醫的證據也被置之度外了。最可惡的莫過於那些出庭作證的人了！這些經過嚴格專業訓練的傢伙，滿嘴是冗長的學術專有名詞和術語，對一個極普通的問題，也總是嗯嗯呃呃地不置可否，頂多添一兩句「在一定的狀況下，這個情形也許會發生」等等。

他們一點一點地把自己的看法說出來，然而發言卻變得愈來愈稀落和不連貫，感覺好像現場缺少了什麼似的。他們一個一個地轉向褚維士先生。因為褚維士先生到目前為止始終一言未發。大家越發熱切地期待著這位受人尊敬的同行發表高見。

褚維士先生斜靠在椅子裡，漫不經心地擦拭著自己的眼鏡。異乎尋常的肅靜使他倏然抬起頭來。

「啊？」他說，「怎麼回事？你們是在問我什麼嗎？」

路易斯說：「先生，我們正在探討蘭蒙一案。」

他停下來，滿懷期待。

「是，是，」褚維士先生說，「我正在想這個案子。」

人們沉默地等待洗耳恭聽。

「恐怕我只不過是在胡思亂想，」褚維士先生說，仍舊擦著眼鏡。「是的，是胡思亂想。我猜是年紀大的緣故。一個人到了我這個年齡，只要他願意，他是有權沉湎於空想的。」

「是的，先生，你說得很對。」路易斯說，可是他看起來如墜五里霧中。

「我想的事情，」褚維士先生說，「並不是那些五花八門的法律條款，儘管它們很有趣，非常有趣。如果判決結果並非如此，上訴仍有很大勝算。但是我現在不願意在這件事上動腦筋。我正在思考的不是法律條款，而是……嗯，案中的人。」

每個人都露出大為吃驚的樣子。他們也考慮過案中的人，只是他們考慮的是這些人充當證人的可靠性等等。他們之中沒有人曾經大膽推敲過罪犯果真惡行重大，還是如法庭所宣判的清白無辜。

「人，你們知道，」褚維士先生若有所思地說，「有各種類型、外觀及大小。有些人有腦筋，有許多人則沒有。他們來自四面八方，蘭開夏、蘇格蘭，那餐館老闆是從義大利來的，而那個女教師卻是從中西部哪裡來的。但他們全都捲入同一件事裡去了，最後在十一月一個陰暗的日子裡，被一起帶到倫敦的一個法庭上。每個人都扮演他自己小小的角色。整件事則在全案以謀殺案確立的當時達到高潮。」

他頓了一下，雙手輕鬆怡然地敲著自己的膝蓋。

「我喜歡閱讀引人入勝的偵探故事，」他說，「然而你們知道，它們開始的地方不對！它們總是從謀殺先寫起。但是，謀殺應該是尾聲，故事其實遠遠在此之前就展開了——有時是在許多年以前——然後各種各樣的原因和事件把某些人在某一天、某一刻帶到某個地點。就以那個年輕女僕的證據為例吧，如果那個廚娘不去惹怒自己的情人，她是不會落到這般田地而到蘭蒙去的，最後甚至成為被告的主要證人。那個朱塞佩．安東納利來接替他哥哥一個月，他哥哥卻像蝙蝠一樣盲目，完全沒看到朱塞佩那雙敏銳眼睛所看到的東西。還有，如果那個警察沒有愛上四十八號那個廚娘，他也不會巡邏遲到……」

他微微點了點頭。

「所有的事端都向一個特定的點集中，然後時機成熟便沖上雲霄！啟動時刻，是的，所有一切，都邁向啟動的時刻……」他重複著，「邁向啟動的時刻……」

說罷，他的身體微微一顫。

「先生，你覺得冷了吧，請靠近壁爐坐吧。」

「不，不，」褚維士先生說，「就像俗語說的，有人正從我的墳上走過。好了，我現在該準備回家了。」

他和藹地點一點頭，便一步一步地慢慢走出房間。

大家心神不定地沉默著。不一會兒，王室法律顧問感慨地說，可憐的褚維士已是老態龍鍾，上了年紀。

威廉・克利佛爵士說：「他有一個精明的頭腦，絕頂聰明的頭腦，不過他畢竟是風燭殘年了。」

「他的心臟也不好，」洛德說，「我認為隨時有停止跳動的可能。」

「他很會照顧自己。」路易斯說。

這時候，褚維士先生已經小心地跨進了他那輛平順的戴姆勒轎車。車子將他送到坐落在一處幽靜區域的房子。一個殷勤的管家幫他脫下外套。褚維士先生隨後進了書房，裡面壁爐的煤火正在熊熊燃燒著。書房過去就是他的臥室。由於心臟衰弱，他從不走上其他樓層。

他在壁爐前坐下來，把一些信件拿到跟前。

剛才他在俱樂部裡略略談及的問題還在腦海裡縈繞著。

「就算是現在，」褚維士先生思忖道，「也仍有某些戲碼——或者說某些謀殺——正在醞釀著。如果我要寫一個引人入勝的血腥犯罪故事，我的開頭就會是一個年邁的紳士坐在爐火面前，正在打開他的信件。故事在不自覺中上演，邁向啟動時刻……」

他撕開一枚信封，茫然地望著從裡面抽出的信箋。

突然，他的神色變了，從幻想中回到現實。

「天哪！」褚維士說，「多惱人啊！說實在的，真急死人！竟在這麼多年之後！這即將改變我的全盤計畫啊。」

02 人物登場

（一月十一日）

躺在醫院病床上的男子輕輕挪動自己的身軀，抑止住呻吟。

負責照料病房的護士從桌前站起，向他走過去。她挪了一下他的枕頭，讓他躺得更舒適一些。

安格斯·麥沃特只能哼一下，表示感謝。

痛苦和反抗的情緒在他心裡沸騰著。

此時此刻，一切早該結束，他應該徹徹底底脫離塵世！那棵伸出峭壁的樹去死吧！那些不怕冬夜而在懸崖邊幽會的戀人們下地獄去吧！

要不是他們（還有那棵樹！），一切都不復存在了——縱身往結冰的深淵一跳，稍做掙扎，隨後就直沒而下——混亂錯置、了無意義和無益人世的生活就此結束。

然而他現在在哪兒呢？可笑地躺在病床上，一邊肩膀摔壞了，並且面臨著因為意圖了結自己的生命而被警察法庭提審的命運。

媽的，命是我自己的，不是嗎？

如果他真的成功了，他們鐵定會把他當成一個心智不健全的人，哀憐地把他埋掉！心智不健全，真是的！他的腦袋不可能更清醒了。處於他那種境地，自殺正是最合乎邏輯、最明智的決定。

他長期病魔纏身，妻子捨棄他跟著另一個男人走了，於是他的生活徹底崩裂。既然生活中沒有工作、沒有金錢、沒有愛情、沒有健康和前景，結束這一切也算是一條路吧？

但他現在處在這種荒謬的境況下。他不久就要接受一個假惺惺的法官的訓誡，因為他用獨一無二屬於他自己的東西——他的生命——做了一件天經地義的事。

他憤怒地呻吟著，感到渾身發熱。

護士又來到了他的身旁。

她是一個年輕的紅髮女孩，有一張善良和表情空洞的臉。

「你很疼嗎？」

「不，我不會！」

「給你吃些安眠藥好入睡吧？」

「你可別做這種事！」

「可是……」

「你以為我連一點疼痛都承受不了，甚至睡不好覺嗎？」

她莞爾一笑，笑裡含有幾分高傲的神氣。

「醫生說你能吃藥了。」

「我才不管醫生說什麼。」

她整理了一下他的被子，把一杯檸檬水挪近一些。他感到有些內疚，說：「對不起，我有些粗魯。」

「沒關係。」

他的壞脾氣絲毫沒有觸怒她，這使他很氣惱。他無法穿透護士那種寵溺卻淡漠的盔甲。因為他是一個病人，不是一個好端端的男子漢。

他說：「他媽的多管閒事，根本是多管閒事……」

她不無指責地說：「好了，好了，這樣不太乖喔！」

「乖，」他問道，「乖？我的上帝！」

她平靜地說：「到了早晨你會感覺好一些。」

他把安眠藥片吞了下去。

「護士！你們這些護士！不近人情，你們就是這個樣子！」

「我們知道怎樣做對你最好。」

「叫人最氣憤不過的就是這個！這個醫院，這個世界，這些沒完沒了的糾纏！還說知道什麼對別人最好呢。我想殺死自己，你知道吧？」

她點點頭。

「我要不要讓自己從一個爛懸崖摔下去，那是我自己的事，與別人無關。我已走投無路，我就是要死！」

她的舌頭發出了輕微的嘖嘖聲，表示一種茫然的同情。他是病人。她得任由他把脾氣發完好讓他平靜下來。

「如果我是出於自願，為什麼我不能自殺？」他問。

「因為這不對。」

「為什麼不對？」

她困惑地望著他。她對自己的信念毫無懷疑，只是因為不善於表達而解釋不清楚自己的觀點。

「嗯……我是說，自殺是罪惡的。不管願意與否，你都必須活下去。」

「為什麼必須活下去？」

「嗯，總要替別人著想，不是嗎？」

「我可不必。世界上沒有一個人會因為我死了而生活落入不幸。」

「你沒有親人嗎？沒有媽媽、姐妹或者什麼人嗎？」

「沒有，我有過一個妻子，可是她離開了我……離開得好！在她眼裡，我一無是處。」

「可是，你一定有朋友吧？」

「不，沒有，我不是那種隨和的人。護士，我告訴你一些事情吧。我曾經是個無憂無慮的人，有個稱心如意的工作和美麗的妻子。後來發生了車禍。老闆開車，我坐在車裡。他要我作證說在出事當時，他的車速低於三十英里。但實際上不是，他開到將近五十英里了。車禍並沒有鬧出人命，沒有發生這類的事，他只是想對保險公司證明自己沒有過失。但我沒有照他的話說。那是謊話，我不說謊。」

護士說道：「嗯，我想你做得十分正確，十分正確。」

「你真是這樣想的嗎？我的死腦筋使我丟了飯碗。老闆十分惱火，他想盡辦法阻斷我的生路。我成天在外閒蕩，找不到事做，連妻子也開始嫌棄我，最後她終於和我的朋友遠走高飛。那傢伙正在走運，眼看就要飛黃騰達，而我卻漫無目標，日漸委靡。我開始借酒澆愁。但那可不能幫你找到工作。最後，我落魄到去當腳夫，結果累壞了身體。醫生說我別想再強壯起來了。好，那此生顯然不值得再留戀了。所以最簡單、最乾脆的辦法，就是去死！我活著對自己、對別人都沒有什麼好處。」

小護士囁嚅道：「這誰都不曉得。」

他笑了，他的心情已經好一些了，她天真的固執使他感到很有趣。

「我親愛的小女孩，我對別人能有什麼用處呢？」

她惶然地說：「這很難說，說不定，哪一天，你……」

「哪一天？不會有哪一天的。下次，我會安排得萬無一失。」

她斷然搖了搖頭。

「噢，不，」她說，「你不會再自殺了。」

「為什麼不會？」

「他們都不會。」

他凝視著她。「他們都不會」，他已經被歸類為自殺族群了。

當他正要張口強力反駁時，他的誠實天性阻止了他。

他還會再幹一次嗎？他真心想要死嗎？

他突然了解他不想。沒有什麼理由。也許就是因為那位護士的專業建言……自殺者不會再來一次。

但他越發感到應該使護士認同他的道德觀。

「無論如何，我有權利處置自己的生命。」

「不，沒有，你沒有這個權利。」

「為什麼沒有，我親愛的小姐，為什麼？」

她的臉紅了。她一邊用手擺弄著掛在頸上的小金十字架，一邊說：「你不了解，也許上帝需要你。」

他吃了一驚，呆望著她。他並不想去破壞她孩童般純真的信念，只是揶揄地說：「或許有那麼一天，我會制服一匹脫韁的馬，把一個金髮小女孩從死亡中拯救出來……呃，是這樣嗎？」

她搖了搖頭，急切地說了起來，試圖把那些在心裡明白但是很難表達出來的想法說個清楚。

「也許你正在什麼地方，並沒有做任何事情，只是在某一時間來到某個地方……噢，我說不出我想說的東西，可是也許有那麼一天，你正沿著一條街道散步，就這樣，便完成一件重要的事情……也許你自己也不知道那是什麼事。」

這個一頭紅髮的小護士是從蘇格蘭西岸來的，她家裡的一些人有「料事如神」的本領。也許，她隱隱約約看見了一幅畫面：九月的某個夜裡，一個人在路上行走著，因此就這樣把另一個人從可怕的死亡途中拯救了回來……

§

（二月十四日）

房間裡只有一個人、一種聲音……只有那個人以鋼筆在紙上一行接著一行寫字的擦磨聲。

沒有人去讀那些密密麻麻的字。就算有，他們也一定不敢相信自己的眼睛。因為寫在紙上的是一個條理清楚、過程詳盡的謀殺計畫。

有時候，身體會明顯意識到頭腦正在支配著它，而且也甘心受制於那種反常的思維。也有時候，是頭腦意識到它掌控和支配著一個軀體，並利用它來達到自己的目的。

那個坐著寫字的人正處於後一種狀態，支配他身軀的是一個冷靜、靈敏的頭腦。這個頭腦只有一種信念、一項目的……毀滅另外一個生命。不管他的目的到頭來能不能實現，他仍在紙上詳盡地研擬著這個計畫，把每一個意外事件、每一種可能性都寫了進去。事情必須做到絕對安全可靠。這個計畫像所有高明的計畫一樣，並不是那種死板板的公式老套。不同關鍵都有可供選擇的不同方案。此外，因為那個頭腦是如此的天才機敏，它也了解到必須準備一些巧妙的預防對策，以防天有不測風雲。但計畫的主軸始終是清楚明確的，並且幾經周密的實驗。時間，地點，方式，受害者……

那人抬起頭，用手拿起了這疊紙，細心地讀了一遍。是的，一切都再清楚不過了。

一絲微笑掠過那張冷酷的臉龐。那不是個神志正常的笑容。他深深地抽了一口氣。

因為，人是造物主按他自己的形象製造出來的，所以，那個創造者此時也在滑稽地模仿造物主造人當時的喜悅。

是的，每件事都計畫好了……每個人的反應都預料和設想到了，每個人的善與惡都被利用了，每一項設計都與一個罪惡的陰謀完美結合了。

現在只缺少一樣東西……

那人帶著微笑寫下了一個日期——九月的某一天。

隨後，在一陣狂笑中，紙張被撕成碎片。那人拿著碎紙片走到了房間的另一頭，把它們扔進了熊熊燃燒的火焰之中。一點疏失都不能留下。每一張碎紙片都化為灰燼消失無蹤。現在，謀殺計畫只存在於創造者的頭腦裡了。

§

（三月八日）

巴鬥主任坐在餐桌前吃早飯，下顎透出一股凶氣。他正仔細地慢慢讀著一封信，這信是他妻子淚眼汪汪地遞給他的。從他臉上看不出什麼表情，因為他一向喜怒不形於色。他那張臉像是用木頭雕成的，結實又堅韌，而且令人過眼難忘。巴鬥主任說不上聰明過人。確切地說，他並不是一個聰明的人，可是他卻另有別的資質，他有一種難以形容的堅強性格。

「我不相信，」巴鬥夫人啜泣著說。「席薇亞耶！」

席薇亞是巴鬥夫婦五個孩子中最小的一個，才十六歲，在梅斯頓附近的一個學校讀書。信是該校的女校長安芙瑞寄來的。這封信的用意很清楚，措詞也很和善委婉。信上寫道——白紙黑字——校方近來為了一連串小型盜竊事件而大傷腦筋，後來事情水落石出，席薇亞坦承犯案。安芙瑞小姐希望盡快和巴鬥夫婦見面，和他們「討論這些情況」。

巴鬥主任把信摺起來放進口袋，說道：「瑪莉，這件事交給我。」

他站起來繞著桌子踱步，最後輕輕拍著她的臉頰說道：「別著急，親愛的，不會有什麼大不了的事。」

他留下了安慰與保證，離家而去。

當日下午，主任便造訪了安芙瑞小姐那間私密而甚具現代感的會客室，他在一把椅子上正襟危坐，寬厚若木的大手端放在膝蓋上。他面對著安芙瑞小姐，竭力使自己看來比平常更像一個警官。

安芙瑞小姐是一位卓有建樹的校長。她頗有個性……可謂個性十足，她思想開朗，不因循守舊，把訓練、紀律和現代思潮中的自我意識合而為一。

她的房間就是梅巍女校精神的體現，每樣東西都泛著清爽的燕麥色，廣口花瓶裡插著水仙，花缸裡則是鬱金香和風信子。還有兩三件精緻的古希臘複製古玩，兩件高級的現代雕塑品，牆上掛著兩幅文藝復興前的義大利畫家作品。中間則是安芙瑞小姐，她穿著一身深藍色的洋裝，臉上漾著熱切和渴望，使人聯想起忠實的獵犬，那雙碧藍的眼睛透過厚厚的眼鏡，向外射出嚴厲的光芒。

「重要的是，」她用清晰、動聽的聲音說，「我們應當正確地處理這件事。巴鬥先生，我們要為這女孩本身著想，為席薇亞著想！最最重要的是，她的生活不能因此而遭受挫折。

我們不該讓她背負罪惡感。可以的話，對她的責備也必須是輕輕落下。但我們一定要找出犯下這些小紕漏的真正原因。也許是自卑感作祟？她不擅長運動，你知道。這會不會是一種想在其他方面展露才華的隱性欲望……一種想表現自我的渴望？我們千萬要小心處理。這就是我必須先單獨與你會面的原因，好讓你了解在對待席薇亞這件事上要非常謹慎。我再說一遍，搞清楚事件背後的原因很重要。」

巴鬥主任說：「我就是為此而來。」

他不動聲色，聲音平靜緩和，眼睛仔細地打量著這位女校長。

「我一直對她很溫和。」安芙瑞小姐說。

巴鬥簡短地應道：「承蒙費心，校長。」

「我真的很熱愛和了解這些小傢伙，你知道。」

巴鬥沒有直接回答，他說：「校長，如果你不介意，我現在想見見我的女兒。」

安芙瑞小姐又一次加重語氣囑咐巴鬥不要操之過急，要慢慢來，不要挫傷一個剛要成年的女孩子。

巴鬥主任沒有半點不耐煩的樣子。他臉上毫無表情。

她把他領向她的書房，在走廊裡，他們碰到一兩個女孩子，她們恭恭敬敬地站在那裡，可是眼睛裡充滿了好奇。安芙瑞小姐把巴鬥領進一個小房間，這一間不如樓下那間那般具有個人風格。安芙瑞小姐說她去把席薇亞找來，便轉身走了。

她正要離開的時候，巴門叫住她。

「請稍等一下，校長，你是怎麼斷定席薇亞應該對這些……呃，這些小紕漏負責呢？」

「我的方法，巴門先生，是運用心理學。」安芙瑞小姐神氣十足地說。

「心理學？哦，那證據呢，校長？」

「是，是，巴門先生，我了解你會這麼想，你的……呃，你的職業使然。但是，心理學已經開始在犯罪研究中得到了認可。我敢保證沒有半點差錯……席薇亞自動地承認了一切。」

巴門點點頭。

「是的，是的，這個我知道。我只是想了解，一開始你是怎麼認定是她的呢？」

「事情是這樣的，巴門先生。因為學生抽屜裡的東西接連不翼而飛，因此我召集全校學生，把發生的事情告訴她們。在此同時，我暗地裡仔細觀察她們的臉色。席薇亞的表情一下子就引起我的注意。那是一種愧疚、慌亂的表現。我立刻就明白誰應該對此事負責。我不想把她叫來當面對質，我想讓她自己招認。我給她進行了一次小小的測驗……讓她把一些字母組合成詞。」

巴門點頭表示他明白了。

「最後，這孩子全都說了！」

巴門說：「我明白了。」

安芙瑞小姐猶豫片刻，這才走了出去。

巴鬥佇立在窗前，向外眺望，這時門開了。

他慢慢轉過身來，打量著自己的女兒。

席薇亞關上門，站在門邊。她個頭很高，皮膚黝黑，身軀瘦削，傷心的臉上留著淚痕。她不帶挑釁而且羞怯地說：「嗯，我來了。」

巴鬥若有所思地審視著她，片刻之後，嘆了一口氣。

「真不該把你送到這個地方來，」他說，「那女人是個笨蛋。」

席薇亞大為驚訝，忘記了自己的問題。

「你是說安芙瑞小姐嗎？噢，她可是一個了不起的人！我們都這麼認為。」

「是嗎？」巴鬥說，「要是她真像剛才自己賣弄的那樣有學問，她還不算蠢。但是這裡不是你可以待的地方……雖然我不知道這種事在別的地方會不會發生。」

席薇亞把手擰到了一塊，目光朝下，說：「爸爸，我……我很抱歉，真的，很抱歉。」

「你是該覺得抱歉。」巴鬥慢慢地說，「到我這邊來。」

她勉強地慢慢走到他眼前。巴鬥用寬闊的大手托住她的下巴，仔細看著她的臉。

「你吃了不少苦吧？」他輕聲問。

席薇亞眼眶中噙滿了淚水。

巴鬥緩緩地說：「席薇亞，你知道，我一直覺得你有什麼事。幾乎所有的人都有這樣或那樣的弱點，按理說這是不足為奇的。我們經常看到孩子貪食、壞脾氣或者喜歡欺凌弱小。

你是個好孩子，非常文靜，脾氣也很討人喜歡，從來不招惹麻煩。可是有時我心裡會擔憂，因為萬一你一直看不見自己的毛病，一旦有一天遇到試煉，你可能就完全招架不住了。」

「我就是這樣！」席薇亞說道。

「是的，你就是這樣。你是被形勢所逼才說謊的……竟有這樣奇怪的逼供方式，這種招式實在奇特，我從來沒碰過。」

女兒突然輕蔑地對父親說：「我想你碰到的小偷算是不少吧！」

「那是當然，我對他們瞭如指掌，這就是為什麼我清楚地知道你不是小偷，小寶貝……不是因為我是你爸爸（爸爸總是不太了解自己的孩子），而是因為我是一個警察！你沒在這個地方拿走任何東西。小偷一般有兩種，一種是屈服於突然出現的強烈引誘（這種情況少得不能再少了，一個普通、正常而且誠實的人，抵抗誘惑的力量是令人驚奇的）；另外一種是偷盜成性，習慣拿走不屬於他們的東西。你哪一種都不是，你不是小偷，你是一種十分特別的說謊者。」

席薇亞說：「可是……」

他截住了她的話，繼續說：「你都承認了嗎？哦，是的，這我知道。從前有個女聖徒，想拿麵包出去施捨窮人。可是她的丈夫不樂意。在路上他碰到她，問她籃子裡裝的是什麼。她一下子不知所措，說是玫瑰花。他揭開她的籃子一看，果真全是玫瑰花……奇蹟降臨！但今天換作你是伊麗莎白聖女，提著一籃子玫瑰花往外走，你丈夫過來問你裡面是什麼，你就會不知所措地說那是麵包。」

他沉默片刻，接著又溫和地說：「一切就是這樣發生的，對吧？」

一陣更長的沉默，女孩子突然低下了頭。

巴鬥說：「告訴我，孩子，究竟發生了什麼事？」

「她把我們叫在一起，給我們訓話，我看見她的眼睛盯著我，我知道她認為是我！我覺得我渾身的血一下全往臉上湧，我看見一些女孩子盯著我，真可怕！隨後，其餘的人都開始盯著我，在角落裡小聲耳語著。我知道她們都覺得是我。沒過多久，某個晚上，安芙瑞把我和其他一些人叫到這裡，玩一種文字遊戲。她唸字，我們回答……」

巴鬥厭惡地哼了一聲。

「我知道她是什麼用意，我……我真有點受不了了。我盡力不說錯字，努力去想屋外的東西，像是松鼠和花朵，可是安芙瑞就站在那裡，眼睛像錐子一樣盯著我……你知道，像要刺透我的心那樣。在這以後……唉，事情愈來愈糟了，有一天安芙瑞找我去談話，態度好親切，好……好理解！就這樣，我全垮了，於是便說那是我做的……啊，爸爸，那一刻我心裡的痛苦好像一下解除了。」

巴鬥撫摸著自己的下巴。

「我知道了。」

「你真明白？」

「不，席薇亞，我不明白，因為我不會採用那樣的辦法。如果有誰想讓我承認一件我沒幹過的事，我非在他的下巴上狠狠揍上一拳不可。當然我知道你的處境不同，而且你們那位目光犀利的安芙瑞還拿一套奇異的心理學論據當作擋箭牌。那是哪家的理論呀，全是一些半弔子的玩意。現在我們的當務之急是要釐清事實。安芙瑞小姐在哪裡？」

安芙瑞就在近處暗暗盤桓。當她聽到巴鬥主任對她直截了當地說：「為了對我的女兒公平起見，我要你請本地的警察來調查此事。」她臉上那同情的微笑不自然地僵住了。

「但是，巴鬥先生，席薇亞自己……」

「席薇亞對不屬於她的東西是從來不碰的。」

「我很理解，作為孩子的父親……」

「我不是以父親的身分在這裡說話，而是以警察的身分。去找警方來幫助你解決這件事吧。他們會謹慎行事。我想你會找到那些被偷藏起來的東西，也會發現那些東西上面有清清楚楚的指紋。小扒手是不會想到戴手套。我現在就把女兒帶走。如果警方發現了證據——真正的證據——顯示她與偷竊有關，我一定把她送到法庭上去，並且承擔她造成的後果……但是我並不擔心這個。」

大約五分鐘後，他開車出了大門，席薇亞坐在他旁邊。他問席薇亞：「那個長著一頭金髮、紅紅的臉蛋長著許多細毛、下巴有一塊黑斑、兩隻藍眼睛分得很開的女孩是誰？我在走廊裡碰到過她。」

「聽來好像是奧莉芙・帕森斯。」

「哦，要說她就是小偷，我是不會感到奇怪的。」

「她顯出害怕的樣子了嗎？」

「不，是自鳴得意的樣子！這種自鳴得意的鎮靜，我在治安法庭上不知道見過幾百次！我敢打賭就是她。不過你別指望她會坦承一切，那當然不可能。」

席薇亞嘆了一口氣說道：「我好像剛從噩夢中醒來，爸爸，真對不起，噢，我怎麼會這麼笨，笨成這樣呢？我真的感到很可怕。」

巴鬥的一隻手離開了方向盤，拍拍她的手臂，說了他最愛說的那一套。

「哦，別擔心，這些事情對我們來說是一種考驗，是的，是一種考驗！我是這麼想的。我看不出還有什麼更嚴重的事會找上我們……」

§

（四月十九日）

陽光灑滿了奈維・史金屈在欣德赫的房子。這是個四月天，但天氣比即將來臨的六月天還要熱。這種情況每個月至少會發生一次。

奈維・史金屈正從樓梯走下來。他穿著白色的法蘭絨裝，手臂下夾著兩支網球拍。

如果要從英國人之中選出一個與世無爭的幸運兒典型，選舉委員會一定會選中奈維．史金屈。他是名震英倫的網球高手和全能運動員。雖然從未打進溫布敦總決賽，但他多次在前幾回合的比賽中保持不敗，並兩度打進混合雙打的最後四強。他之所以不能奪得網球比賽的桂冠，可能因為他是一個全能的運動員。他會打高爾夫球，又是一個游泳健將，並多次成功地登上阿爾卑斯山。他三十三歲，有強壯的身體，英俊的面孔，傲人的財富和非常漂亮的新婚妻子，生活環境無憂無慮。

儘管如此，當他在這個明媚的早晨從樓上走下來時，一個陰影卻伴隨著他……一個除了他別人都看不見的陰影。他很清楚，那個陰影和他寸步不離，一想起它，他就眉頭緊鎖，感到煩惱和無所適從。

他穿過門廳，聳了聳肩膀，好像想把那個陰影給用力甩掉。走過客廳，來到了玻璃帷幕的露台上。那裡，他的妻子凱兒在一堆墊子上蜷成一團喝著柳橙汁。

凱兒．史金屈二十三歲，美麗出眾。她有妖嬈的苗條身材，一頭深紅長髮，嬌嫩的皮膚只需一點化妝品來增色；黑眼睛、黑眉毛和紅頭髮搭在一起，這難得的組合使人傾慕不已。

她丈夫輕聲說道：「啊，大美人，早餐吃什麼？」

凱兒回答：「給你準備了看來血淋淋的豬腰子、蘑菇和燻豬肉。」

「好極了。」奈維說。

他吃著剛才提到的那些菜餚，給自己倒了一杯咖啡。他們沉默了幾分鐘，氣氛和諧。

「啊，太陽多可愛啊！英格蘭也不是那麼糟嘛！」她一邊說，一邊嬌滴滴地扭動著塗成猩紅色的腳趾甲。

他們剛從法國南部回來。

奈維瀏覽了一下報紙的大標題以後，就翻到了體育版，只回了句：「嗯……」

接著，他又推開報紙，吃起麵包和果醬，一邊打開他的信件。

信件可真不少，大部分他看一眼就撕掉或扔在一邊，都是些通知、廣告之類的印刷品。

凱兒說：「我不喜歡客廳的色調，我能重新布置一下嗎，奈維？」

「你高興就好，美人。」

「我喜歡孔雀藍，」凱兒幻想道，「和乳白的綢坐墊。」

「放隻猴子也無所謂。」奈維說。

「你就是那隻猴子。」

奈維打開了另一封信。

「哦，順便告訴你，」凱兒說，「西蒂要我們六月底坐遊艇到挪威去，說我們不去她會很失望。」她謹慎地斜視奈維一眼，巧妙地說道：「我挺喜歡那樣玩呢！」

有種神色，不悅，猶疑，在奈維臉上盤桓，而且隨即愁雲密布。

凱兒固執地說：「我們非要到討厭的卡蜜拉家去嗎？」

奈維皺起了眉頭。

「當然要去。我說凱兒，這個我們不是早就決定了嗎？馬修爵士是我的監護人，他和卡蜜拉很照顧我。如果說我在什麼地方還有一個家的話，海鷗角就是我的家。」

「好了，好了，」凱兒說，「如果非去不可，那就去吧。畢竟她死了以後，所有的錢都會留給我們，所以，我想我們得去巴結一下。」

奈維惱怒地說：「這不是什麼巴不巴結的問題！她無權處置那些錢，馬修爵士將錢交付信託基金供她使用，她死後就會如數交給我和我的妻子。這是一個感情問題。你怎麼連這個都不懂？」

凱兒沉默了片刻，說：「這個我很清楚。剛才我是故意那樣說的，因為……哼，因為我在那裡只有『痛苦』二字可言。他們恨我！是的，他們恨死我了！崔瑟連夫人看著我的時候，那隻長鼻子總是高高在上，瑪麗．歐爾丁和我說話時，眼睛老望著我背後。你當然逍遙快活，你根本沒注意到別的事。」

「他們對你都是以禮相待。你很清楚，如果他們不是，我是無法容忍的。」

凱兒從她那黑黑的睫毛下投來了好奇的一瞥。

「他們是很講禮貌，但他們也知道怎樣激怒我，他們總把我當成外人，這就是我的感覺。」

「嗯，雖然如此，我覺得，這也很自然，不是嗎？」

奈維的聲音稍微有些變了。他站起來背對著凱兒，眺望著窗外的景物。

「嗯，是的，這很自然。他們一心只愛奧德麗，不是嗎？」她的聲音有些發顫。「那個可愛、端莊、冷漠、蒼白的奧德麗！我取代了她的位置，卡蜜拉是不會寬恕我的。」

奈維一動也不動，他的聲音有氣無力而且空洞。

「反正卡蜜拉已經老了，都年過七十了。要知道，像她那個年代的人，對於離婚很不以為然。但總之，以她寵愛奧德麗的程度看來，她算是適應得很好了。」

當他提到奧德麗的名字時，聲音稍微有些變了。

「他們說你虧待了她。」

「我是。」奈維低聲說，可是他的妻子還是聽到了。

「噢，奈維，別傻了，是她自己要小題大做。」

「她沒有小題大做，她從來就不小題大做。」

「唉，你知道我是什麼意思。她離開了，結果生了一場病，然後又到處亂跑，老是一副傷心欲絕的樣子。這就是我所說的小題大做！我看哪，奧德麗不是一個輸得起的人。如果一個妻子留不住自己的丈夫，她就應該大大方方地放他走！這就是我的觀點。你們兩個根本沒有共同之處。她從來就不參加運動，蒼白無力，弱不禁風，像一塊洗碗布似的，沒有半點生氣！如果她確實為你著想，那她應該首先考慮到你的幸福，你可以和更適合你的人生活在一起，她應該替你高興才對。」

奈維轉過身來，一絲嘲諷的微笑掛在嘴唇上。

「好有運動精神呀！玩起愛情與婚姻的遊戲多拿手呀！」

凱兒笑了，臉脹得通紅。

「嗯，也許我扯得太遠了，但無論如何，事情發生就發生了，你不得不面對事實。」

奈維平靜地說：「奧德麗面對了啊，她和我離了婚，所以你和我才能夠結婚。」

「這個我知道……」凱兒欲言又止。

「你不了解奧德麗。」

「我是不了解她。不知怎麼的，奧德麗總讓我不寒而慄。我不知道她是怎麼回事，你永遠不知道她在想什麼，她……她有點叫人害怕。」

「噢，別胡說了，凱兒。」

「反正她讓我心驚肉跳，可能是因為她很聰明。」

「我可愛的小傻瓜！」

凱兒笑著說：「你總是這樣叫我！」

「因為你就是！」

他們相視一笑。奈維走近她，彎下腰，吻著她的後頸。

「最可愛、最可愛的凱兒！」

「多聽話的凱兒呀，放棄有趣的遊艇之旅，寧願到丈夫那些古板、保守的親戚那裡受氣。」凱兒說。

奈維走了回去，在桌前坐了下來。

「如果你真那麼想和西蒂一起去旅行，我們何樂而不為呢？」

凱兒驚訝地坐了起來。

「那就不到鹽溪和海鷗角去了嗎？」

奈維用很不自然的聲音說：「我認為，我們可以在九月初去。」

「啊！可是，奈維，這不就……」她停了下來。

「因為要打錦標賽，我們七月和八月都不能去。」奈維說，「可是聖盧的錦標賽就在八月的最後一個禮拜結束，如果我們從那裡直接到鹽溪去不是正合適嗎？」

「啊，太棒啦！沒有比這再合適的了！可是，『她』總是九月到那裡去，不是嗎？」

「你是說奧德麗嗎？」

「是啊，我想他們會叫她延期，可是……」

「他們為什麼要叫她延期呢？」

凱兒迷惑不解地望著奈維。

「你是說，我們要同時到那裡去嗎？多怪異的念頭！」

奈維惱怒地說：「我認為這不是什麼怪異的念頭。許多人今天都這樣做，我們為什麼不能成為朋友和平相處呢？這會使事情簡單得多。嗯，你自己前幾天不也這樣說過嗎？」

「我？」

「當然，你難道忘了？我們在談論豪斯一家時，你說倫納德現在的妻子和離了婚的妻子成為好朋友，你說，這樣做才是理智的文明態度。」

「哦，這種事我倒不在乎，我確實認為這麼做是明智的。可是……可是我不認為奧德麗也會這樣想。」

「胡扯。」

「我不是胡扯。奈維，要知道，奧德麗非常愛你……這種情形她是片刻也忍受不了的。」

「你完全錯了。凱兒，奧德麗覺得這再好不過了。」

「奧德麗……你說什麼？奧德麗也這樣想？你怎麼知道？」

奈維顯得有些困窘，他不由自主地清了一下喉嚨。

「是這樣的，昨天我到倫敦的時候，剛好碰見她了。」

「你竟然沒跟我說！」

奈維煩躁地說：「現在不就告訴你了。這完全是偶然。我在公園散步，她正好從那邊朝我走過來……你總不會要我躲著她吧？」

「不，當然不會。」凱兒說，「說下去。」

「我……呃，我們自然都停了下來。之後我掉過頭和她一起走。我……我覺得這樣做是最起碼的。」

「說下去。」

「之後，我們在椅子上坐下，聊了起來。她非常和善，態度友好極了。」

「她一定是心花怒放吧。」凱兒插了一句。

「我們閒談了一些事情……她很自然，很正常，還有……反正就是那樣。」

「太驚人了！」

「她向我問起你的情況……」

「她多好啊！」

「我們還談論了你一會，說真的，凱兒，她從來沒有那麼友善過。」

「可愛的奧德麗！」

「後來，我忽然產生了一個念頭……要是我們能夠聚在一起，要是你們兩個能夠成為朋友，那該有多好呀！我想，今年夏天在海鷗角，我們或許可以試試。只有那個地方能夠很自然地進行。」

「這是你的主意？」

「我……噢，是的，當然是我的主意，完全是我的主意。」

「你從來沒對我說過你心裡有這種想法呀！」

「這是我那個時候突然想到的。」

「我了解了，主意是你出的，而奧德麗也認為這是個很棒的想法，是這樣嗎？」

奈維第一次感到凱兒的態度讓他心虛。

「這有什麼不對嗎，美人兒？」

「噢，沒有。沒事，完全沒事！你或奧德麗完全沒考慮到，我是否也認為這是個很棒的主意？」

奈維凝視著凱兒。

「但是，凱兒，這到底有什麼好不高興的？」

凱兒咬著她的嘴唇。

奈維繼續說：「你自己那天也這麼說過……」

「別再提那件事了好不好！我那是談論別人，不是指我們自己。」

「但我的想法多半是由那次談話引起的！」

「你再編下去啊，我才不會相信你的鬼話。」

奈維鬱鬱不樂地看著她。

「但是，凱兒，你為什麼要擔憂呢？我意思是說，你毫無擔憂的必要！」

「真的嗎？」

「嗯，我是說，那些嫉妒或什麼的情緒應該擺到一邊去。」他頓了一下，聲調也變了。「凱兒，我們對待奧德麗太殘酷無情了……不，話不應該這麼說，這不關你的事。是我待她太壞了，就算我說我是出於無奈也無濟於事。我覺得，如果這個想法能夠實現，那我會感覺好受一點、快樂一點。」

凱兒緩緩地說：「這麼說，你從來就沒有快樂過？」

「小傻瓜，你這是什麼意思？我當然是快樂的，快樂無比，可是……」

凱兒打斷了他的話。

「『可是』，總是這個字眼，在我們這個家老有一個『可是』，老有一個該死的幽靈在游蕩，奧德麗的幽靈。」

奈維目不轉睛地望著她。

「你當真嫉妒奧德麗？」他說。

「我並不嫉妒她，我是害怕她……奈維，你根本就不了解奧德麗。」

「我和她結婚八年還不了解她嗎？」

「你不了解奧德麗，」凱兒重複道，「你不了解她。」

§

（四月三十日）

「荒唐！」崔瑟連夫人說。她靠回枕頭上，惡狠狠地環視著房間。「荒唐透頂！奈維一定是瘋了。」

「這事看起來確實挺奇怪的。」瑪麗．歐爾丁說。

從側面看去，崔瑟連夫人的五官是挺嚇人的，她的鼻梁骨細長尖削，當她臉一斜，總能看得你心臟怦怦亂跳。雖然她已七十多歲了，身體也很孱弱，但她的心智能力絲毫未減。說真的，她眼睛半睜半閉地纏綿病榻已經多年，她的生命力及感受力也已日漸枯竭，但就是在這種半麻木的狀態中，她偶爾還是能振作起來，讓所有官能恢復警敏，滔滔不絕地說個沒完。她的大床安置在房間的一角，憑藉著一些枕頭靠在床上，她像一個法國王后一樣主宰著自己的宮廷。瑪麗．歐爾丁——一個遠房堂妹——和她朝夕相處，負責照料她。兩個女人情同至親。瑪麗三十六歲，有一張顯不出年齡的細膩臉龐，歲月沒在上面留下多少痕跡，你能說她三十歲，也能說她四十五歲。她有很勻稱的身材，舉止溫柔，很有教養，烏黑的頭髮夾雜著一綹白額髮，使她顯得與眾不同。在前額特意留下一綹白髮一度十分流行，但瑪麗的這綹白髮卻是天生自然的，當她還是一個小女孩時就有了。

她正低頭靜靜地看著崔瑟連夫人遞給她的信，信是奈維．史金屈寫來的。

「是的，」她說，「這事看來很怪。」

「別告訴我這是奈維自己出的主意！這一定是其他人強加給他的，很可能是他的新婚妻子。」崔瑟連夫人說。

「凱兒？你說是凱兒出的主意？」

「八九不離十，這個新來的野丫頭！如果一對夫妻不得不把他們的家醜公諸於世，而且不得不訴諸離婚，那他們至少應該正正派派地各奔東西。新娶的妻子和離婚的妻子交朋友？

真叫我感到噁心！如今這個世界已經沒有規矩了。」

「也許現在就流行這個。」瑪麗說。

「在我的家裡可不！」崔瑟連夫人說，「我答應讓那個腳指甲一片猩紅的小魔鬼到這裡來，已經是仁至義盡了。」

「她是奈維的妻子。」

「沒錯，正是因為她是奈維的妻子，我才覺得馬修在天之靈也許希望讓她來。他對奈維這孩子呵護備至，一心想讓他把這兒當成自己的家。想到拒絕接待他的妻子後，我們的感情可能會破裂，我就退了一步，叫她來了。我並不喜歡她，這個來歷不明的女人不配做奈維的老婆。」

「她的出身不是很好嗎？」瑪麗安慰她說。

「她出身很壞！」崔瑟連夫人說，「他爸爸因為玩牌耍詐，被所有俱樂部拒絕往來，幸虧他不久就死了。她媽媽在里維拉也是臭名遠播。她能給這女孩什麼好的教養？除了飯店生活和那個母親，凱兒還懂些什麼？後來，她不知道怎麼在網球場上碰到了奈維，沒完沒了地死纏著人家，硬是讓他離開了自己的妻子——奈維是很喜歡奧德麗的——和她一起跑掉了。對於所有這一切，我完全歸罪於她一人。」

瑪麗淺淺地笑了一下，崔瑟連夫人依然是那副老脾氣，遇到這種情況總是指責女人，縱容男人。

「我想，嚴格說來，奈維也該受到譴責。」

「奈維是應該責備，」崔瑟連夫人同意。「他有一個討人喜歡的妻子，忠貞不渝地愛著他……也許愛過頭了。不管怎麼說，要不是那個女人死纏著他不放，奈維是會清醒過來的。可是凱兒下定決心要和他結婚。是的，我完全站在奧德麗這一邊，我非常喜歡奧德麗。」

瑪麗嘆了口氣。

「真是令人難過呀！」

「是啊，處在這種困難的境地，我也不知道如何是好。馬修喜歡奧德麗，我也一樣，而且大家都承認奧德麗是奈維的賢妻，儘管很可惜她不常和奈維一起分享興趣，她不是一個活躍的女孩。這一切實在令人苦惱。我年輕時，根本不會發生這種事。男人自然會有些不正當的外遇，但社會是絕不容許他們割斷夫妻關係的。」

「可是現在時常發生這種事。」瑪麗直率地說。

「確實如此，你懂得不少呀，親愛的。回顧往事是徒勞無益，要發生的事情終究會發生。像凱兒．莫蒂默這樣的女人明明偷了別人丈夫，卻沒人認為她們行徑卑劣！」

「除非是像您這樣的人，卡蜜拉！」

「我沒用了。那個小魔鬼才不管我怎麼想咧，她整天就忙著尋歡作樂。奈維來時可以把她帶來，我甚至樂意接待她的朋友……儘管我很不喜歡那個長得像個演員的年輕人，他整天就繞著凱兒轉。他叫什麼名字？」

「是泰德・拉特摩嗎？」

「就是他。他是凱兒在里維拉結交的朋友。我真想知道他是怎麼謀生的。」

「憑他的小聰明吧。」瑪麗說。

「這還情有可原。我猜他是憑他的長相混飯吃。他絕不是奈維那位妻子的益友！我很不高興他去年夏天的做法：他住復活灣飯店，而奈維和凱兒住在這裡。」

瑪麗從打開的窗子向外望去。崔瑟連夫人的房子坐落在一個可以鳥瞰特恩河的陡峭懸崖上。河對岸是新開闢的避暑勝地復活灣。在寬闊的沙灘上有海水浴場，到處都是一棟棟時髦的遊廊別墅。在伸向大海的山岬上聳立著一家大飯店。鹽溪是一個風景別致的小漁村，立在小山旁。它頗以自己的古板和保守自居，根本不把復活灣和它的夏季遊客放在眼裡。

復活灣飯店幾乎可說是正對著崔瑟連夫人的房子。瑪麗這時正眺望著矗立在狹長河岸那邊閃耀著白光的嶄新飯店。

「馬修不用看到這座庸俗的建築，這點我打心眼裡高興。」崔瑟連夫人閉著眼睛說，「他活著的時候，這海岸還沒人來糟蹋。」

馬修爵士和崔瑟連夫人三十年前就在海鷗角落腳了。馬修爵士是個愛好航行的人。十年前，不幸弄翻了自己的小艇，幾乎等同在崔瑟連夫人的眼前活活淹死了。

大家都以為崔瑟連夫人這下子會賣掉海鷗角的房子，離開鹽溪。然而事情並非如此，她依然住在那棟房子裡，唯一的改變就是變賣了他們所有的遊艇，任由河邊停放遊艇的船屋荒廢。從此，海鷗角便不再具備提供遊客使用的遊艇，人們不得不步行到渡口，從船夫那裡租船。

瑪麗有些躊躇不決地說：「要不要我寫信告訴奈維，說他的計畫和你的安排不能配合？」

「我怎麼也不會讓奧德麗吃閉門羹，她總是九月到我們這裡來，我絕對不會要她改變計畫。」

瑪麗一邊低頭看著信，一邊說：「你沒有看見奈維在信裡說，奧德麗也贊同他的主意，並很樂意和凱兒見面嗎？」

「我壓根就不相信。」崔瑟連夫人說，「奈維就像所有男人一樣，只是一廂情願！」

瑪麗執拗地說：「他說他已經跟奧德麗說過了。」

「多古怪的事啊！不……也許，無論如何，這不可能！」

瑪麗帶著詢問的神情打量著崔瑟連夫人。

「就像是亨利八世。」崔瑟連夫人說。

瑪麗不明白這話的意思。

崔瑟連夫人對她這番結論性的評語做了詳細的說明：「良心不安，你懂嗎？亨利一直想要凱瑟琳認同離婚是件正當的事情。奈維知道他自己的行為很惡劣，他想使自己的良心少受一些譴責，所以就一直在逼迫奧德麗，想讓她說一切都沒關係，說她願意和凱兒見面，而且毫不介意。」

「我懷疑……」瑪麗慢吞吞地說。

崔瑟連夫人目光尖銳地瞧著她。

「你在想什麼，親愛的？」

「我覺得……」她頓了一下，然後說：「這……太不像是奈維，這封信！你不覺得奧德麗是由於某種原因，需要這次……這次會面嗎？」

「她何必？」崔瑟連夫人尖聲說，「奈維丟下她以後，她就到雷托里去了，住在她姑姑羅伊德夫人那裡。她已經徹底崩潰了，只剩一具帶著軀體的幽靈而已。顯而易見，這對她的打擊太大了，她是個遇事認真、性情溫和而且相當自我克制的人。」

瑪麗不安地挪動了一下身子。

「是的，她是那種認真的人。她在很大程度上是個古怪的女人。」

「她遭受了許多痛苦……又經歷了離婚，以及奈維和那個女人的結婚，但是奧德麗開始慢慢克服了痛苦。現在她已經恢復到她原來的模樣，你說她會願意重提往事嗎？」

瑪麗有點固執地說：「奈維說她願意。」

老太太不以為然地看著她。

「瑪麗，為什麼你對這件事這樣固執己見，你希望他們一起到這裡來嗎？」

瑪麗的臉變得緋紅。

「不，當然不希望。」

崔瑟連夫人尖刻地說：「該不會是你向奈維提出這些想法的吧？」

「您……您怎麼說出這樣荒唐的話來？」

「我壓根不相信這是奈維的主意，這不像是奈維。」她稍停一會兒，心平氣和了。「明天是五月一日，是嗎？嗯，三日奧德麗就要到伊斯班克，在達林頓家住一陣子。那地方離這裡只有二十多英里，你給她寫封信，讓她來這兒吃頓午餐。」

§

（五月五日）

「史金屈夫人來了，夫人。」

奧德麗．史金屈走進寬敞的臥室，來到大床前，彎腰吻了吻老太太，隨後就在那張為她準備的椅子上坐了下來。

「見到你我真高興，親愛的。」崔瑟連夫人說。

「我也很高興見到你。」奧德麗說。

奧德麗．史金屈有一種叫人捉摸不定的氣質，她的身材適中，有一頭金黃色頭髮，面色非常蒼白。她五官端正，兩隻淺灰色的明亮眼睛分得很開，橢圓形的小臉上有一道直直的鼻子。這樣的容貌雖然說不上美麗，卻也十分甜美。不管怎麼樣，她有一種不容忽視的氣質，使你想多看她幾眼。她就像個幽靈，然而同時你也會感覺到，幽靈或許比有血有肉的活人更顯真實。

她說話的聲音非常優美悅耳，猶如小小的銀鈴那般柔和清脆。

奧德麗與老太太就她們彼此認識的朋友和新近發生的事情閒聊了一會兒，隨後，崔瑟連夫人說：「我要你來，不單單是我很想見到你，親愛的，還因為我接到了奈維寄來的一封怪信。」

奧德麗抬頭看了她一眼，眼神平靜安詳。她說：「是嗎？」

「他有個想法……我認為是個荒唐透頂的想法！他和凱兒九月要到這裡來，他說他想讓凱兒和你交個朋友，還說你也覺得這個主意不錯。」

崔瑟連夫人講完，便等待奧德麗的回答。

過一會兒，奧德麗靜靜地說道：「這主意很荒唐嗎？」

「親愛的，你真的願意發生這種事嗎？」

奧德麗又沉默了一會，隨後輕柔地說：「我想您大概也知道，這可能是個不錯的主意。」

「你真的願意見這個……你願意見凱兒？」

「卡蜜拉，我是這樣想的：這也許會……也許會讓事情簡單一點。」

「簡單一點！」崔瑟連夫人無可奈何地重複著。

奧德麗柔聲說：「親愛的卡蜜拉，您一直是樂於助人的，既然奈維想這樣……」

「別管奈維想什麼，你自己願不願意，這才是問題所在。」崔瑟連夫人粗聲地說。

奧德麗的臉頰上泛起了一層紅暈，像海邊的貝殼一樣閃爍著柔和的光澤。

「是的，我願意。」她說。

「這麼說，這麼說……」崔瑟連夫人停住了。

「當然，這事全由您決定，這是您的房子，何況……」

崔瑟連夫人閉上了眼睛。

「我是個老女人了。」她喃喃地說，「世道全亂了。」

「當然，我可以改在別的時間來，什麼時候都行。」

「你就像以往那樣在九月來吧。」崔瑟連夫人嚴厲地說，「讓奈維和凱兒也來。或許是我老了，但是我想我能夠和別人一樣，使自己適應新時代的變化。不必再說了，就這樣決定了。」

她又閉上了眼睛。過了一會，她透過那半閉著的眼皮，注視著坐在她旁邊的這位年輕婦女，說：「怎麼樣，這樣你滿意了吧？」

奧德麗嚇了一跳。

「啊，是的，是的，謝謝你。」

「親愛的，這真的不會傷到你的心嗎？你過去很愛奈維，這樣做也許會勾起你的舊日創傷。」

傷。」崔瑟連夫人用深沉又充滿關切的聲調說。

奧德麗低頭看著自己戴著手套的小手，崔瑟連夫人注意到她的一隻手緊緊抓著床緣。

奧德麗抬起頭，她的眼神十分平靜，沒有一絲不安。

「現在一切都過去了，都過去了。」

崔瑟連夫人沉重地往枕頭上一靠。

「這你自己最清楚。我累了，親愛的，現在你可以走了。瑪麗在樓下等你。告訴他們叫巴莉特到我這兒來。」

巴莉特是崔瑟連夫人年老忠誠的女僕。

她進來時，看到女主人閉著眼睛躺在那裡。

「巴莉特，我還是愈早離開這個世界愈好。」崔瑟連夫人說，「對於這個世界上的人和事，我一點都不理解。」

「啊，別說這些了，您累了，夫人。」

「是的，我是累了，把我腳上的鴨絨墊取下來，再把補藥給我拿來。」

「是史金屈夫人氣了您吧？她是個好人，但她也得吃補藥，她的身體很虛，好像總能看見別人看不到的東西。不過她是個很有個性的人。您可以說，她感覺很敏銳。」

「說得對，巴莉特，完全正確。」

「她也不是那種容易讓人忘記的人，我很想知道，奈維先生是不是經常想到她，新史金屈夫人長得很漂亮，確實漂亮極了，可是奧德麗是這樣一種人……要是她不在你身邊，你就總是惦記著她。」

崔瑟連夫人突然暗笑說：「奈維真傻，他怎麼會想把這兩個女人弄到一塊？他會為這件事後悔的。」

§

（五月二十九日）

湯瑪斯．羅伊德嘴裡叼著菸斗，正在看一個馬來亞僕人忙著為他打點行裝，那僕人手腳俐落，在農場裡堪稱第一。湯瑪斯把目光投向草木青蔥的花園。在過去的七年裡，他對這景色已經產生了感情，但現在他就要離開了，將有半年多時間看不到它。

重返英格蘭，使他產生了一種異樣的心情。

他的同事艾倫．德雷克朝屋裡看了一眼。

「喂，湯瑪斯，準備好了嗎？」

「都好了。」

「過來喝一杯吧，你這個走運的傢伙，我真嫉妒你。」

湯瑪斯．羅伊德慢慢走出臥室，來到他朋友身邊。湯瑪斯．羅伊德沒吭聲，他是個沉默寡言的人，他的朋友們都學會了從他沉默的方式中來猜測他對人和事的不同反應。

湯瑪斯有著異常魁梧的體魄，一張坦率、嚴峻的臉，一雙敏銳、多思的眼睛，他走起路來身軀稍微歪斜，有點像螃蟹，這是在一次地震中被門軋傷所留下的後遺症，他還因此而得了一個「寄居蟹」的綽號。地震使他的右臂和右肩部分殘廢，加上不自然的僵直步伐，許多人都以為他會感到害羞和難堪。實際上，他很少想到這些。

艾倫．德雷克給他斟了一杯酒。

「祝你一帆風順！」

羅伊德哼了一聲，沒說話。

德雷克不解地望著他。

「怎麼還像平常一樣這麼冷冰冰？」他說，「你高興得不知如何是好了，不是嗎？離開家有多久時間了？」

「七年……快八年了。」

「時間可不短呢，真奇怪你還沒有完全被本地人同化。」

「我應該有吧。」

「你永遠是我們的悶葫蘆老兄，誰也取代不了。計畫好假期怎麼過了嗎？」

「嗯，是的，差不多了。」

湯瑪斯古銅色的木臉上突然微微泛紅。

艾倫．德雷克興奮而驚訝地說：「我猜是有個女孩！嘿，你臉紅了！」

湯瑪斯・羅伊德的聲音有些嘶啞。

「別傻了！」

他猛抽著那支古色古香的菸斗，而且一反往常又繼續聊下去。

「我敢說，變化一定很大。」

艾倫・德雷克好奇地問：「我一直很納悶，上次你一切都準備妥當了，為什麼又改變主意不回家？而且恰恰在最後一分鐘改變主意。」

羅伊德聳了聳肩膀。

「那是獵季，回去一定很有意思，可是後來家裡傳來了噩耗。」

「噢，我忘了，你哥哥在車禍中喪生了。」

湯瑪斯・羅伊德點點頭。

德雷克想，因為這樣而取消旅行很奇怪。他知道，當時湯瑪斯的母親在家裡，而且還有一個妹妹。這種情況下……接著，他又想起了什麼：湯瑪斯是在接到他哥哥的死訊之前就已經決定取消旅行了。

艾倫好奇地看著朋友，老湯瑪斯怎麼這樣叫人難懂？

「你和你哥哥十分親密嗎？」湯瑪斯的哥哥已去世三年，他可以這樣問。

「愛德瑞和我？不是特別親密，我們各走各的路，他是律師。」

是啊，截然不同的人生道路，德雷克心裡想，出席倫敦的法制會議，各種名目的晚宴，全憑一條三寸不爛之舌謀生……他猜愛德瑞一定與沉默寡言的湯瑪斯大不同。

「令堂還健在？」

「我母親？還健在。」

「你還有一個妹妹。」

湯瑪斯搖了搖頭。

「你有，在那張照片裡……」

羅伊德咕嚕著說：「不是妹妹，是遠房表親那一類的。她是個孤兒，在我們家長大。」

他古銅色的臉龐又慢慢湧上紅潮。

德雷克暗想，噢喔！

他說：「她結婚了嗎？」

「結婚了，嫁給了奈維·史金屈那個傢伙。」

「就是那個專打網球和回力球的人嗎？」

「是的。她已經和他離婚了。」

所以你想回家去碰碰運氣，德雷克心想。

德雷克知趣地改變了話題。

「回家會去打獵還是到哪裡釣魚？」

「先回家，然後想到鹽溪去玩玩帆船。」

「我知道那是個有趣的小地方，還有一個很傳統的老旅館。」

「是的，叫巴莫拉。也許我就到那兒下榻，也許借住朋友家，他們在那裡有房子。」

「聽起來很棒。」

「嗯，鹽溪是個安靜的好地方，沒人會來打擾你。」

「我知道，」德雷克說，「一個平靜無波的地方。」

§

（五月二十九日）

「真令人生氣。」褚維士先生說，「二十五年來，我年年到利赫的馬林旅館度假，但現在，叫人怎麼相信，那地方正在拆建，胡謅些門面要擴建的鬼話。他們為什麼不放過這些地方呢？利赫一向有自己的特殊迷人之處，十足攝政時期風格，道道地地的攝政時期風格。」

魯菲．洛德爵士安慰他說：「那裡還是有其他飯店吧。」

「我一點都不想去利赫了。在馬林旅館，麥格太太完全了解我的需求。我每年都住在同一個房間，服務的品質也數十年如一日，而且餐點做得好極了，好得不得了。」

「到鹽溪試一試怎麼樣？那裡也有一個相當好的老式旅館，叫巴莫拉，告訴你誰經營這家旅館……是羅傑西夫婦。羅傑西太太曾經是蒙特何伯爵的廚娘。在倫敦，蒙特何伯爵是最講究吃的。她和他的男管家結了婚，兩人現在就經營著那家旅館。我覺得這是你會喜歡的地方，安安靜靜，沒有爵士音樂的喧鬧，而且服務和餐食都是一流的。」

「這主意不錯……這主意真不錯哩！那裡有帶遮棚的露台嗎？」

「有，有一排遮棚的陽台，後面還有一片露台，你想曬太陽就曬太陽，想乘涼就乘涼。如果你願意，我可以給你介紹一下附近的情況。有一位叫崔瑟連的老太太就住在隔壁，她有一棟漂亮的房子。雖然她已經病得起不了床，但還算是一位討人喜歡的女人。」

「你說的是那個法官的遺孀嗎？」

「正是。」

「我過去認識馬修．崔瑟連，我想我也見過那個寡婦，是個討人喜歡的女人……當然那是很久以前的事了。鹽溪離聖盧很近，是嗎？我有幾個朋友住在那裡。到鹽溪去的確是個好主意，我要寫信打聽一下那裡的情況。我希望八月中旬到那裡去，從八月中旬到九月中旬在那裡住一個月。那兒有車庫可以安置汽車和我的司機嗎？」

「噢，有，而且是最新式的。」

「那就好，因為你知道，我走上坡路要特別當心。那裡應該有電梯，不過我還是希望住一樓。」

「是的，這類問題是要格外注意。」

「這麼說，我的問題已圓滿解決了，」褚維士先生說，「我很高興能和崔瑟連夫人久別重逢。」

§

（七月二十八日）

凱兒・史金屈穿著短褲和一件鮮黃色的毛衣，正朝前傾著身子觀看網球賽。這是在聖盧舉辦的男子單打錦標賽的準決賽。奈維出戰梅利克。梅利克是網球場上一顆正在崛起的新星，他的卓越球藝無可爭辯，發球尤其令人招架不住……當然有時候他也會輸球，那是在老手豐富的臨場經驗占了上風的時候。

最後一盤的比分是三平。

泰德・拉特摩不知什麼時候溜到了凱兒的身邊，懶洋洋地嘲諷說：「忠實的妻子親臨現場觀賞自己的丈夫奮勇奪標哪！」

凱兒吃了一驚。

「你把我嚇了一大跳！我不知道你也跑到這裡來了。」

「我經常在這裡，現在你知道了吧。」

泰德・拉特摩二十五歲，長得非常帥氣，雖然一些對他反感的老軍人總是說他「一身義大利味」。

他的皮膚被陽光曬成了淺褐色，十分好看。他還是一個舞者。

他的那雙黑眼總是脈脈含情，還刻意使自己的聲音充滿演員般的自信。凱兒十五歲時就認識他了。他們常在身上抹上防曬油，一起在永萊斯本曬太陽，一起出沒於舞場，一起打網球。他們不僅是朋友，而且是心腹之交。

年輕氣盛的梅利克這時從場地的左邊發球，奈維漂亮地把球回擊到場地的角落，這一擊十分高妙。

「奈維的反手拍真好，」泰德說，「比他的正手拍厲害多了，奈維知道反手拍是梅利克的弱點，他懂得怎樣去發揮他的反手拍。」

這一盤結束了。

「四比三，史金屈領先。」

下一盤輪到奈維發球，年輕的梅利克一擊飛出了場外。

「五比三。」

「奈維打得真漂亮。」拉特摩說。

這時梅利克集中精神，變得小心謹慎了，而且不斷變換自己的球路。

「他還有點腦筋，」泰德說，「而且他的步法靈活。鹿死誰手，還難以預料。」

梅利克漸漸把比分拉成五平，接著又是七平，最後梅利克以九比七反敗為勝。

奈維走到網前與梅利克握手時，苦笑著搖了搖頭。

「還是年輕人行，」泰德．拉特摩說，「十九歲對三十三歲。凱兒，我知道奈維為什麼從來沒有打進冠軍……因為他是個完美的輸家。」

「胡說八道。」

「我才沒有。奈維是個十全十美的運動員，我從未見過他因為比賽輸了球而發脾氣。」

「別人都不發脾氣，」凱兒說，「他幹嘛要發呢？」

「會啊，別人會發脾氣啊！我們都見到過的，那些網球明星常常大發雷霆，對每一分都計較，可是奈維總是心甘情願地服輸，笑笑就算了，誰最厲害讓誰贏。天哪，我真討厭這種私立公學的精神，感謝上帝，我從沒進過這種學校。」

凱兒扭過頭來說：「你這人心眼實在很壞，對吧？」

「陰險狡詐透頂！」

「我希望你不要這麼露骨地表示你不喜歡奈維。」

「我為什麼要喜歡他？他把我的女人給搶走了。」

他的目光在凱兒身上流轉。

「我不是你的女人。生活環境不允許。」

「沒錯，即便曾經相依為命。」

「住嘴，我愛上奈維，並和他結了婚……」

「而且他還是一個有趣的好夥伴，我們大家都這麼說！」

「你想惹我生氣嗎？」

她一邊問一邊把頭扭了過來，泰德莞爾一笑，於是她也相應一笑。

「這個夏天過得怎麼樣，凱兒？」

「不怎麼樣，遊艇旅行還挺好玩，可是這些網球賽讓人討厭。」

「還要多長時間，一個月嗎？」

「是的。九月我們要去海鷗角住上兩星期。」

「我那時會住在復活灣飯店。」泰德說，「已經訂好房間了。」

「那敢情是個愉快的聚會！」凱兒說，「奈維和我、他的前妻，還有一個回家休假的馬來亞農夫。」

「聽起來確實夠熱鬧！」

「當然，還有那個邋遢的表姐，她給那個討厭的老太婆做奴隸，可是到頭來她什麼也撈不著，因為所有的錢都歸奈維和我所有。」

「也許她對這些一無所知吧？」

「那就好玩了！」凱兒說。

她說這話時已經心不在焉了。

她凝視手裡擺弄著的球拍，突然屏住了呼吸。

「噢，泰德！」

「怎麼了，蜜糖？」

「不知道，就是有時候我……我會感到膽戰心驚！我感到害怕，覺得不舒服。」

「凱兒，這不像你說的話呀。」

「不像，是嗎？」她茫然若失地笑著說，「無論如何，你一定要到復活灣飯店去。」

「一切按計畫進行！」

當凱兒在更衣室外碰到奈維時，他說：「我看見你的男朋友來了。」

「泰德？」

「是的，那隻忠誠的狗……或許說忠誠的蜥蜴[1]更適合。」

「你不喜歡他，是嗎？」

「我從來不把他放在心上。如果你覺得把他拴在繩子上玩耍很有趣的話……」他聳了聳肩膀。

凱兒說：「你是在嫉妒？」

「嫉妒拉特摩？」他真的感到驚訝。

「泰德是很有魅力的人。」

1 蜥蜴的英文是 lizard，亦指遊手好閒之徒，在此為雙關語。

「那當然，他有南美人那種軟綿綿的迷人風度。」

「你是在嫉妒。」

奈維親暱地在她手臂上捏了一下。

「美人兒，我才不呢。你愛馴服多少崇拜者都行，哪怕全場的人都拜倒我也無所謂。但我是唯一的擁有者，擁有者在訴訟中總是占上風。」

「你就真的那麼有自信嗎？」凱兒噘起嘴。

「當然，你和我是姻緣注定，命運讓我們相會，命運使我們結合。你記不記得我們在坎城相遇後，我就到俄斯托里去，想不到剛抵達，我見到的第一個人就是你！可愛的凱兒，那時我就知道這是命中注定，是躲避不了的了。」

「確切地說，這不是命中注定，這是我決定的。」凱兒說。

「你說『這是我決定的』，是什麼意思？」

「因為這是我決定的！你知道，我在飯店裡聽說你要到俄斯托里去，所以我就想辦法說服媽媽，最後把她的心給說動了……這就是你一抵達那裡就見到凱兒我的原因。」

奈維訝異地看著她，緩緩地說：「你以前從來沒告訴過我。」

「是沒有，因為這對你不會有什麼好處，那樣可能會讓你得意忘形！我是很善於打算的。事情不會自然而然發生，除非你讓它們發生！你有時叫我小傻瓜，但我覺得我自己還挺聰明的。我讓事情發生，有時候我在事前很久就開始計畫了。」

「那一定要絞盡腦汁囉？」

「這算不了什麼，成功的快樂才是最重要的。」

奈維的話音突然充滿了令人費解的痛苦。

「我是不是這才開始了解那個和我結了婚的女人？命中注定……看看凱兒！」

凱兒說：「你沒生氣吧，奈維？」

他心神不定地說：「不，沒有，當然沒有。我只是……在想事情……」

§

（八月十日）

家財萬貫而性情古怪的柯內利勳爵此刻正坐在他的大書桌旁。這張書桌讓他深感驕傲和欣慰。那是他花了大把鈔票專門為自己設計的，相對而言，這個房間的其他家具只不過是它的附屬品。房間布置得非常氣派，略嫌不足的，只是它得容納柯內利勳爵……一個不起眼的矮胖男人。他坐在豪華巨大的書桌旁，相形之下變成了一個小人兒。

一位金髮碧眼的女祕書走進這個富麗堂皇的房間，其裝束舉止和周圍豪華的家具顯得十分協調。

她無聲地穿過房間，把一張紙片放在這位大人物的面前。

「麥沃特？麥沃特？他是誰？我從未聽說過他。他預約了嗎？」

金髮祕書示意預約過了。

「麥沃特，嗯？哦，麥沃特，是那個傢伙！好的，讓他進來，現在就進來。」

柯內利勳爵輕輕一笑，顯然心情很好。

他坐回到自己的椅子裡，抬起雙眼注視著應召進來的男子，他一臉陰鬱。

「你就是麥沃特，嗯？安格斯．麥沃特？」

「這是我的姓名。」

麥沃特生硬地回答。他身子站得筆直，面無笑容。

「你原先在赫伯特．克萊那兒工作，是吧？」

「是的。」

柯內利勳爵再次輕輕一笑。

「我知道你的事。克萊的駕駛執照被吊銷，全都是因為你不肯替他說話，不肯發誓說他的車速是每小時二十英里！他簡直氣到不行！」他笑出聲來。「把當時在薩伏飯店的情況都說來聽聽。『那該死的蘇格蘭豬頭！』他當時就是這樣罵的，不停地罵，你知道我是怎麼想的嗎？」

「不知道。」

麥沃特壓低聲音說話，但柯內利勳爵對此未曾注意，他在忙著回憶自己當時的反應。

「我當時想，我就是需要這種人，這種不會受賄說謊的人。你不必為我說謊，我做事不搞那一套。我一直在尋找誠實可靠的人……但簡直找不到！」

這小個子貴族發出一串刺耳的笑聲，靈活的猴臉上堆滿皺紋。麥沃特一動不動地站著，表情麻木。

柯內利勳爵突然收住笑聲，露出精明而戒備的神色。

「麥沃特，如果你想要工作，我這裡倒是有一份差事給你。」

「我能勝任。」麥沃特說。

「這份差事很重要，只能交給適當的人，一個絕對信得過的人……而我相信你完全合適。」

柯內利勳爵停下來，後者卻一聲不吭。

「嗯，朋友，我可以完全信賴你嗎？」

麥沃特冷冷地回答道：「我就算回答『當然可以』，你也不能確定啊。」

「你可以做好這件事，你是我一直在尋找的人。你對南美洲熟悉嗎？」

他開始向他解釋任務的細節。半小時後，麥沃特站在人行道上，已接了一份有趣而且報酬豐厚的差事，也有了一份充滿前途的工作。

在遭受連番挫折之後，命運朝他微笑了，但他沒有心情報以微笑。他想起剛才的會面。情緒很高亢，可是並無欣喜若狂之感。眼前的事實讓他感受到某種因果報應。實際上，是前雇主的謾罵幫助他獲得這份好差事。

他覺得自己是個幸運的人。管他呢！他願意承擔這項只為維生的任務。儘管缺乏熱情，甚至也並無快慰可言，不過他還是願意認認真真地去完成它。早在七個月以前，他就試著要掌握自己的命運。現在機會……真正的機會不邀而至，然而他卻毫無感謝之心。的確，處境的改變並沒有使他產生解脫之感。那段生活永遠結束了！他承認，人是不能在冷血中過日子的，生活總是有意外的失望、感傷、沮喪或激情。你不能因為日子老在枯燥無味地兜圈子就自殺吧。

大體說來，他還是為了這份差事會把他帶離英國而感到高興。他將在九月底乘船前往南美洲。往後幾週他得忙著準備行裝，還得花時間研究一下這趟差事的某些複雜細節。

但是在離開這個國家之前，他會有整整一個星期的閒暇。他不知道自己應該怎樣打發這個星期。

就待在倫敦，還是到別處去轉轉？

他模模糊糊地突然有了一個主意。

到鹽溪去。

「我真他媽有興致到那兒去。」他自言自語。

他想，那應該滿有意思的。

§

（八月十九日）

「我的假期吹了。」巴門主任厭惡地說。

巴門夫人大失所望，可是長年以來作為一個警察的妻子，她早已習慣希望落空。

「唉，這也沒辦法，我想這是一件有趣的案子吧？」她說。

「不像你認為的那樣。」巴門主任說，「可是也把外交部弄得團團轉，那些又高又瘦的小夥子成天東奔西跑，嘴上煞有介事地喊著『噓，噓』。解決這個案子易如反掌，但是我們要給每個人留足面子。我是不會把這種案子寫進回憶錄的……如果哪天我變傻了去寫這東西的話。」

「我想，假期可以延後……」

巴門夫人猶豫地說著，但剛開始講就被她丈夫果決地打斷了。

「一點兒也不用延後！你和女兒們到布靈頓去，三月的時候我就已經訂好房間，白白浪費很可惜。至於我，我就到吉姆那裡去待一星期，等這案子結束了再說！」

吉姆．李區警官是巴門主任的外甥。

「薩丁頓離復活灣和鹽溪很近，」他接著說，「在那兒可以呼吸到海風，泡泡海水。」

巴門夫人對丈夫的話嗤之以鼻。

「更有可能的是你的侄子又要纏著你幫他辦案子！」

「這個時節，他們手頭上沒有什麼案子需要承辦，大不了是某個女人偷了羊毛店的什麼東西罷了。不管怎麼樣，吉姆是可以獨當一面的，他不需要別人給他動腦筋、想辦法。」

「噢，這樣也好，我希望一切順利，但我還是很失望。」

「這些事情對我們是一種考驗。」巴門主任安慰道。

03 紅薔薇與白雪公主

在薩丁頓車站一下火車，湯瑪斯．羅伊德就看見瑪麗．歐爾丁在月台上迎候著他。他對瑪麗的印象很模糊。今日重逢，他相當驚奇而且高興地發現她待人接物的方式變得機智老練了。

她喊著他的教名。

「分別了這些年，湯瑪斯，見到你真高興。」

「你能來接我真好，但願沒給你們添麻煩。」

「一點都不麻煩，恰恰相反，你很受歡迎。那是腳夫嗎？告訴他把東西拿過來，我把車停在那邊。」

行李放進了福特轎車。瑪麗握著方向盤坐在司機座上，羅伊德坐在她的旁邊。汽車開動了。羅伊德發現瑪麗開車時十分靈活、謹慎，對距離和空間的判斷準確無誤，是個技術嫻熟的駕駛員。

薩丁頓距離鹽溪七英里，當他們駛出小鎮開上寬闊的公路時，瑪麗再次提起他的來訪作為話題說：「湯瑪斯，你這次回來真是出乎大家意料，你來得正是時候。情況相當複雜，而一個陌生人……應該說一個局外人，恰恰是我們現在所需要的。」

「有什麼麻煩的事？」

他的神情語態如同以往那般冷漠，甚至是懶洋洋，這樣問與其說是想了解什麼，倒不如說是出於禮貌。這種態度使瑪麗．歐爾丁放心不少。她急欲向人傾吐，但可以對那些興趣索然的人訴說，她更加樂意。

她說：「嗯，我們現在的情況有點複雜。奧德麗在這裡，你也許知道了吧？」

她暫停說話，用詢問的目光看著他。羅伊德點了點頭。

「而且奈維和他的妻子也在這兒。」

湯瑪斯．羅伊德揚了揚眉毛，過了一會兒才說：「有點兒尷尬，是嗎？」

「是的，是這樣。這完全是奈維的主意。」

她又頓住了。羅伊德緘口不言，好像覺得不太相信似的，她語氣肯定地重複一次。

「這是奈維的主意。」

「為什麼？」

她握著方向盤的手朝上比了一下。

「嗯，趕時髦吧！要理智，要做朋友，就是這一套。但是我認為，你知道，這樣做不會有什麼好處。」

「也許吧。」他隨聲附和。「那個新妻子是怎麼樣的一個人？」

「你說凱兒？那當然很漂亮。十分漂亮，而且非常年輕。」

「奈維喜歡她嗎？」

「噢，喜歡。他們結婚才一年半。」

湯瑪斯・羅伊德慢慢地把頭扭過來打量著她，微微地笑了一下。瑪麗趕緊說：「我不是那個意思。」

「少來了，瑪麗，我知道你是什麼意思。」

「嗯，他們確實沒什麼共同之處。比如說，他們的朋友……」她突然不說了。

羅伊德問：「奈維是不是在里維拉碰到凱兒的？這個我知道的不多，媽媽在信裡只寫了一點。」

「是的，他們第一次見面是在坎城，奈維是一見鍾情。但是我想他以前也對其他女人動過心吧，不過都是些無傷大雅之事。現在我仍然認為，如果當時讓他自己做主，那什麼事也不會發生，他很愛奧德麗，你知道吧？」

湯瑪斯點點頭。

瑪麗繼續說道：「我認為他並不願意離婚，我敢肯定他不願意。但那個女人顯然下定了決心，不弄得他離開妻子絕不罷休……在這種情況下，一個男人有什麼辦法呢？當然，這也使他甚為自得。」

「她愛他愛得發狂，是嗎？」

「曾經是吧。」

瑪麗的話有弦外之音。接觸到他詢問的眼光，她臉紅了。

「多壞心眼啊我！有個年輕人——那種靠女人吃飯的小白臉——總是纏著她，是她的親密友人。我有時禁不住想，奈維有錢有名，這一切難道不是原因？我猜那女孩原本很落魄。」

她停住了，顯得有些羞愧。湯瑪斯．羅伊德只是沉思地「嗯哼」了一聲。

「不管怎樣，」瑪麗說，「我真是以小人之心度君子之腹！只不過她是人們所說的那種風流女人……大概就是這個激起了我這個老處女的狡黠本性。」

羅伊德若有所思地望著她，他那毫無表情的臉上看不出半點反應。隔了一會兒，他說：

「現在的難題是什麼？」

「真要說起來，我也摸不著頭腦！怪就怪在這裡。我們自然是先找奧德麗商量。她並不反對和凱兒會面，她真是太好了、太善良了，這世界上再也找不到比她更好的人。當然，奧德麗做事一向極有分寸，對他倆的態度也無可挑剔。但是你也知道，她個性很內斂，誰也不知道她在想什麼、感覺什麼。可是說真的，我相信，她對這事並不在意。」

「她有什麼理由要在意呢！」湯瑪斯．羅伊德說。

過了好一會他又補充道：「畢竟那是三年前的事了。」

「你以為奧德麗忘得掉嗎？她很愛奈維。」

湯瑪斯．羅伊德在座位上動了一下。

「她才三十二歲，來日方長啊。」

「嗯，我知道，可是她心裡挺苦的，精神上受到嚴重的打擊。」

「這我知道，我媽寫信告訴我了。」

「在某種程度上，有奧德麗的照顧對你母親是件好事，這樣能減輕她因為你哥哥死去所帶來的憂傷。我們都非常難過。」

「是的，可憐的愛德瑞，他總是把車開得飛快。」

一陣沉默，瑪麗將手伸出車外，示意車子要轉進一條小路，那條路順著小丘而下朝往鹽溪。

當他們沿著狹窄、崎嶇的小路向下行駛時，她說：「湯瑪斯，你很了解奧德麗嗎？」

「還好，我們已經近十年沒見面了。」

「不會吧！當她還是個黃毛丫頭的時候，你就認識她了，她就像是你和愛德瑞的妹妹，對吧？」

他點點頭。

「她……她是不是有些精神不平衡？噢，我說的並不完全是字面上的意思，但我總覺得她現在有點不對勁。她像是完全超然於世，但這種姿態很不正常。我經常懷疑，她心裡究竟是怎麼想的。我有時感到她確實內心波濤洶湧，可是這種感情是什麼我又說不清！我覺得她不太正常，一定有什麼事！我感到憂心忡忡。家裡存在著一種氣氛影響著每一個人，大家都神經過敏，但我又不知道那是什麼。湯瑪斯，這使我害怕。」

「使你害怕？」

他慢吞吞和好奇的音調使她鎮靜了下來，她神經質地笑了一下。

「這樣說好像有些可笑……可是我的感覺就是如此，你來了真好，能讓我們轉移一下注意力。啊，到了。」

他們轉過最後一個彎，眼前出現了人們稱作「海鷗角」的那棟建築物。海鷗角矗立在石原之上，俯望溪流，兩側是直入水中的峭壁，花園和網球場在房子的左邊，車庫現代前衛，遠在房子另一頭稍遠的路邊。

瑪麗說：「我把車開進車庫，一會兒便回來。侯思特會招呼你。」

年邁的老管家侯思特像老朋友一樣熱情迎接湯瑪斯。

「羅伊德先生，好久不見，再看到您真高興。老夫人也會很高興。先生，您住東廂，要是您不想先到您的房間去，那我相信您會在花園裡見到大家。」

湯瑪斯搖了搖頭。他穿過客廳，一直走到露台的落地窗前，默然無聲地站在那兒觀望了一會兒。

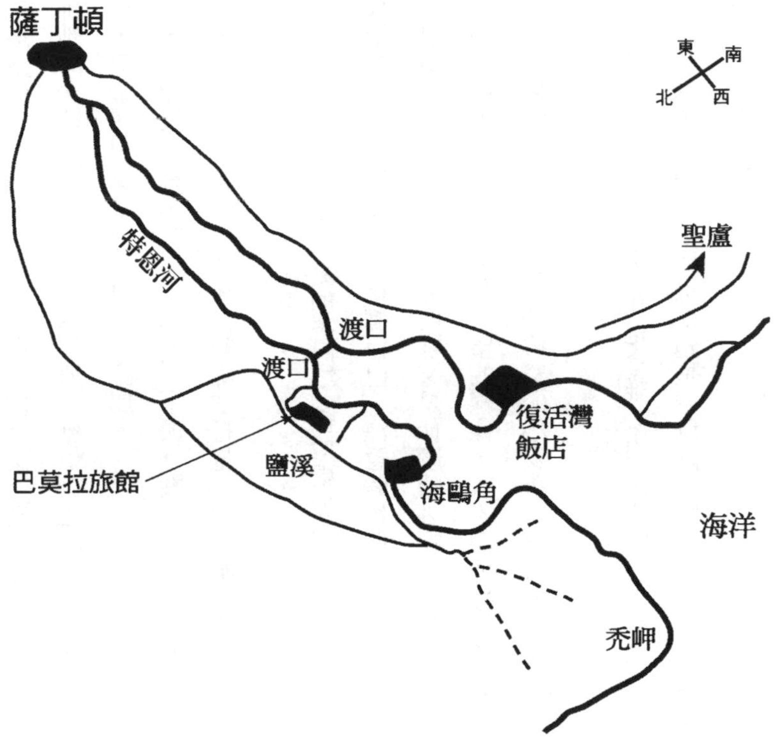
薩丁頓
東
南
北
西
特恩河
聖盧
渡口
渡口
復活灣
飯店
巴莫拉旅館
鹽溪
海鷗角
海洋
禿岬

露台只有兩個女人，一個坐在欄杆的角落上，隔水向遠處眺望，另一個則望著她。前者是奧德麗。湯瑪斯知道另外一個一定是凱兒．史金屈。凱兒不知道有人正在觀察她，沒有費心去掩飾她的表情。對於女人，湯瑪斯．羅伊德也許算不上是個觀察敏銳的人，但他起碼看得出凱兒．史金屈很厭惡奧德麗．史金屈。

奧德麗隔河眺望，好像沒有意識到——或者根本漠不關心——另一個人的存在。

湯瑪斯已經七年沒見到奧德麗了，他仔仔細細地打量著她。她變了嗎？如果變了，又是哪些方面呢？

他確定她是變了，變得更加消瘦、更加蒼白，神情更加空靈了……可是，還有某種變化，他無法形容這種變化。好像她在竭力抑制自己，注意著每個動靜，對周圍的一切事情保持戒備。他覺得她像是有隱衷埋在心底。然而那又是什麼隱衷呢？對於這幾年來她的不幸遭遇，他略有所聞。看到她臉上刻畫著痛苦和失望的線條，並不讓他感到驚訝……但是，還有些別的東西。她像是一個用小手緊緊握住一件珍寶的小女孩，讓人不免想看看她在隱藏些什麼。

他的目光又移向另一個女人，那個現在是奈維．史金屈的妻子的女人。是的，她很美麗，瑪麗．歐爾丁說得一點都沒錯。但他覺得她是個危險人物。他想，如果這女人手裡有一把刀子，他是不會讓她走近奧德麗的……

但她為什麼要仇恨奈維的前妻？一切都已經過去而且被接受了，現在奧德麗在他們的生活中已是無關緊要的了。

露台上響起了腳步聲，奈維從房子的角落走來，手裡拿著一份畫報，看起來興高采烈。

「這是《新聞畫報》，」他說，「只找到了一本……」

兩件事不約而同地發生。

凱兒說：「啊，太好了，把它給我。」而奧德麗頭也沒抬，只是心不在焉地直接伸出手。奈維在兩個女人中間左右為難，臉上露出窘色。沒等他開口，凱兒就說話了，她的聲音有一點歇斯底里的音調。

「我要看，把它給我！給我，奈維！」

奧德麗．史金屈嚇了一跳，轉過頭來，縮回了她的手，喃喃地說：「啊，對不起，我以為你是在跟我說話，奈維。」她的神態略顯困窘。

湯瑪斯．羅伊德看到奈維．史金屈的臉色一下子紅到了耳根，他很快向前走了三步，把東西遞給了奧德麗。

奧德麗顯得非常不好意思，她猶豫地說：「嗯，可是……」

凱兒粗暴地把椅子往後一推，站了起來，隨後轉身向客廳的落地窗走去。羅伊德來不及閃開，她一頭撞上了他。

這一撞使她後退了一步。當他向她致歉時，她才發現了他。他一下子明白了為什麼她剛才沒看見他：她淚水盈眶。他想，那是憤怒的淚水。

「嗨！」她說，「你是誰？哦，我知道了，從馬來亞來的人！」

「是的，我是從馬來亞來的。」湯瑪斯說。

「上帝怎麼不讓我也到馬來亞去！」凱兒說，「除了這個鬼地方，去哪兒都行！我討厭這個叫人噁心的房子！我討厭裡面的每一個人！」

湯瑪斯對情緒激動的場面非常小心，他小心注視著凱兒，緊張地咕嚕著。

「噢，嗯……」

「他們最好提防著點，要不然我會殺人！」凱兒說，「不是奈維，就是那個面無血色的狐狸精。」

她從湯瑪斯身邊快步擦過，走出了房間，「砰」地一聲關了門。

湯瑪斯呆若木雞地站著，不知所措。不過年輕的史金屈夫人這一離開，倒使他相當高興。他站在那裡望著凱兒狠命關上的那扇門。新過門的史金屈夫人好一副凶相！

落地窗突然暗了下來，奈維．史金屈氣喘吁吁地站在兩扇窗子中間。

他含糊地跟湯瑪斯打了個招呼。

「噢，羅伊德，我不知道你已經到了。你見到我妻子了嗎？」

「她剛從這兒過去了。」

奈維轉身穿過客廳，他看上去焦躁不安。

湯瑪斯．羅伊德慢慢走過洞開的落地窗，他一向步履很輕。直到離奧德麗只有幾碼遠的地方，她才警覺地轉過頭來。

奧德麗分得很開的雙眼睜大了，嘴唇也張開了。她起身奔了過來，伸出雙手。

「啊，湯瑪斯，」她叫道，「親愛的湯瑪斯！好高興見到你！」

他把她白嫩的小手握在手裡，彎下身子，這時，瑪麗．歐爾丁散步來到了落地窗前，看到他們兩個在露台上，便停住了腳步。看了他們一會之後，她慢慢轉身走進屋裡。

§

奈維是在樓上凱兒的臥室裡找到她的。這房子唯一一間備有雙人床的臥室是崔瑟連夫人住的。已婚夫婦經常是住在中間那間有隔門相通並附有浴室的套房。這裡再過去是間浴室，位於屋子西邊，是個獨立的房間。

奈維穿過自己的臥室走進妻子的臥室。凱兒把身子撲在床上，抬起滿是淚痕的臉，憤憤地叫著：「你來了！來得真是時候！」

「你這樣大驚小怪究竟是為什麼？你發瘋了嗎，凱兒？」

奈維用平靜的口吻說，可是他的鼻翅張動著，顯出壓在心底的憤懣。

「你為什麼把《新聞畫報》給她而不給我？」

「凱兒，你真是孩子氣！就為了一本可憐的小畫報大動肝火呀！」

「你給了她，沒給我。」凱兒固執地重複說。

「啊，為什麼不能給她？這有什麼關係呢？」

「對我有關係！」

「我不知道你今天是怎麼了，在別人家裡怎麼能這樣歇斯底里？你難道不知道有外人在嗎？」

「你為什麼把它給了奧德麗？」

「因為她想要。」

「我也想要，何況我還是你的妻子。」

「從道理上講，這種情況應該把它給年紀較大且法律上沒有親屬關係的人。」

「她羞辱我！她想羞辱我，而且就這樣做了。你偏袒她！」

「你說話就像一個充滿嫉妒心的傻孩子。看在老天的份上，控制一下自己，在大家面前別出醜！」

「就像她那樣，是嗎？」

奈維冷冰冰地說：「不管什麼情況，奧德麗的舉止都像個淑女。她不會當眾出洋相。」

「她故意讓你來氣我！她恨我，她是在報復。」

「凱兒，你聽著，你別再誇大其辭和鬧笑話了。我很煩了！」

「那我們離開這兒，明天就走！我恨這個地方！」

「我們才來了四天。」

「已經夠了！我們走吧，奈維。」

「聽我說，凱兒，我實在受夠了。說好在這兒待兩個星期，所以我要在這兒待完兩個星期。」

「這樣你會後悔的，你和你的奧德麗！你一直認為她很完美。」凱兒說。

「我不認為她很完美，但她是一個正派善良的女人。我虧待了她，她卻寬宏大量地饒恕了我。」

「你就是錯在這兒。」凱兒從床上起來，怒火已經平息了，她一本正經甚至有些凝重地說：「奧德麗沒有饒恕你，奈維，有一兩次我看見她瞧著你的目光……我不知道她心裡在想些什麼，但有什麼東西……她是那種不讓人知道她在想什麼的人。」

「遺憾的是，這種人並不多見啊。」

凱兒的臉色變得非常蒼白。

「你的意思是指我嗎？」她用帶著尖銳的威脅語調說。

「嗯……你看起來不夠節制，你心裡只要有一丁點的怒氣和怨恨，就非得一股腦兒全部發洩出來。你自己丟人，還讓我也丟人。」

「還有什麼？」

她的聲音冷若冰霜。

他也用同樣冷冰冰的聲音說：「如果你認為我這樣說對你不公平，我很抱歉，但這是清清楚楚的事實。你還不如一個小孩能克制脾氣呢！」

「像你就從不發脾氣，是嗎？你是一個善於克制、風度翩翩的正人君子！我不相信你有任何情感，你只是一個笨蛋……一個該死的、冷血的懦夫！你幹嘛不滾出去？你何不對著我咆哮，詛咒我，叫我下地獄去？」

奈維長嘆一聲，肩膀垂了下來。

「噢，上帝！」他說道，轉身離開了房間。

§

「湯瑪斯，你和十七歲時看來一模一樣。」崔瑟連夫人說道，「老是板著臉，話也不比從前多多少，這是怎麼回事？」

湯瑪斯含糊其辭地說：「我也不知道，我沒有說話的本事。」

「愛德瑞可不像你，他是一個十分活潑、能言善道的人。」

「我不愛說話大概是因為他。話全都讓他給說了。」

「可憐的愛德瑞，他原本是前途無量哩。」

湯瑪斯點點頭。

崔瑟連夫人轉了話題。現在她準備要當湯瑪斯的聽眾。平常她一次只會見一個客人，這樣她就不會太疲勞，並且能夠集中精力傾聽別人談話。

「你到這裡已經二十四小時了，」她說，「你覺得我們的處境怎樣？」

「處境？」

「別裝傻了，故意這麼問。你很清楚我是什麼意思，在我的屋子底下自然形成了一個三角關係。」

湯瑪斯謹慎地說：「好像有點小摩擦。」

崔瑟連夫人惡狠狠地笑著。

「我自己招認，湯瑪斯，我倒是看熱鬧看得挺開心的。我並不希望這種事在我眼前出現，相反的，我極力去阻止它，但是奈維很固執，硬是要把兩個人拉扯到一起。現在他是自食惡果！」

湯瑪斯．羅伊德在椅子上輕輕蠕動了一下。

「有點奇怪。」他說。

「解釋解釋。」崔瑟連夫人精神一振地說。

「沒想到史金屈是這種人。」

「你說的這個很有意思，因為我也是這樣想。這不符合奈維的性格。奈維和大多數的男人一樣，對任何麻煩或不愉快的事件是避之唯恐不及。我猜這不是奈維的主意……但如果不是他的主意，又是誰的呢？」她稍停了一下，音調稍稍有些升高。「該不會是奧德麗吧？」

湯瑪斯連忙說：「不，不會是奧德麗。」

「我也很難相信這是那個倒楣的凱兒出的主意。除非她是個演技精湛的演員。你知道，這幾天我都忍不住要替她難過起來了哩。」

「你不怎麼喜歡她，對吧？」

「對，我覺得她既膚淺又浮躁。不過就像我所說的，我開始替她難過。她像一隻在燈光下跌跌撞撞的長腿蜘蛛，什麼時候該用什麼武器，她一竅不通。脾氣暴躁，舉止粗魯，像個孩子一樣蠻不講理……這最讓奈維這樣的男人難以消受。」

湯瑪斯平靜地說：「我想奧德麗一定很為難。」

崔瑟連夫人目光尖銳地瞧了他一眼。

「湯瑪斯，你一直深愛著奧德麗，是嗎？」

他泰然自若地回答：「也許是吧。」

「打從你們還是小孩時就開始了？」

他點了點頭。

「然後奈維來了，硬是把她從你的眼前奪走？」

他不自然地在椅子上移動著。

「嗯，這個……我知道我是沒有機會的。」

「你是個失敗主義者。」

「我一直是個無趣的人。」

「老鈍馬！」

「『老好人湯瑪斯』！我在奧德麗眼裡就是這樣。」

「『忠誠的湯瑪斯』，」崔瑟連夫人說，「這不是你的綽號嗎？」

他笑了，這番話勾起了他對孩童時代的回憶。

「真有趣！多少年沒聽到別人這樣叫我了。」

「現在這綽號可能很好用呢。」崔瑟連夫人說。

她深深注視著他的眼睛。

「『忠誠』對於有過奧德麗這樣經歷的人而言，是項令人激賞的特質。一輩子忠誠地守候，湯瑪斯，這有時候也會得到回報的。」

湯瑪斯·羅伊德眼睛朝下，手裡擺弄著菸斗。

「我這次回來，就是希望如此。」

§

「這麼說大家都到了。」瑪麗·歐爾丁說。

老管家侯思特走進廚房，使勁用手摸著自己的前額，廚娘史派司太太問他怎麼了。

「我受不了了，說真的。」侯思特說，「我不知道說不說得清楚。我總覺得最近這一家人說的話、做的事都有點反常，不像平常那樣。你懂我的意思嗎？」

他看史派司太太似乎不懂他的意思，又繼續說：「譬如說，大家都坐下來準備吃飯了，歐爾丁小姐卻說了句：『這麼說大家都到了。』這真叫我嚇了一跳！這讓我想起了馴獸師，他把一群野獸趕進了籠子，然後把籠門啪地給關起來。我突然有種感覺，好像我們都冷不防被推進一個陷阱裡去了。」

「天哪，侯思特，」史派司太太說，「你一定是吃了不好消化的東西。」

「這和消化無關。叫我不安的是，大家這幾天神經都很緊繃。剛才前門砰地響了一下，史金屈夫人——我們的史金屈夫人，奧德麗小姐——就像挨了一槍似的從椅子上蹦了起來。還有那種靜默，大家都沉默得出奇，好像害怕講話一樣。可是沒過一會，他們又一下子全都打開話匣，想到什麼就說什麼。」

「大家夠難堪的了，」史派司太太說，「兩個史金屈夫人在同一個屋簷下，我覺得實在不像話。」

飯廳裡一片沉默。這種沉默侯思特剛才形容過了。

費了一番努力，瑪麗．歐爾丁才轉過頭來對凱兒說：「我請你的朋友泰德．拉特摩明天到這兒來晚餐！」

「哦，好棒！」凱兒說道。

奈維說：「拉特摩？他在這兒？」

「他住在復活灣飯店。」凱兒說。

奈維說：「我們也許可以哪天到那兒去吃頓晚餐。渡輪一般最晚到幾點？」

「到一點半。」瑪麗說。

「我想，每天晚上有許多人在那兒跳舞吧？」

「差不多都是老掉牙的人。」凱兒說。

「那你的朋友一定覺得很掃興。」奈維對凱兒說。

瑪麗很快地說：「我們哪天可以到復活灣去游泳，那兒非常暖和，沙灘美極了。」

湯瑪斯．羅伊德低聲對奧德麗說：「我想明天去划船，你願意一起去嗎？」

「我很樂意。」

「我們都去划船怎麼樣？」奈維說。

「我記得你說你要去打高爾夫球。」

「我確實想去高爾夫球場。再過不久就又要比賽了。」

「運氣真差！」凱兒說。

奈維幽默地說：「高爾夫球本來就是缺乏運氣的運動。」

瑪麗問凱兒打不打高爾夫球。

「偶爾打一打。」

奈維說：「凱兒只要稍微下一點工夫，就能打得很出色。她在這方面有些天賦。」

凱兒對奧德麗說：「你是什麼運動也不沾嗎？」

「也不是，我偶爾會打打網球，不過我是個蹩腳的運動員。」

「你還彈鋼琴嗎，奧德麗？」湯瑪斯問道。

她搖搖頭。

「現在不彈了。」

「你彈得很出色。」奈維說。

「奈維，我以為你不喜歡音樂。」凱兒說。

「我知道得不多。」奈維含糊地說，「我常常奇怪奧德麗是怎麼張開手指去彈高八度音的，她的手很小。」

這時奧德麗剛好放下吃甜點的刀叉，他望著她的雙手。

她的臉有些發紅，趕忙說道：「可是我的小指很長，這應該有幫助。」

「那你這人一定很自私！」凱兒說，「不自私的人，小指應該是短的。」

「真是這麼回事嗎？」瑪麗．歐爾丁問道，「這麼說，我一定很無私，看，我的小指很短呢。」

「我想你是非常大公無私的。」湯瑪斯若有所思地看著她說。

瑪麗的臉紅了，接著又很快地說：「我們來比較小指的長短，看看誰最無私。凱兒，我的比你的短，但是，我想湯瑪斯的一定比我的短。」

「我比你們兩個都短，看。」

奈維說著伸出了一隻手。

「一隻手不算，」凱兒說，「你左手的小指雖短，但你右手的小指卻長很多。你左手的小指是天生的，右手是後來磨練出來的，這就是說，你生下來時是無私的，可是愈老就變得愈自私。」

「凱兒，你會算命嗎？」瑪麗・歐爾丁問，她伸出她的手，手心朝上。「一個算命師告訴我，我這輩子要有兩個丈夫，三個孩子。看樣子我動作得快一點了。」

凱兒說：「那些小的十字紋不是表示生兒育女，而是旅行運。這是說，你要在水上旅行三次。」

「看起來也不大可能。」瑪麗・歐爾丁說。

湯瑪斯・羅伊德問她：「你經常旅行嗎？」

「幾乎不曾旅行過。」

她的話裡含有惋惜之意。

「你想去旅行嗎？」

「比什麼都想。」

他用他那種緩慢的思考方式思忖著她的一生：大半生在伺候一個年邁的女人，沉著老練，是個優秀的管家。

他好奇地問道：「你和崔瑟連夫人生活在一起很久了吧？」

「差不多十五年了。爸爸死後我就來和她住在一起。他死前也癱瘓了好幾年。」隨後她又答道：「我今年三十六歲，這是你想要知道的吧？」

「我確實很想知道，」他承認，「要知道，你可以是……任何年齡。」

「這話有點模稜兩可。」

「我想也是，但我不是存心要說成這樣。」

湯瑪斯憂鬱、拘謹的目光始終沒有離開瑪麗的臉龐。對此瑪麗並不感到困窘，因為她很了解這是一種真正的關心與體貼。她看到湯瑪斯目光滯留在她的頭髮上，便把手伸向了那綹白髮。

「我很小的時候就有這個了。」她說。

「我喜歡它。」湯瑪斯．羅伊德直率地說。

他繼續端詳著她。最後，瑪麗有點逗趣地說：「怎麼樣，最後的判決是什麼？」

血湧上了他那黑黝黝的臉龐。

「嗯，我想我這樣盯著你看未免有些不禮貌。這是因為我很想要了解……你是個怎樣的人。」

「那就請便吧！」

她急匆匆地說著，從桌前站了起來，然後一邊挽著奧德麗的手走向客廳，一邊說道：「褚維士老先生明天也要來吃飯。」

「他是誰？」奈維問。

「他是魯菲．洛德爵士介紹來的，是個討人喜歡的老先生，住在巴莫拉。他心臟不好，看上去非常衰弱，可是他神通廣大，認識好多有趣的人。我記不清楚他是辯護律師，還是不出庭的律師。」

「每個到這兒來的人都是老朽不堪的了。」凱兒不滿地說。

凱兒正站在一盞吊燈下。湯瑪斯望著她。一切突然映入他眼簾的東西總是慢慢才能引起他的注意。現在對凱兒也是如此。

湯瑪斯突然為她那種強烈、誘人的美所震驚。這種美豔放蕩不羈、咄咄逼人。他把目光從她身上移向奧德麗，她穿著一套銀灰色的衣裳，顯得蒼白無力。

他竊笑了一下，嘀咕著：「紅薔薇與白雪公主。」

「什麼？」瑪麗．歐爾丁在他身邊問。

他重複著說過的話：「你知道，就像那個流傳久遠的童話……」

瑪麗．歐爾丁說：「這是個十分貼切的描述……」

§

褚維士先生懷著品嘗的心情飲著葡萄酒。晚餐的菜餚細緻精美，款待十分熱情。顯然，崔瑟連夫人與她的僕傭們相處融洽。

儘管女主人病魔纏身，可這房子裡的一切都安排得井井有條。

令人遺憾的是，大家喝了葡萄酒後，小姐太太們沒有退席。褚維士先生還是喜歡這項傳統的規矩，那些年輕人卻有自己的做法。

褚維士先生若有所思地注視著那個豔麗動人的年輕女子，奈維・史金屈的妻子。

今天晚上，凱兒是這裡的王后。在熠熠的燈光下她容光煥發，鮮豔奪目。坐在她旁邊的是泰德・拉特摩，他的頭髮光滑、漆黑，一顆腦袋老是朝她湊去，向她獻媚。凱兒覺得非常得意，而且充滿了自信。

只消看一眼如此絢麗的生命力，褚維士先生就感到他那身老骨頭也有了生氣。

青春，世界上無論什麼也不能與青春媲美！

難怪那做丈夫的會暈頭轉向，遺棄了他的前妻。奧德麗就坐在他身旁。她也是一個富有魅力的女人……一位淑女。但憑他的經驗，她注定是被拋棄的那一方。

他看著她，她正垂下頭望著自己的盤子。在她波瀾不驚的態度中，有種力量震懾了他。他更加仔細地觀察她，他想知道她正在想些什麼。一綹秀髮貼在她那小巧的貝耳上，怪迷人的……

一陣響動使得褚維士先生一驚而從沉思中醒過來，急忙起身。

凱兒．史金屈徑直走到客廳裡的留聲機前面，放上了一張舞曲的唱片。

瑪麗．歐爾丁滿含歉意地對褚維士先生說：「我想你是討厭爵士樂的。」

「不會的。」褚維士先生彬彬有禮地回答，但那不是真心話。

「等會兒我們打橋牌好嗎？」她建議道，「不過還不能現在就開局，因為我知道崔瑟連夫人正等著和你聊天呢。」

「那太令人高興了。崔瑟連夫人從不下來和你們一起開開心嗎？」

「不，她以前還坐著輪椅的時候會下來看看，我們還特地為此裝設了一座小電梯呢。可是現在，她寧願待在自己的房間裡，在那裡她想找誰聊天就找誰，就像皇家司令官一樣傳喚下屬。」

「比喻得很貼切，歐爾丁小姐，我早就感覺到崔瑟連夫人的舉止有皇家風範。」

在房間中央，凱兒隨著旋律緩慢地在跳舞。她說：「奈維，把那個桌子搬走吧！怪擋路的。」

她的口吻是命令式的，說時眼睛閃閃發光，嘴唇微微張開著。

奈維順從地移走了桌子。接著向她走近了一步，她卻故意轉向泰德．拉特摩。

「來吧，泰德，我們來跳舞。」

泰德立即伸出手摟住她。他們一塊跳起舞來，搖曳旋轉，舞步非常貼合。精采的表演令人讚賞不已。

褚維士先生囁嚅著。

「呃，非常專業。」

雖然褚維士先生的話純粹是在讚賞，但瑪麗．歐爾丁聽了還是不免一怔。她望了一眼褚維士先生那張小而精明的乾癟臉龐，看到那上面掛著迷惘的神色。她覺得這位老先生也在想自己的心事。

奈維站在那裡遲疑了一下，隨後走向在窗前佇立的奧德麗。

「跳舞嗎，奧德麗？」

他的聲調相當刻板，甚至有些冷酷，你一定會說，他提出這樣的要求僅僅是出於禮貌。奧德麗猶豫了一下才點點頭，向他跨前一步。

瑪麗．歐爾丁淨找一些客套話和褚維士先生聊，但他沒答話。到目前為止，褚維士先生並未露出不想交談的樣子，他還一直表現得彬彬有禮……她知道他這麼冷淡，是因為他正聚精會神地想著什麼。她搞不清楚他是在欣賞那些翩翩起舞的人，還是在打量孤零零站在房間另一頭的湯瑪斯．羅伊德。

褚維士先生突然開了口。

「對不起，可愛的小姐，你在對我說什麼嗎？」

「沒什麼。我只是說今年九月的天氣特別晴朗。」

「是，是這樣，可是旅館裡的人告訴我，這地方迫切需要雨水！」

「我想在那兒你住得舒適吧？」

「噢，是的，雖然我必須說，剛到的時候我很惱火，看到那……」

褚維士先生突然停住不說了。

奧德麗從奈維的臂彎裡脫離出來，有些抱歉地微笑了一下，然後說：「在這兒跳舞實在太熱了。」

她穿過敞開的落地窗向露台走去。

「唉，你這個傻瓜，還不快跟上她。」瑪麗小聲說。

儘管她極力壓低自己的聲音，但褚維士先生還是聽見了。他轉過身來，吃驚地望著她。

她滿臉通紅，很難為情地笑了笑。

「我的自言自語太大聲了，」她懊惱地說，「可是他也確實太氣人了，動作慢吞吞的。」

「史金屈先生嗎？」

「不，不是奈維，我是指湯瑪斯．羅伊德。」

湯瑪斯．羅伊德剛準備朝前走去，但奈維在猶豫了片刻之後，便隨著奧德麗走出了落地窗外。

有好一會兒，褚維士先生饒有興致地注視著那扇門窗。接著，他的注意力又回到跳舞的人身上。

「一個漂亮的舞者……你說這位年輕先生的名字叫什麼，拉特摩？」

「是的，愛德華．拉特摩。」

「啊，是他，愛德華．拉特摩。讓我猜猜，他是史金屈夫人的老友，對吧？」

「是的。」

「那這位非常……呃，非常愛打扮的年輕先生是靠什麼過日子？」

「說真的，我也不太清楚。」

「是……嗎？」褚維士先生說，竭力把自己心裡許多的想法用一個並無貶意的字眼說出來。

瑪麗繼續說：「他現在住在復活灣飯店。」

「一個十分令人愉快的地方。」褚維士先生說。

過了一會兒，他帶著一種恍惚的神情說：「一個挺有趣的頭型，從頭頂到脖頸形成一個奇怪的角度。要不是他頭髮剪成那個樣子，一定更引人注目。但即便如此，他的頭型還是與眾不同。」停了一下，他比方才更神情恍惚地繼續說：「我以前見過一個這種頭型的人，被判了十年監禁，因為他野蠻地毆打一個年老的珠寶商。」

瑪麗驚叫了起來。

「真的嗎，你不是說……」

「絕不是，絕不是。」褚維士先生說，「你完全誤解我了，我並不是在說你們這位客人的壞話。我只是想指出：一個蛇蠍心腸的罪犯，在外表上可能是一個氣勢堂皇的美男子。這很奇怪，但事情往往如此。」

他對她親切地笑笑。瑪麗說：「褚維士先生，說實在的，我有點害怕你。」

「別胡說了，親愛的小姐。」

「我是害怕呀。你是……是一個眼光銳利的觀察者。」

褚維士先生自鳴得意地說：「我的眼光一向非常精準。」他停了一下又說：「這樣究竟是幸還是不幸，一時還難以判斷。」

「這怎麼會是不幸呢？」

褚維士先生緩緩地搖了搖頭。

「人總會面對社會責任的問題，這時要決定正確的行動方向常常很不容易。」

侯思特端著一個盛咖啡的盤子走了進來。

他遞給瑪麗和老律師一人一杯後，走過房間，又給湯瑪斯．羅伊德送了一杯。然後瑪麗叫他把盤子放在一個矮桌上，讓他走了。

凱兒頭靠在泰德的肩膀上叫道：「我們跳完這個曲子就去喝咖啡。」

瑪麗說：「我把奧德麗的給她送去。」

她端著杯子走向落地窗，褚維士先生陪伴著她。剛到窗前她就停了下來，褚維士先生從她的肩膀向前望去。

奧德麗坐在欄杆的角落。在皎潔的月光下，她的美麗顯得更加嫵媚動人。從下顎到耳朵的線條潔淨優雅，下顎和嘴形清美柔和，頭部輪廓和纖小的鼻子小巧誘人。這是線條的美，不是色澤的美。即使奧德麗成了一個老太婆，這種美也不會消褪。因為這是一種氣質上的美，與外形、肉體沒有多大關係。那件綴著金屬小圓片的衣裙使月亮增添了光輝。她坐在那裡文風不動，奈維站在一旁，端詳著她。

奈維向她走近了一步。

「奧德麗，你……」

她動了一下，接著輕盈地站了起來，用一隻手摸著耳朵。

「哎呀，我的耳環……我一定是把它給弄丟了。」

「丟到哪兒了？我找找看……」

他們笨拙地彎下腰去找，碰巧一下子撞到了一起，兩人都顯得很窘。奧德麗剛想躲開，奈維叫道：「別動！你等一下……我袖口的鈕子勾住你的頭髮了。」

她站在那兒一動不動，任憑奈維在她的頭髮裡摸索尋找鈕子。

「噢，你把我的頭髮都快連根拔出來了！怎麼這麼笨手笨腳的，奈維，快點。」

「啊，對不起，我是笨手笨腳的。」

皓月當空。褚維士先生和瑪麗能清楚看到奧德麗沒有看到的情景：當奈維的手努力從奧德麗那綹美麗的銀髮裡解脫出來時，它顫抖得很厲害。

其實，奧德麗自己也在發抖，像是有一陣寒氣突然襲來。

「對不起……」

瑪麗．歐爾丁身後響起一個溫和的聲音，把她嚇了一大跳。

湯瑪斯．羅伊德從他們中間穿過，走了出去。

「我來找好嗎，史金屈？」他問道。

奈維直起腰來。他和奧德麗分開了。

「不用了，我已經找到了。」

奈維臉色蒼白。

「你冷嗎？」湯瑪斯對奧德麗說，「進屋裡喝咖啡吧。」

她和他一起走向屋中去，奈維則掉過頭眺望著大海。

「我把咖啡給你端出來了，」瑪麗說，「不過你最好還是進去喝。」

「是啊，」奧德麗說，「我想還是進去喝的好。」

大家都回到客廳裡，泰德和凱兒已經跳完舞了。

門開了，一個修長瘦削、穿了一身黑衣的女人走了進來，她恭敬地說：「我們的夫人向

褚維士先生問好，並說她現在很樂意在她的房間裡會見他。」

§

崔瑟連夫人懷著喜悅的心情接待褚維士先生。他們很快就滔滔不絕談得很投機，沉醉於對舊識與往事的回憶中。

半小時以後，崔瑟連夫人滿意地長嘆一聲。

「啊，」她說，「心情真好！沒有比在一起聊聊八卦，嚼嚼舌根更有意思的啦！」

褚維士先生附和著說：「小小的怨恨能使我們的生活變得更加有趣。」

「順便問問你好了，」崔瑟連夫人說道，「對於我們家這個永恆的三角關係，你有什麼看法？」

褚維士先生露出謹慎而茫然不解的神色。

「呃，什麼三角關係？」

「別裝蒜了！就是奈維和他的兩個老婆。」

「噢，這個呀！史金屈夫人是個豔冠群倫的美貌少婦。」

「奧德麗也是啊。」崔瑟連太太說。

褚維士先生表示贊同。

「她也很動人……是的。」

崔瑟連夫人叫道：「你是不是想告訴我，你能理解男人為什麼會為了凱兒而遺棄奧德麗……這麼一個性格獨特的人？」

褚維士先生從容地回答：「完全正確。這種事屢見不鮮。」

「真叫人噁心！我要是個男的，我對凱兒一定很快就會感到膩煩，而且希望下一輩子不要再幹出這種蠢事來！」

「這也是司空見慣了吧。這種一見傾心的熱戀常常是曇花一現而已。」褚維士先生說，看起來非常冷靜和一本正經。

「接下來又會發生什麼事呢？」崔瑟連夫人問。

「一般說來，」褚維士先生說，「他們……呃，他們會各自調適自己，常常是兩人二度離婚。男的接著又和第三個人——一個富有同情心的女人——結婚。」

「胡扯！奈維又不是摩門教徒[2]。雖然你可能有過這種委託人！」

「與元配復婚的情況也是有的。」

崔瑟連夫人搖了搖頭。

「不會的，奧德麗的自尊心強得很！」

「你這麼想嗎？」

2 摩門教於一八三〇年創立於美國，初期實行一夫多妻制。

「這一點我敢肯定……你不要用這種討厭的樣子搖頭！」

「根據我的經驗，」褚維士先生說，「女人在戀愛時心裡只存有一丁點或者根本沒有自尊。自尊只是掛在她們的嘴上，但很少見諸行動。」

「你不了解奧德麗。她深愛奈維，也許愛得太過了。自從奈維為了這個女人而拋棄她以後，她就永遠不想再見到他了。當然我也不能完全怪罪於他，那女人一直纏著他，而你也清楚男人是什麼樣子。」

褚維士先生輕輕咳嗽了一聲。

「可是奧德麗畢竟還是來了呀！」

「哼，胡來，」崔瑟連夫人有些惱怒地說，「我承認我不懂這些時髦想法，我想奧德麗到這裡來，只不過是想讓他們瞧瞧，她並沒有把過去的事放在心上。這沒有什麼大不了的！」

「這很有可能，」褚維士先生摸著下巴。「至少她可以對自己這麼說。」

「你是說，」崔瑟連夫人道。「她還眷戀著奈維？這個……這個不可能！我不相信會有這樣的事！」

「這是可能的。」褚維士先生說。

「我可見不得這種事，我絕不讓這種事在我家裡發生。」崔瑟連夫人說。

「你感到坐立難安，是嗎？」褚維士先生狡黠地說，「這兒的氣氛很緊張，我已經感覺到了。」

「這麼說，你也有同感了！」崔瑟連夫人尖刻地說。

「我必須承認，我感到相當迷惑。大家的真實感情還沒暴露。據我觀察，這其中埋藏著一顆炸藥，隨時都可能爆炸。」

「別說這些悲觀的話，告訴我應該怎麼辦。」

褚維士先生兩手一攤。

「說真的，我也不知道如何是好。但我覺得任何事情總有一個關鍵，要是抓住了這個關鍵……只是現在不清楚的東西還是太多了。」

「我不會要求奧德麗離開，」崔瑟連夫人說，「據我的觀察，雖然她的處境十分為難，可是她的舉止得宜、很有禮貌，只是有些冷冰冰而已。我認為她的品格是無可指責的。」

「啊，是這樣，是這樣。這對奈維・史金屈產生了深刻的影響。」

崔瑟連夫人說：「奈維的表現很不像話，我得說說他。可是再怎麼也不能把他攆出去呀，哪怕是一會兒也不行。馬修活著的時候，都把他當成自己的孩子看待。」

「我知道。」

崔瑟連夫人嘆了一口氣，低聲說：「馬修是在這兒淹死的，你知道嗎？」

「知道。」

「大家見我待在這裡不走都感到訝異。他們真傻，待在這裡，會讓我覺得馬修就在我身邊。在這房子裡到處都能看到他的影子。要是在別的地方，我會感到十分孤獨和陌生。」她停了一會兒又繼續說：「起初，我以為用不了多久我便會與他在天堂相見，特別是當我的健康愈來愈惡化的時候。但我就好像是一扇吱嘎作響的破門，老病號永遠死不了。」老太太狠狠地拍著枕頭。「跟你說，我可不認為這是我的造化！我早就想，要是我的日子真到了，那不如快點來臨。我要當面迎接死神，它已逐步地迫使我陷入一次又一次的病痛深淵。而且愈是不能照顧自己，就愈要依靠別人。」

「我相信你所說的『別人』，都是忠實厚道的人。你有一個可靠的女僕，不是嗎？」

「巴莉特？你是指那個帶你上樓的女人嗎？我能安安穩穩地生活多虧了她。這老太婆挺厲害的，是一個最熱心腸的人。她和我已經有好些年了。」

「你有瑪麗小姐在身邊，應該說是很幸運了。」

「說得對，是很幸運。」

「她是你的親戚嗎？」

「我的遠房表妹。她是那種毫不自私的人，她們這一生就是為了別人而活，不斷地犧牲自己。她以前都在照料她的父親……那老頭很精明，非常嚴厲。他死後，我要求瑪麗和我住在一起。她到達的那天，我不知在胸前畫了多少個十字。你不知道，那些所謂的侍伴有多可怕，她們常常是無聊又沒用，愚昧無知到可以把你氣瘋。他們來服侍人只是因為別無所長。但有瑪麗作伴，那是好極了。她是一個博覽群書的聰明女人，頭腦一流，和男人不相上下，她讀書的範圍很廣，而且非常深入，因此，沒有什麼事情是她不知道的。她處理起家務也和她讀書一樣聰明。她把屋裡屋外管理得有條不紊，傭人們也工作愉快，吵架啊，嫉妒啊，那些事統統沒有了。我真不知道她是怎麼做到的；處事圓熟，我猜。」

「她和你在一起很長時間了嗎？」

「十二年了……不，還長一些，差不多有十三、四年了。她對我來說是個偌大的安慰。」

褚維士先生點了點頭。

崔瑟連夫人半睜著眼睛望著他，突然說：「你問這些幹什麼？有什麼不對嗎？」

「有一點，」褚維士先生說，「是有一點，你的眼睛真尖。」

「我喜歡研究別人，要是馬修的心裡有事，我總是能夠立刻就猜到。」崔瑟連夫人說罷嘆了一口氣，向她的枕頭靠去。「現在我必須和你道晚安了……」這是王后在下逐客令，沒有什麼不禮貌的。「我很累了，不過能和你談談的確是一大樂事，希望你不久後能再來看望我。」

「請你相信，和你談話我也是受益良多。我只希望我沒有耽誤太久。」

「噢，沒有。我總是突然會感到累得不得了。你走之前可否替我拉一下鈴。」

褚維士先生小心翼翼地拉拉那個古色古香、頂部有一綹大流蘇的鈴繩。

「真是個古董了。」他說。

「我的鈴嗎？是老古董了。我可不要那些個時髦的電鈴，三天兩頭地壞，而且，還要持續不斷地按呢！這玩意從來不會壞。你一拉，樓上巴莉特房裡的鈴就響了。鈴就掛在她的床頭。她總是鈴一響馬上就起來。要是稍有耽擱，我就很快地再拉它一下。」

褚維士先生走出房間時，聽到那鈴又拉了一下，他感到那叮噹噹的聲音是在他頭頂上什麼地方響的。他抬頭看到有幾條線沿著天花板橫穿過去。巴莉特從樓梯匆匆下來，從他身邊一閃而過，向女主人的房間走去。

褚維士先生慢慢地走下樓來，他懶得去乘那台小電梯。他皺眉蹙額，臉上布滿了疑慮。

他發現所有人都在客廳裡，瑪麗見到他立即建議大家玩橋牌，可是褚維士先生婉言謝絕了，說他該回去了。

「我住的那家旅館是個老式旅館，他們不喜歡客人半夜還待在外邊。」

「離半夜還早呢，現在才十點半。」奈維說，「他們總不至於把你關在外面吧？」

「噢，這倒不會。其實我還懷疑旅館的門晚上鎖不鎖呢。說是每天晚上九點鐘關門，不過只要轉一下門把就可以走進去。這裡的人好像很隨便，但我認為那是出於他們信任鄉鄰。」

「在這地方，白天沒人鎖門，」瑪麗說，「我們的門一整天都是敞開的。但是到了晚上就會鎖上。」

「巴莫拉旅館怎麼樣？」泰德問道，「那棟建築像是維多利亞時代蓋的，高聳而古怪。」

「巴莫拉無愧於它的名聲。」褚維士先生說，「那裡具有真正維多利亞時代的舒適條件，舒適的床鋪、高超的烹調技術、寬敞的維多利亞式大衣櫃，以及用桃花心木鑲邊的大澡盆。」

「你不是說，你剛到那兒時感到很惱火嗎？」瑪麗問。

「哦，是的。我事先曾很慎重地寫信預訂了兩個樓下的房間，你們知道，我的心臟不好，不能爬樓梯。可是到達之後，我發現樓下的房間有人住了，他們分給我兩間最頂層的房間，氣得我跳腳。當然，我必須承認那兩個房間也很舒適。我提出了抗議，他們說一個老房客本來這個月要到蘇格蘭去，結果生了病，因此騰不出房間。」

「我想那是盧肯夫人。」瑪麗說。

「是叫這個名字，在這種情況下，我只好將就住下了。幸運的是，他們有一部很好的電梯，所以也就沒什麼不方便了。」

凱兒說：「泰德，你幹嘛不到巴莫拉去住？這樣你來來去去就方便多了。」

「嗯，那好像不是我待的地方。」

「說得很對，拉特摩先生，」褚維士先生說，「那兒完全不符合你的氣質。」

不知什麼緣故，泰德．拉特摩的臉紅了。

「我不知道你這話是什麼意思。」他說。

瑪麗．歐爾丁察覺到氣氛有些緊張，連忙打了個岔，談起報紙上的一樁案件。

「聽說肯蒂許鎮那樁皮箱案件拘留了一個人……」她說。

「這是警方拘留的第二個人了，希望他們這次沒抓錯。」

「即使沒抓錯人，他們也不可能把他抓起來。」褚維士先生說。

「證據不足嗎？」羅伊德問。

「是的。」

「但我仍然認為他們最後總能找到證據的。」凱兒說。

「並非如此，史金屈夫人，要是你知道我們這個國家有多少人犯了罪卻仍然逍遙法外，你肯定會大吃一驚。」

「你的意思是說，因為他們沒被發現嗎？」

「不僅僅是如此。有這麼一個人，」他說起兩年前一個轟動一時的案子。「警方知道他就是殺害幼童的凶手……確鑿無疑地知道，但他們無能為力。因為有兩個人為他提出不在場證明，儘管這證據是假的，可是警方無法證明它是偽證。因此，這個凶手就逃之夭夭了。」

「真可怕。」瑪麗說。

湯瑪斯・羅伊德敲了敲菸斗裡的菸灰，用他那冷靜、沉思的聲音說：「這更說明了我經常思考的一個問題：人很容易把法律玩弄於股掌之間。」

「這是什麼意思，羅伊德？」

湯瑪斯重新把菸斗裝滿菸絲，若有所思地望著自己的手，急促但不太連貫地說：「假如你知道……一樁骯髒的事情，知道那造孽的人對現行的法律不必負責任，也就是說他逃避了懲罰，那我認為……有人自動對那個逃避罪責的人進行裁決是正當的。」

褚維士先生激動地說：「羅伊德先生，這是最有害的觀點！這種行為不符合正義原則！」

「我不贊成。我相信事實已證明法律是無能的！」

「但動用私刑仍然是不可原諒的。」

湯瑪斯微微一笑，非常溫和的微笑。

「我不同意。」他說，「如果一個人應該被人擰掉脖子，我並不反對親自動手把他的脖子擰掉！」

「那反過來你自己必定會受到法律的制裁！」

湯瑪斯仍舊面帶微笑，說：「當然，我會謹慎小心……事實上，每個人都必須要點低劣的手段……」

奧德麗用清晰的聲音說：「你會被發覺的，湯瑪斯。」

「其實，我不認為自己會被發覺。」

「我知道有過這麼一個案子……」褚維士先生只說了一句就停了。他抱歉地說：「你們知道，研究犯罪學是我的癖好。」

「請說下去。」凱兒說。

「我對處理犯罪事件有相當廣泛的經驗。」褚維士先生說，「但其中只有少數是真正有趣的。幾乎所有的殺人犯都令人覺得可悲可厭，目光如豆。儘管如此，我還是能給你們講一個有趣的例子。」

「哦，請講。」凱兒說，「我最愛聽凶殺案了。」

褚維士先生慢條斯理地開講了，明顯地字斟句酌。

「這案子和一個孩子有關，這個孩子的年齡和性別我就不說了。事情是這樣的：有兩個孩子在一起玩弓箭，一個孩子一箭射到另外一個孩子的要害部位，結果那孩子死了。審問那個活著的孩子時，他已經完全精神錯亂了。人們對這次意外表示惋惜，並很同情那個造成事故的可憐孩子。」

他停住不說了。

「都說完了？」泰德問道。

「都說完了，一次令人遺憾的意外事故。但故事還有它的另一面。在那事故發生以前，有個農夫某天剛好從林邊的一條小路上走過。透過林間一條不大的縫隙，他看到一個孩子在練習射箭……」

他又停住不說了，讓別人去揣摩他的意思。

「你是說，」瑪麗．歐爾丁有些不相信地說，「那不是無意……而是有意的。」

「我不知道，」褚維士先生說，「我完全不知道。可是在審問的時候，大家都說那兩個孩子根本不懂得怎樣射箭，只不過是糊里糊塗亂射一氣。」

「而事實並非如此，是嗎？」

「對於其中一個孩子來說，毫無疑問，事實並非如此。」

「那個農夫做了些什麼呢？」奧德麗緊張得透不過氣來。

「他什麼也沒做。我也不確定他這樣做到底對不對。這對那孩子的將來是攸關重大的問題。那農夫覺得，應該給孩子多一點信任。」

奧德麗說：「但你自己很確定發生了什麼事？」

褚維士先生嚴肅地說：「我個人認為，這是一樁異常巧妙的謀殺……由一個小孩所犯下，而且經過一番精心策畫。」

泰德．拉特摩問：「這有什麼根據嗎？」

「嗯，當然有，有個動機問題。小孩的相互嘲諷和鬥嘴，一樣可以釀成仇恨。孩子們也很容易記仇……」

瑪麗驚叫道：「但這是經過深思熟慮的行動！」

「是的，這種深思熟慮很邪惡。一個孩子，把殺人的企圖埋藏在心底，日復一日地悄悄練習射箭，最後來了那麼一下子……表面上好像是因為失手才造成這場災難，還裝出一副可憐相……這些都是令人難以置信的，即使在法庭上也沒人敢相信。」

「後來……後來那個孩子怎樣了呢？」凱兒好奇地問道。

「我相信，他改名換姓了，」褚維士先生說，「這是可以想見的，因為在庭審時，他的名字已人盡皆知了。這孩子今天已經長大成人，在某個地方落腳。問題是，他是不是還懷著一顆殺人的心？」他接著又若有所思地補充說：「這是很久以前的事了。然而無論在哪裡，我還是一眼就能認出那個小殺人犯。」

「不一定吧？」羅伊德反駁道。

「我可以。他身上有個特殊的標記……好了，不談這些了，這話題實在掃興。我真該回去了。」

他站起身來。

瑪麗說：「你要不要喝一點什麼再走？」

飲料在房間另一頭的一張桌子上放著。靠近桌子的湯瑪斯．羅伊德向前走了幾步，拿起一瓶威士忌，打開塞子。

「褚維士先生，來點威士忌加蘇打？拉特摩，你來點什麼？」

奈維對奧德麗低聲說：「夜色太美了，出去散散步吧！」

奧德麗站在窗邊，望著灑滿月光的露台。奈維從她身邊走過，在外面等著她。她卻很快地搖搖頭，轉身向房內走去。

「不了，我累了，我……我想去睡覺。」

她穿過房間走了出去，凱兒也打了一個大哈欠。

「我也睏了。你呢，瑪麗？」

「我也是。晚安，褚維士先生。湯瑪斯，好好照顧褚維士先生。」

「再見，歐爾丁小姐。再見，史金屈夫人。」

「明天我們一起吃午餐好嗎，泰德？」凱兒說，「要是天氣還保持這樣的話，我們甚至可以去游泳呢！」

「好吧，我會來找你的。晚安，歐爾丁小姐。」

兩個女人離開了房間。

泰德．拉特摩高興地對褚維士先生說：「我和你同路，先生，到渡口去剛好路過你住的旅館。」

「謝謝你，拉特摩先生。有你陪著一起走，我很高興。」

儘管褚維士先生早就說要走，可是他好像並不著急。他一邊愉快地慢慢呷著酒，一邊興致高昂地向湯瑪斯．羅伊德詢問馬來亞的生活習俗。

羅伊德的回答極其簡短。看他答話時的那種猶疑，你會以為他在馬來亞的日常生活都涉及到重大的國家機密。他彷彿有點心不在焉，要不就是支支吾吾。

泰德．拉特摩坐不住了，臉上露出難受和不耐煩的神氣，急著想走。

他突然打斷他們的談話，大聲說：「我差點忘了，我給凱兒帶來的一些唱片還放在門廳。我去把它們拿來。羅伊德，你明天告訴她好嗎？」

羅伊德點點頭。泰德離開了房間。

「這小夥子性子很急躁。」褚維士先生喃喃說。

羅伊德咕噥了一下，沒有答話。

「我想他是史金屈夫人的朋友？」老律師追問。

「凱兒．史金屈的朋友。」湯瑪斯說。

褚維士先生笑了。

「是的，」他說，「我也是這個意思。他不可能是第一位史金屈夫人的朋友。」

羅伊德加重語氣說：「不，他不可能是。」

驀地，羅伊德看見對方朝著他投來嘲弄的目光。他的臉頰有點發燒，說道：「我的意思是……」

「噢，我很明白你是什麼意思，羅伊德先生。你自己才是奧德麗．史金屈夫人的朋友，對吧？」

湯瑪斯慢慢從菸草袋裡掏出菸絲填滿菸斗，眼睛專注在自己的動作上，有點含糊其辭地說：「嗯……可以說是在一起長大的。」

「她小時候一定很討人喜歡吧？」

湯瑪斯．羅伊德咕咕噥噥地說了些什麼。

「一個房子裡有兩位史金屈夫人，氣氛有點尷尬吧？」

「嗯，是的……是的，相當尷尬。」

「第一位史金屈夫人的處境很為難。」

湯瑪斯．羅伊德的臉紅了。

「為難極了。」

褚維士先生向前傾著身子，突然提出一個尖銳的問題。

「那她為什麼還要來，羅伊德先生？」

「嗯……嗯，我想……」他的聲音模糊不清。「她……不好意思拒絕。」

「拒絕誰？」

羅伊德笨拙地扭動身體。

「嗯，事實上，她總是在每年的這個時候來這裡，每年的九月初。」

「是崔瑟連夫人邀請奈維．史金屈和他的新妻子同時來聚的嗎？」老紳士彬彬有禮地問，頗感懷疑。

「這個嘛，我相信是奈維自己要求要來的。」

「他是不是急於要安排這次……重聚？」

羅伊德又不安地動了一下，避開對方的目光。

「我猜是吧。」

「奇怪。」褚維士先生說。

「蠢事一件。」湯瑪斯說的話多了些。

「大家多少都會感到難堪。」褚維士先生說。

「嗯，現代人就愛幹這種事。」湯瑪斯閃爍其詞。

「我懷疑這是不是其他人出的主意？」

羅伊德愣住了。

「誰會出這種主意呢？」

褚維士先生嘆了一口氣。

「世界上有很多熱心善良的人，成天就巴望著替他人安排生活，淨出一些不符常情的主意……」

他突然停住不說了，因為這時奈維・史金屈從落地窗那裡走進來。泰德・拉特摩也同時從門廳那邊過來了。

「喂，泰德，你手裡拿的是什麼？」奈維問。

「給凱兒的唱片，她叫我拿來的。」

「噢，是嗎？她沒告訴我這件事。」

他們倆的神情都有些不自然。片刻後，奈維踱到飲料盤前，給自己倒了一杯兌了蘇打的威士忌。他看來激動、不悅，呼吸也很用力。

褚維士先生曾經聽到有人這樣形容奈維：「一個走運的傢伙，享有世人嚮往的一切」。不過這會兒他看上去完全不是一個快樂的人。

湯瑪斯見奈維重新進了房間，覺得他權充主人的責任已經完成了，沒顧得說聲「晚安」就離開了，急匆匆地走得比平常要快，簡直像是逃難一樣。

「一個美妙的夜晚，」褚維士先生彬彬有禮地說，放下了手中的杯子。「受益……嗯，匪淺。」

「受益？」奈維微微挑了挑眉毛。

「關於馬來亞的情況。」泰德說，「要從沉默寡言的湯瑪斯嘴裡討幾句話，真是比登天還難。」

「羅伊德，相當特別的人。」奈維說，「我相信他一直就是這個樣子，叼著一個破菸斗，光聽別人講，自己只是偶然嗯啊兩聲，看起來倒睿智得像隻貓頭鷹。」

「也許他比較喜歡思考。」赭維士先生說，「我真的非走不可了。」

「希望你不久可以再來看看崔瑟連夫人，」奈維陪著兩人走進門廳時說，「看到你來，她高興得心花怒放，現在她與外界很少接觸了。她這人好極了，不是嗎？」

「是的，的確，她是一位最風趣的聊天對象。」

赭維士先生細心地穿上大衣，圍上圍巾，重新道了晚安之後，與泰德一起上路了。

巴莫拉旅館實際上只在一百碼外，位於大路的一個險彎旁邊。它古板的形狀朦朧地矗立在那裡，令人望而生畏。它是這條蜿蜒鄉村小街的第一個前哨基地。

泰德．拉特摩要去的渡口是河兩岸距離最狹窄的地方，離這兒還有兩三百碼遠。

赭維士先生在巴莫拉旅館門口止步，伸出了手。

「再見，拉特摩先生，你在這兒還要待上很長時間嗎？」

泰德咧嘴一笑，潔白的牙齒閃閃發光。

「還說不定。褚維士先生，目前為止，我還沒空感到厭倦。」

「是，是，這我可以想像。我料想你和現在大多數的年輕人一樣，最怕的就是無聊和寂寞。不過我向你保證，世界上還有比這個更可怕的事。」

「譬如？」

泰德．拉特摩的聲音溫和而愉快，但裡面還潛藏著某種難以名狀的東西。

「噢，這個我留給你自己去想像，拉特摩先生。要知道，我不敢冒昧地給你忠告，像我這種老頑固所給的勸告，人們總是嗤之以鼻。或許是吧，誰知道？可是我們這些老頭子真的認為經驗可以教我們許多事。你要明白，在人生的旅途中，我們學會了不少東西。」

一片烏雲遮住了月亮，街道墜入了黑暗中。就在這時，有個人爬上坡來，走向他們。

那是湯瑪斯．羅伊德。

「我到渡口那邊散了一會兒步。」因為他的牙齒咬著菸斗，他的話聽起來含糊不清。

「這是你住的旅館？」湯瑪斯問褚維士先生。「看樣子你好像被關在門外了。」

「嗯，我想不會的。」褚維士先生說。

他擰動門上那個很大的黃銅球形把手，門就開了。

「我們陪你進去。」

三個人走進大廳，那裡只有一盞電燈亮著，光線昏暗。廳裡空無一人，一股殘羹剩飯、乾枯紫羅蘭和上等家具上蠟的混雜氣味撲鼻而來。

突然，褚維士先生惱怒地叫了一聲。

他們面前的電梯上掛著一塊牌子，上面寫著：「電梯損壞」。

「我的天，這太叫人生氣了，我只好去爬樓梯了。」

「太糟了。」羅伊德說，「難道沒有別的什麼載運行李的電梯嗎？」

「恐怕沒有，這座電梯包辦一切。好吧，我只得慢慢走上樓了。再見了，你們二位。」

他慢慢地登上了寬闊的樓梯。羅伊德和拉特摩向他道了晚安，消逝在黑暗的街上。

有好一陣子他們誰也沒吭聲，最後羅伊德突然說：「好啦，晚安。」

「晚安，明天見。」

「明天見。」

泰德．拉特摩步子輕快地走下坡，向渡口走去。湯瑪斯．羅伊德站在那兒凝視了他一會兒，就朝位於相反方向的海鷗角慢慢走去。

月亮從雲層裡鑽了出來，鹽溪又重新沐浴在銀白色的渺渺月色中。

§

「就跟夏天一樣。」瑪麗．歐爾丁小聲說著。

她和奧德麗坐在沙灘上，沙灘正位於富麗堂皇的復活灣飯店下面。奧德麗穿著一件白色游泳衣，看上去像一個小巧玲瓏的象牙雕像。瑪麗還沒下過水。凱兒面孔朝下趴在離她們不遠的地方，讓太陽曬著她那裸露的古銅色四肢和脊背。

「唉，」凱兒站了起來。「這水冷得要命。」她沒好氣地說。

「噢，當然，現在已是九月了。」瑪麗說。

「英格蘭總是這麼冷，」凱兒嗔怒地說，「我真希望我們現在是在法國南部！那裡才暖和呢。」

泰德在她旁邊也嘰咕了起來。

「這裡的太陽根本算不上是太陽。」

「你不想下水嗎，拉特摩？」瑪麗問道。

凱兒笑了起來。

「泰德從來不下水，他只喜歡學蜥蜴一樣曬太陽。」

凱兒用腳把泰德踢了一下，他縱身跳了起來。

「起來走一走吧，凱兒，我有點冷。」

他們一起沿著海灘走了。

「像隻蜥蜴？多不吉利的比喻呀。」瑪麗．歐爾丁望著他們的背影喃喃說。

「你覺得他是那樣的人嗎？」奧德麗問。

瑪麗．歐爾丁皺了一下眉頭。

「不怎麼覺得，蜥蜴是一種溫順的動物，但我認為他並不溫順。」

「是的，我也這麼想。」奧德麗若有所思地說。

瑪麗望著遠去的那一對說：「他們在一起看起來多融洽呀！他們很相配，不是嗎？」

「我想是這樣。」

「他們喜歡同樣的東西，有同樣的見解，甚至……甚至連說話都一個調調。」瑪麗繼續說，「真叫人不勝遺憾，他們……」

她突然閉上嘴。

奧德麗敏銳地說：「什麼？」

瑪麗慢慢地說：「我是想說，奈維和她相遇真叫人遺憾。」

奧德麗僵直地坐著，瑪麗常形容她的那種「冷若冰霜」又出現在她臉上。瑪麗趕緊說：「對不起，奧德麗，我不該談這些。」

「我希望……如果你不在意的話，最好還是別談了。」

「當然，當然。我真傻，我……我希望你已經撐過來了。」

奧德麗慢慢把頭轉了過來，臉上毫無表情地說：「告訴你，根本沒有什麼撐不撐的問題，我……對任何事情都無動於衷。我希望，衷心地希望，凱兒和奈維能白頭偕老，永遠幸福。」

「奧德麗，你的心腸真好。」

「不是我心腸好，事情就是這樣。我認為老是留戀過去並沒有什麼好處，什麼『真遺憾發生了這種事』！全都事過境遷了不是嗎，為什麼還要舊事重提？我們必須生活在當下！」

瑪麗直率地說：「像凱兒和泰德那樣的人令我很不習慣。因為……嗯，他們的行徑和別人或我所認識的人太不一樣了。」

「是的，我想他們是。」

「甚至連你，」瑪麗的話裡露出幾分淒楚。「也有過我可能永遠無法體會的生活經歷。我知道你有過不幸，非常的不幸，但我總禁不住想，即使是這樣，這總比……總比什麼都沒有好。什麼都沒有！」

她最後一句話特別加重了語氣。

奧德麗的大眼睛看來有點驚訝。

「我作夢也沒想到你會有這種念頭。」

「是嗎？」瑪麗抱歉地笑了。「唉，親愛的，這只不過是一時心緒激動，我並不真的這麼想。」

「對你來說，來這裡和卡蜜拉同住當然不是很愉快，」奧德麗慢吞吞地說，「雖然卡蜜拉待人很好，可是你必須讀書給她聽，替她管理傭人，哪兒也不能去。」

「我衣食無缺，有家可居，」瑪麗說，「許許多多的女人連這點也還沒有哩。說真的，奧德麗，我已經很心滿意足了。我有……」一絲微笑從她嘴角掠過。「我有自己的消遣。」

「是不可告人的壞習慣嗎？」奧德麗也笑了。

「噢，我會在心裡策畫一些事情，你知道。」瑪麗含含糊糊地說，「有時候，我還喜歡在別人身上做些小試驗。我想看看我說的話能不能讓他們表現出我預料的反應。」

「聽起來你像個虐待狂嘛，瑪麗。我對你了解得太少了。」

「我這樣做沒有半點惡意，這不過是很幼稚的小娛樂罷了。」

奧德麗好奇地問：「你也在我身上做過試驗嗎？」

「沒有，你是唯一一個讓我覺得深奧莫測的人。我從來就不知道你腦子裡在想些什麼。」

「也許還是這樣的好。」奧德麗聲音低沉地說，打了一個寒噤。

瑪麗叫道：「你冷了。」

「是的，該去穿件衣服，到底是九月了。」

瑪麗．歐爾丁一個人留在那裡，凝望著水中的倒影。落潮了，她四肢伸展，躺在沙灘上，閉上眼睛。

中午大家在飯店裡飽餐了一頓。雖然旅遊旺季已經過去，可是那裡還是很熱鬧，形形色色的人都有。噢，是的，大家到這兒來是為了散散心，暫且忘掉那日復一日的單調生活，這也是一種解放，把緊繃的情緒釋放掉，驅散近來海鷗角裡那份低壓的氣氛。

這不是奧德麗的錯，可是奈維……

泰德．拉特摩一屁股坐在她身旁，突然打斷了她的思緒。

「你和凱兒去幹什麼了？」瑪麗問道。

泰德簡短地回答說：「她被她的合法擁有人領走了。」

他說話的口吻有某種意味，使瑪麗．歐爾丁一下子坐了起來。她望著閃閃發光的金黃色沙灘，看見奈維和凱兒遠遠地正在水邊散步。接著，她迅速瞥了一眼在她身邊的那個人。她原來認為他個性輕浮、怪裡怪氣，甚至有些危險，可是現在，她第一次感到他畢竟是個年輕人而且失戀了。她暗自思忖：「他正和凱兒相愛，真心地愛著她，突然來了個奈維，將她奪去……」

「希望你在這裡過得還愉快。」她和藹地說。

這是老掉牙的客套話。瑪麗．歐爾丁除了這些，很少再說別的話，這就是她的語言。然而，她的話裡第一次含著關切之意。泰德．拉特摩做了回答：「我在哪兒都能找到快樂！在這兒應該也一樣。」

瑪麗說：「我很遺憾。」

「但你一點也不在乎！我是個外人，外人的想法和感覺有什麼關係！」

她轉過頭來，望著這個痛苦的小帥哥。

他輕蔑地回敬了她一眼。

瑪麗彷彿有所發現，她慢慢地說：「我明白了，你不喜歡我們。」

他冷笑了一下。

「你希望我喜歡嗎？」

她親切地說：「我想我很希望……當然，人往往將很多事視為理所當然。其實人應該謙虛一些。是的，我從未想到你會不喜歡我們。我們是把你當作凱兒的朋友來歡迎的。」

「是的……當作凱兒的朋友。」

他帶著尖刻的惡意打斷了瑪麗的話。

瑪麗心平氣和而且很誠摯地說：「我希望，真心希望，你能告訴我你為什麼不喜歡我們？我們做了什麼？我們有什麼不對？」

泰德．拉特摩加重語氣惡狠狠地說：「自命不凡。」

「自命不凡？」

瑪麗並不生氣，只是仔細揣測著他指責的含義。

「是的，」她承認說，「我們看來好像是這樣。」

「你們就是那樣。你們把享有生活中一切美好的事物都看成是理所當然，你們把普通老百姓摒之門外，而在與世隔絕的小天地裡高傲地享樂，你們把像我這樣的人看得好像是野生動物！」

「我很遺憾！」瑪麗說道。

「事實就是這樣，不是嗎？」

「不，不完全是。我們也許感覺遲鈍，頭腦死板，但我們對人並無惡意。我自己很墨守成規而且膚淺……這大概就是你所謂的自命不凡。可是你要知道，其實我內心是很通人情的。我非常難過你感到不愉快，我希望能夠做點什麼來補償你。」

「嗯，果真如此的話……謝謝你的好意。」

兩個人沉默了一會兒後，瑪麗親切地說：「你一直很愛凱兒嗎？」

「很愛。」

「她呢？」

「我想史金屈闖進來以前，她也是愛我的。」

瑪麗和藹地說：「你現在還愛她嗎？」

「我想這是很明顯的。」

過了一會兒，瑪麗平靜地說：「這樣你離開這裡不是比較好嗎？」

「為什麼？」

「因為在這裡你只會使自己更加痛苦。」

他看了她一眼，笑了。

「你是個大好人，可是你對那些在你們的小安樂窩外尋覓食物的野獸一無所知。在不久的將來，會發生許多事情。」

「什麼事情？」瑪麗急問。

他笑笑。

「等著瞧吧。」

§

奧德麗穿好衣服以後，從沿著海灘的一塊凸岩後面走出來。這塊岩石與矗立在河對岸那清澈、寧靜的海鷗角遙遙相對。湯瑪斯．羅伊德坐在那裡，嘴裡叼著他的菸斗。

湯瑪斯扭過頭，望著向他走來的奧德麗，一動也不動。她默默無言地在他身邊坐下來，兩個彼此非常了解的人沉浸在自在的靜默中。

奧德麗終於打破寂靜，先開了口。

「它看起來彷彿近在眼前。」

湯瑪斯瞟了隔河的海鷗角一眼。

「是的，游泳回去都可以。」

「現在這樣的潮水不能游。卡蜜拉過去有個女僕很愛游泳，潮水適宜的時候，她總是在這裡游過來游過去。潮水有漲有落，退潮的時候，就會把你沖到河口去。有一天她就碰到了這種情況。幸虧她保持冷靜，後來被沖到復活灣的岸邊，只是累得差點虛脫了。」

「可是沒聽說過這裡有什麼危險呀。」

「不是在這一邊，危險是在那一邊，懸崖底下的流水又深又急。去年，有個人想在那裡自殺……他從禿岬那裡往下跳，結果被懸崖中間的一棵樹擋住了，海岸警衛隊救了他。」

「可憐的傢伙。」湯瑪斯說，「我敢說，他不會感謝他們。下定決心要一了百了卻又被救活了，這一定讓人很嘔，像是受到了愚弄一樣。」

「也許他現在反而高興了。」奧德麗幻想著說。

她幻想著這個男人此刻在哪裡，又在做些什麼。

湯瑪斯含著菸斗抽了幾口菸，為了看清奧德麗的臉，他把頭微微側過來。奧德麗呆望著對岸，臉色凝重，全神貫注。湯瑪斯注視著她秀麗側臉上的褐色眼睫毛和那隻像貝殼一樣的小小耳朵。

這使他想起了什麼。

「噢，對了，你的耳環在我這兒，就是昨晚丟掉的那個。」

他把指頭伸進口袋，奧德麗伸出一隻手。

「啊，太好了，你在哪兒找到的？在露台上嗎？」

「不，在樓梯附近。一定是你下樓吃晚餐時丟的，我注意到你吃飯的時候就沒戴著它。」

「能找回來真高興。」

她接過耳環。湯瑪斯覺得這個耳環對她的小耳朵來說過粗過大。今天她戴的那一對也太大了些。

他說：「你甚至在游泳的時候也戴著耳環，你不怕弄丟嗎？」

「噢，不，這些耳環都不值錢。沒有戴耳環我會不自在，因為這個……」

她用手摸摸她的左耳，湯瑪斯恍然大悟。

「噢，知道了，是那個時候被老邦塞咬的，是嗎？」

奧德麗點點頭。

兩個人都靜了下來，陷入對孩提時代的回憶。奧德麗・史坦堤許（她以前的姓）小時候兩腿細長，有一次低著頭去看爪子受傷的老邦塞，結果耳朵被牠狠狠咬了一口，不得不把去傷口縫合，現在還留著一道很小很小的疤痕，一般看不出來。

「小妹妹，」他說，「現在幾乎看不出那道疤痕了，為什麼你還這麼在意？」

奧德麗稍停了一會兒，用非常真誠的口吻回答：「因為……因為我容不得一點瑕疵。」

湯瑪斯點點頭。他所了解的奧德麗的確是這樣，會本能地要求盡善盡美。而她自己本身即是一個完美無缺的上帝傑作。

他突然說道：「你比凱兒美多了。」

她猛地把頭扭過來。

「噢，不，湯瑪斯，凱兒……凱兒是真的很可愛。」

「金玉其外，敗絮其中。」

「你是說，我有美麗的靈魂嗎？」奧德麗有點打趣地說。

湯瑪斯把菸斗裡的菸灰磕乾淨。

「不，」他說，「我是指你的軀體。」

奧德麗笑了起來。

湯瑪斯重新裝滿了一菸斗的菸絲。兩人足足有五分鐘沒有說話。可是湯瑪斯瞥了奧德麗不止一眼，只是他做得很小心，她並沒有注意到。

最後他平靜地說：「你怎麼了，奧德麗？」

「『怎麼了』？你指的是什麼？」

「你心裡有事。」

「不，我沒有，完全沒有。」

「你有。」

她搖了搖頭。

「你願意告訴我嗎？」

「沒什麼可以告訴你的。」

「我也許是個笨人，但我還是要說……」他停了一下。「奧德麗，你不能把它忘了嗎？你不能讓它過去嗎？」

她的小手抖動地摳著岩石。

「你不了解……你也不可能去了解。」

「不，奧德麗，親愛的，我了解，真的，我了解。」

她轉過臉來疑惑地看著他。

「我完全了解你所遭受的一切，還有……這對你有多大影響。」

奧德麗臉色蒼白，連嘴唇都快要失去血色了。

「我知道了。」她說，「我不認為有任何人能了解。」

「但是，我了解，我……我以後不會和你再談這個。但我必須好好的告訴你，一切都已結束、過去，再也覆水難收了。」

她低聲說：「有些事情是不可能過去的。」

「你聽我說，奧德麗，沉湎於往事回憶沒有好處。你已經受夠了可怕的折磨，在心裡翻來覆去的想也是無補於事。要向前看，不要回眸顧盼。你還年輕，還有機會，仍有大半輩子要過，你應該想的是明天而不是昨天。」

她張大眼睛靜靜凝視著他，但他完全看不出她的真實想法。

「就當我做不到吧。」她說。

「但你必須做到。」

奧德麗柔和地說：「我想你還不了解。我……我跟別人不太一樣。」

他粗暴地打斷了她。

「廢話，你……」他又不說了。

「我怎麼啦？」

「我在想過去的你，和奈維結婚之前的你。當時你為什麼要和奈維結婚呢？」

奧德麗嫣然一笑。

「因為我愛上了他。」

「是的，是的，這個我知道。你為什麼會愛上了他？他有什麼值得你那般傾心呢？」

她瞇著眼，好像要看穿那個已經一去不復返的小女孩。

「我想，」她說，「是因為他對一切都十分確定。這正好和我相反，我活得恍恍惚惚，而且不太實際。奈維卻是非常講究現實。他是那麼快樂，那麼相信自己，那麼……他擁有一切我所缺乏的特質。」她微笑著補充一句：「而且長得也很帥。」

湯瑪斯．羅伊德挖苦地說：「當然了，他是理想的英國人典型……運動場上的健將，長得英俊，又很謙虛，是個上流的紳士，要什麼有什麼。」

奧德麗坐得直挺挺的，凝視著他。

「你恨他。」她慢慢說，「你非常恨他，是嗎？」

他轉過頭去避開她的目光，用雙手圍成杯狀劃了一根火柴，重新點燃已經熄滅的菸斗。

「我恨他你感到奇怪嗎？」他聲音含混地說，「他會打球，又會游泳、跳舞，而且能說善道。他擁有的一切我全都沒有。我是一個舌頭硬邦邦的笨漢，一隻手還殘廢了。他腦袋精明，事業一帆風順，而我卻是一個呆板的廢物。他還和我唯一鍾情的女孩結婚了。」

奧德麗輕輕地叫了一聲，他蠻橫地說：「這些你一直都知道，不是嗎？我從你十五歲起就愛上你了。而且你知道，我現在仍然……」

她打斷了他。

「不，現在不會了。」

「你說『現在不會了』是什麼意思？」

奧德麗站了起來，語調平靜地說：「因為現在……我和過去不一樣了。」

「哪些地方不一樣？」

他也站了起來，臉朝著她。奧德麗呼吸急促地說：「如果你不知道，我也無法告訴你……我都不太清楚我自己，我只知道……」

突然她停住了，猛地轉身向岩石那邊的飯店快步走去。

轉過懸崖，奧德麗碰上了奈維。他四肢伸展躺在那裡，眼睛盯著岩石上的一個小水坑。他抬眼看了一下，咧嘴笑笑。

「哈囉，奧德麗。」

「哈囉，奈維。」

「我在看一隻螃蟹，好個活潑的小東西。看，牠在那兒。」

她跪了下來，朝他指的方向看去。

「看見了嗎？」

「嗯。」

「抽菸嗎？」

奧德麗從他手裡拿了一根香菸，奈維給她點了火。有好一會她沒看他一眼，他有點緊張地說：「我說，奧德麗……」

「嗯？」

「一切都沒問題，對吧？我是說我們兩個之間。」

「對啊，對啊，那當然。」

「我……我希望我們能夠成為朋友。」

奈維熱切地看著她，奧德麗侷促不安地笑了一下。

他輕鬆地說：「今天感覺很不錯，對吧？天氣很好，一切也都很理想。」

「噢，是的……是的。」

「好熱呀，以九月來說。」

一陣沉默。

「奧德麗……」

她站了起來。

「你的妻子在找你，她在向你招手呢！」

「誰……噢，凱兒。」

「我是說你的妻子。」

他爬了起來，站在那裡望著她。

他用極低的聲音說：「奧德麗，你才是我的妻子……」

她掉頭走了。奈維跑下海濱，沿著沙灘向凱兒奔去。

§

他們一回到海鷗角，侯思特就走進門廳對瑪麗說：「您能馬上就到夫人那兒去嗎，小姐？她感到很不舒服，叫你一回來就去見她。」

瑪麗急忙來到樓上，看到崔瑟連夫人臉色蒼白，全身顫抖。

「啊，親愛的瑪麗，真高興你回來了。我傷心透了，可憐的赭維士先生死了。」

「死了？」

「是的，這不是很可怕嗎？這麼突然，顯然他昨天晚上連衣服都沒來得及脫就不行了。他一定是剛進房間就倒下嚥氣了。」

「唉，老天，我真難過。」

「當然，大家都知道這老先生身體虛弱，心臟也不好。昨天他在我們家作客時，沒有發生什麼事使得他過度緊張吧？晚飯沒有什麼難消化的東西吧？」

「我想是沒有的……沒有，我敢肯定絕對沒有。他在這裡看來很好，而且精神不錯。」

「我真難過極了，瑪麗，我希望你到巴莫拉去，問問羅傑西太太，看我們能幫些什麼忙，還有出殯送葬的事。為了馬修，能力所及，我們一定盡力，讓旅館張羅這些事情也太麻煩他們了。」

瑪麗堅定地說：「親愛的卡蜜拉，你不要太憂心。這事對你刺激太大了。」

「確實是。」

「我馬上就到巴莫拉去，然後回來告訴你這件事的詳情。」

「謝謝你，親愛的瑪麗。你總是那麼實際而且通情達理。」

「現在請好好休息，這種事情對你來說太傷身了。」

瑪麗．歐爾丁離開房間下了樓。一走進客廳她就宣布：「緒維士老先生死了，他是昨晚回去以後死的。」

「可憐的老先生，」奈維吃驚地問，「這是怎麼回事？」

「顯然是心臟病發，他一進房間就倒下去了。」

湯瑪斯．羅伊德若有所思地說：「我猜也許是爬樓梯要了他的命。」

「爬樓梯？」瑪麗不解地看著他。

「是的，爬樓梯。我和泰德與他告別的時候，他剛開始上樓，我們告訴他要慢一點。」

瑪麗大叫道：「他怎麼這麼糊塗，幹嘛不搭電梯呢？」

「電梯壞了。」

「啊，我明白了。真不幸，可憐的老人。」她又說：「我現在就到那兒去，卡蜜拉想知道我們能否幫點忙。」

湯瑪斯說：「我和你一道去。」

他們順著大路，再拐了一個彎，向巴莫拉走去。瑪麗說：「不知道他有沒有親戚需要通知一下。」

「他從未提起過有什麼親戚。」

「是沒有，可是一般人總愛提這些，張口一個『我的外甥』，閉口一個『我的表哥』。」

「他結過婚嗎？」

「我想沒有。」

他們走進了巴莫拉旅館敞開的大門。

女主人羅傑西太太正在和一個身材頎長的中年男子說話，那個人舉起手，友好地向瑪麗招呼。

「你好，歐爾丁小姐。」

「你好，勞曾比醫生。這是羅伊德，我們來替崔瑟連夫人傳話，她想知道我們能幫些什麼忙。」

「你們太好了，歐爾丁小姐。」旅館女主人說，「請到我房間裡來好嗎？」

他們走進一個雅致的小會客室。勞曾比醫生說：「褚維士先生昨天是在你們那兒吃晚飯的，對吧？」

「對。」

「他那時怎麼樣？身體有沒有任何不適的樣子？」

「沒有，他看上去很好，挺高興的。」

醫生點點頭。

「他得的是一種最嚴重的心臟病，死亡一般來得很突然。我看了一下他放在樓上的藥方，很清楚，他的健康已經壞到隨時都有危險的程度。當然，我要和他在倫敦的醫生聯繫一下。」

「他自己是很注意身體的。」羅傑西太太說，「我敢保證，他在我們這兒得到了最好的照料。」

「這一點無庸置疑，羅傑西太太。」醫生圓滑地說，「那只是過度勞累造成的，這一點毫無疑問。」

「例如爬樓梯。」瑪麗提示了一句。

「嗯，這很有可能。事實上，如果他真的爬了三層樓梯，那不嗚呼哀哉才怪呢。可是，他沒有這麼做吧？」

「從來沒有。」羅傑西太太說，「他都是搭電梯。只有他特別如此。」

「我聽說，」瑪麗說，「昨天晚上電梯壞了……」

羅傑西太太吃了一驚，呆呆地望著她。

「歐爾丁小姐，昨天一整天電梯都是好好的呀。」

湯瑪斯．羅伊德咳嗽了一聲。

「對不起，」他說，「我昨晚和褚維士先生一塊進來的時候，電梯上掛著一個牌子，上面寫著『電梯損壞』。」

羅傑西太太目不轉睛地看著羅伊德。

「啊，這事就怪了，我說過電梯沒有毛病。事實上，我敢肯定它沒有毛病。要是真壞了，我怎會不知道？自從……噢，對了，差不多有十八個月時間，我們的電梯從未出過什麼毛病，我們的電梯非常可靠。」

「也許，」醫生說，「是哪個服務生或小弟下班時把牌子掛到那兒了。」

「醫生，那個電梯是自動的，它不需要人去操縱。」

「哦，是這樣，我忘了。」

「我要和喬說幾句話。」羅傑西太太說。她急匆匆地走出房間，叫道：「喬！喬！」

勞曾比醫生困惑不解地看著湯瑪斯。

「請原諒，你很有把握嗎……你貴姓？」

「羅伊德。」瑪麗搶先替湯瑪斯回答了。

「我很確定。」湯瑪斯說。

羅傑西太太和服務生一塊進來了。喬強調說，前一天晚上電梯沒有發生任何故障，這裡確實有一塊湯瑪斯所說的那種牌子，但那玩意兒都塞在桌子底下，已經一年多沒有拿出來用過了。

他們面面相覷，都說這是一件莫名其妙的事。醫生認為這是旅館客人的惡作劇。其他人也只能暫時接受此說。

勞曾比醫生在回答瑪麗的詢問時說，褚維士先生的司機已經告訴他褚維士相識的律師們的地址，他正在和他們取得聯繫，他還要去見崔瑟連夫人，告訴她安排葬禮的事。

總是忙得很高興的醫生說完話以後，就很快地離開了，瑪麗也和湯瑪斯慢慢地往海鷗角走回去。

瑪麗說：「湯瑪斯，你真的看到那牌子了？」

「我和拉特摩都看見了。」

「多離奇的事情！」瑪麗說。

§

時間是九月十二日。

「只剩兩天了。」瑪麗．歐爾丁說。

她咬著嘴唇，臉上泛起紅暈。

湯瑪斯．羅伊德若有所思地看著她。

「你真是這樣想嗎？」

「我也不知道我怎麼了，」瑪麗說，「我這輩子從來沒有這麼盼望客人趕快回去過。以往奈維來了，我們都打心眼裡高興。奧德麗來了，也一樣。」

湯瑪斯點點頭。

「可是這一次，」瑪麗繼續說，「大家都感到彷彿是坐在炸藥桶上，每一分鐘都有爆炸的可能。所以今天早晨我對自己說的頭一句話是『只剩兩天了』。奧德麗星期三走，奈維和凱兒星期四走。」

「而我星期五走。」湯瑪斯說。

「哦，我可沒有把你算在裡面。你是個可以依賴的人，沒有你，我真不知如何是好。」

「一個緩衝者？」

「遠不止這樣，你這麼隨和，這麼……這麼沉著。說這些未免有些可笑，但我確實是這麼想的。」

湯瑪斯雖然感到有點不好意思，但看起來還是樂滋滋的。

「我不知道大家為什麼都這麼心神不定，極度煩躁。」瑪麗沉思地說，「無論如何，就算爆發了……那一定會非常難堪和棘手，但最多也就是這樣了。」

「但你的感覺不止於此。」

「說對了，我還感覺到一種明顯的恐懼，連傭人都有這樣的感覺。今天早晨，廚娘無緣無故地嚎啕大哭起來，說要辭職不幹了；廚師也坐立不安；侯思特像熱鍋上的螞蟻一樣。就連平時遇事像……像軍艦一樣鎮靜的巴莉特也露出緊張的樣子。這些都要怪奈維。為了安慰自己的良心，竟想出了一個要前後任妻子交朋友的荒唐主意。」

「可是這別出心裁的主意卻沒奏效。」湯瑪斯說。

「是的，凱兒的表現也很失常。說真的，我不能不同情她。」她停了一下。「昨晚奧德麗上樓去時，奈維在後面是用什麼眼光看她，你注意到了沒有？奈維仍然很關懷奧德麗。真是一樁最可悲的錯誤。」

湯瑪斯開始裝他的菸斗了。

「他早就應該想到這個。」他冷然說道。

「噢，我知道，話是這樣說，不過這並不能改變整件事情是一樁悲劇的事實。我禁不住為奈維感到難過。」

「像奈維那樣的人……」湯瑪斯沒說完。

「怎麼了？」

「像奈維那樣的人總是相信自己的做法，相信自己能夠得到一切。我敢說，在奧德麗這件事以前，他在生活中從未受過挫折。可是，他現在也有這種時候了。他不能擁有奧德麗，奧德麗是他可望而不可即的。他在這件事上說些騙取同情的謊言是沒有用的，他吃苦頭也是咎由自取。」

「你說得是沒錯，不過你幹嘛咬牙切齒？奧德麗和他結婚的時候很愛他；他們在一起時也總是情投意合。」

「可是，她現在不愛他了。」

「我不清楚。」瑪麗低聲囁嚅道。

湯瑪斯又說：「我還要告訴你一些別的事。奈維最好還是對凱兒提防一點，她是那種危險的年輕女人，會玩真的。她要是發起脾氣來，一定肆無忌憚。」

「啊，天哪，」瑪麗嘆了一口氣，滿懷希望地重複了她的那句話。「好了，只剩下兩天了。」

在最後的四、五天裡，事情複雜了起來。褚維士先生之死使崔瑟連夫人受到很大震動，對她的健康有了惡劣影響。幸而葬禮已在倫敦舉行過了，這使瑪麗稍感寬慰，因為這樣一來，老太太心裡的悲哀可以較快消除，瑪麗才有可能做些別的事。家裡已經是人人惶惶不安，瑪麗今天早晨確已感到筋疲力盡，精神沮喪了。

「部分是由於天氣的關係，今年的天氣很不正常。」她大聲說。

往年九月份還這麼炎熱而且老不下雨是罕見的，有幾天，陰涼處的溫度都達到了華氏七十度。

正說到這兒，奈維從屋子裡踱出來，走到他們跟前說：「在埋怨天氣？」他一邊問一邊仰頭看看天空。「一天比一天熱，真叫人難以相信，而且半點風也沒有，讓人感到心浮氣躁。不過，我想要不了多久就會下雨了，今天熱得快叫人受不了了。」

湯瑪斯．羅伊德輕輕地轉過身走了。他也不知道自己要到哪裡去，最後消失在房子的一角。

「愁眉苦臉的湯瑪斯走了，」奈維說，「沒有一次我出現時他是高興的。」

「他是個好人。」瑪麗說。

「不見得吧。他是那種心胸狹小而且抱持成見的傢伙。」

「我想他一直希望能和奧德麗結婚，而這時你不期而至，把他的希望給硬生生斷掉。」

「他花了七年工夫才下得了決心向她求婚，難道他以為那可憐的女孩會一直等他嗎？」

「也許，」瑪麗故意說，「現在就要萬事大吉了。」

奈維看了她一眼，一邊的眉毛揚了起來。

「真正的愛情要開花結果了，是嗎？奧德麗要和這個使人掃興的傢伙結婚？他根本配不上她！我不認為奧德麗會和愁眉苦臉的湯瑪斯結婚。」

「她很喜歡他，奈維，這一點我敢肯定。」

「你們女人最愛做媒人！你就不能讓奧德麗多享受一點自由嗎？」

「如果她願意的話，當然。」

奈維很快地說：「你認為她不幸福嗎？」

「其實我對她一無所知。」

「我也不比你知道的多。」奈維慢慢說道，「誰也不知道奧德麗在想些什麼。」他停了一下又說：「奧德麗可是個百分之百有教養的人，她是個完美的人。」然後更像是在自言自語地說：「天哪，我真是個該死的傻瓜！」

瑪麗走進屋子的時候又有些惴惴不安了，她第三次重複那句很能給她帶來安慰的話：「只剩兩天了。」

§

奈維焦躁不安地在花園和露台之間踱來踱去。

在花園的盡頭，他看到奧德麗坐在矮牆上，凝望著下面的河水，現在正是漲潮時分，河水洶湧。

奧德麗迅速站起來，朝他走來。

「我正要進屋子去，現在差不多是喝下午茶的時候了。」

她說得很快，有些不安，看也沒看他一眼。奈維在她身邊走著，默默無言。

一直到了他們走上露台時他才說：「奧德麗，我能和你談談嗎？」

她的手抓著欄杆，馬上回答道：「我想最好還是不要。」

「這麼說，你是知道我想說什麼了。」

她沒有回答。

「怎麼樣，奧德麗？難道我們不能重新來過？不能把發生過的一切都忘掉嗎？」

「包括凱兒嗎？」

「凱兒會了解的。」奈維說。

「你說了解是什麼意思？」

「這很簡單，我到她那裡去，把事實告訴她，請求她寬宏大量，告訴她真實情況，說你是我唯一愛過的女人。」

「當你和凱兒結婚的時候，你也是愛她的。」

「我和凱兒結婚，是我一生中最大的錯誤，我……」

他停住了。凱兒從客廳的落地窗向他們走來，她那憤怒的眼神，甚至奈維看了也不禁有點畏縮。

「打擾了你們情意纏綿的場面，實在對不起，不過我覺得我來得正是時候。」

奧德麗起身走開。

「你們談吧。」她說道。

她的話和她的表情都是冷漠的。

「很好，」凱兒說，「你已經玩夠了所有的花樣，是嗎？我回頭再找你算帳。現在，我想先跟奈維把事情弄個清楚。」

「你聽好，凱兒，奧德麗與此事毫不相干，這不是她的過錯，要是你想罵，那就罵我好了……」

「我當然要罵你。」她怒視著奈維。「你知道你是個什麼樣的人嗎？」

「一個非常可憐的人。」奈維感傷地說。

「你甩掉你的老婆，發瘋似地來追求我，結果讓你老婆和你離了婚。你一會兒愛我愛得發狂，一會兒又討厭我！看樣子，你現在又想回到那個面色蒼白、搖尾乞憐、招搖撞騙的小賤婦那裡去了……」

「凱兒，你給我住嘴！」

「怎麼，你想幹什麼？」

奈維面色慘白。他說：「凱兒，你最愛叫我可憐蟲，我也的確是。可是我不行了，我走不下去了。我想，是的，我確實應該堅貞不渝地愛著奧德麗。我對你的愛……只是一時的意亂情迷……真的不行了，親愛的，你和我格格不入，在以後漫長的人生道路上，我絕對無法使你得到幸福！凱兒，聽我的，我們還是迷途知返吧。寬宏大量些，讓我們和和氣氣地分手吧。」

凱兒假裝用平靜的聲音說：「你究竟在說些什麼呀？」

奈維沒有看她，他的下巴繃得緊緊的。

「我們離婚，你可以用我遺棄你的理由提出離婚。」

「現在我還不想離，你得等著。」

「我情願等。」奈維說。

「這麼說，三年以後或者不管怎麼樣，你都會要求溫柔可愛的奧德麗重新和你結婚，對吧？」

「如果她還要我的話。」

「沒問題，她會要你的！」凱兒刻薄地說，「那麼，我怎麼辦呢？」

「你可以再去找個比我好的男人。自然，我保證讓你有足夠的……」

「別想收買我！」她聲音很高，終於控制不住自己。「你聽著，奈維，你不能對我做這種事！我不離婚，我和你結婚是因為我愛你。我知道你是從什麼時候開始對我反感的。是在我讓你知道我跟隨你去俄斯托里之後。你一直把它看成是命中注定，然而你一知道原來這是我刻意安排時，就傷了你的虛榮心！可是，我對我所做的一切並不羞愧。你愛上我並和我結了婚，我是不會讓你回到那個重新勾引上你的小賤婦那裡去。她在打這個主意……但她不會成功！我會先把你殺死，你聽見了嗎？我要殺死你，我也要殺死她，我要讓你們兩個都死掉，我要……」

奈維向前邁了一步，一把抓住她的手。

「住嘴，凱兒，看在上帝的份上，你不能在這裡這樣鬧。」

「我不能？走著瞧吧，我要……」

侯思特從露台上走過來，臉上毫無表情。

「請到客廳用茶。」他說。

凱兒和奈維慢慢走向客廳的落地窗。

侯思特側身讓他們進去了。

天空中漸漸布滿烏雲。

§

七點四十五分，開始下雨了。奈維站在臥室的窗前望著外面。他再沒有和凱兒說什麼話。喝過茶以後，他們兩人都避不見面。

這天晚上的晚餐，大家都吃得很彆扭。奈維心不在焉。凱兒怪裡怪氣地化了個大濃妝。奧德麗坐在那兒像個麻木不仁的幽靈。瑪麗．歐爾丁千方百計想製造話題，並且因為湯瑪斯．羅伊德沒有配合她而有點惱火。

侯思特心裡也是忐忑不安，上菜的時候手不住地發抖。

晚餐將要結束的時候，奈維竭力裝出一副輕鬆的樣子說：「飯後我要到復活灣去找拉特摩，也許我們會打一會兒撞球。」

「帶著大門鑰匙，」瑪麗說，「說不定你會遲歸。」

「謝謝，我會帶著。」

他們都到客廳裡去，那裡已經準備好了咖啡。

收音機打開以後，新聞播報適時的轉移了大家的心思。

凱兒從吃飯時就開始很頻繁地打哈欠，她說她頭痛，要上樓去睡覺。

「你有帶阿斯匹靈嗎？」瑪麗問。

「有的，謝謝。」

她離開了房間。

奈維把收音機轉到音樂節目上，在沙發上靜坐了一會兒，他沒有朝奧德麗看過一眼。他坐在那兒縮成一團，就像一個受了委屈的小孩子。瑪麗有違本意地替他難過起來。

「既然要出門，我最好現在就出發。」他最後站起來說。

「你是坐車去還是乘渡船？」

「噢，乘渡船，沒必要開車繞上十五英里的路。步行一下也不錯。」

「可是正在下雨呀！」

「我知道，我有帶雨衣。」

他向門口走去。

「晚安。」

在門廳裡，侯思特向他走來。

「先生，您能到崔瑟連夫人那兒去一下嗎？她很想見你。」

奈維看了一下時鐘，已經十點了。

他聳了聳肩膀，上了樓，沿著走廊走到崔瑟連夫人的房門口，敲了一下門。在等對方回應的時候，聽到樓下門廳裡其他人的聲音。今天晚上，好像每個人都要提早上床似的。

「進來！」崔瑟連夫人清晰地說。

奈維走了進去，隨手把門帶上。

崔瑟連夫人已經準備就寢了，除了床頭的一盞閱讀燈外，其他的燈都熄滅了。剛才她正在看書，奈維進來時她放下了書，從眼鏡上端打量了奈維一眼，這一眼不知怎地，叫人望而生畏。

「奈維，我想跟你談談。」她說。

奈維不由自主地微笑了一下。

「好的，夫人。」

崔瑟連夫人板著面孔。

「奈維，有些事我是不許在我家發生的。我不是那種愛偷聽別人隱私的人，但要是你和你老婆沒完沒了地在我窗戶底下大叫大嚷，我就無法不聽到你們的話。我猜你正在考慮這樣的計畫：讓凱兒和你離婚，然後你與奧德麗重修舊好。奈維，這種事你萬萬做不得，我一點也不願意聽到這種事。」

奈維費了好大的勁才控制住自己沒發脾氣。

「很抱歉我們在你的窗戶下面大聲爭吵，」他冷然地說道，「至於你說的其他事情，那是我自己的事！」

「不，不是！你利用我的房子與奧德麗……要不然就是奧德麗利用……」

「這件事與她無關，她……」

崔瑟連夫人揮手打斷了奈維的話，她說：「不管怎麼樣，你不能做出這種事。奈維，凱兒是你的妻子，她有你所不能剝奪的權利。在這件事情上，我完全站在凱兒這一邊。這是你自做自受。現在你的責任是回到凱兒那裡去。我坦白地告訴你……」

奈維向前走一步，提高聲音說話。

「這些你根本管不著……」

「還有，」崔瑟連夫人對他的抗議根本置之不理，說道：「奧德麗明天就必須離開這裡……」

「你不能這樣！我不能容忍你這樣……」

「不許你這樣對我大吼大叫，奈維。」

「告訴你，我不會接受……」

走廊裡不知哪一扇門「砰」地一聲關上了……

§

眼睛長得像醋栗一樣的女僕艾麗斯・班罕神色不安地來到廚娘史派司太太跟前。

「哎呀，史派司太太，我真不知道怎樣才好。」

「怎麼了，艾麗斯？」

「是巴莉特小姐。一小時以前我給她端了杯茶，她睡得沉沉的，叫都叫不醒，我也就沒管她。剛才，五分鐘前，因為給夫人燒的茶已經準備好，就等著給她端上去，我就又去叫她。上樓一看，她還在蒙頭大睡，我怎麼也叫不醒她。」

「你沒推推她嗎？」

「推了，史派司太太，我使勁推了她一會兒，但她還是一動不動的躺在那裡，臉色難看極了。」

「天哪，她不會是死了吧？」

「噢，沒有，史派司太太，我還能聽到她在呼吸呢，可是呼吸聲很奇怪，我想她是病了或是什麼的。」

「好吧，我上樓去看看，你把夫人的茶端去，最好是重沏一杯，她一定會問出了什麼事。」

艾麗斯順從地照史派司太太的吩咐去做。史派司太太則上了樓。

她端著茶盤，穿過走廊，敲了一下崔瑟連夫人的房門。但敲了兩次都沒動靜，她就推門走進去。片刻後，只聽瓷器嘩啦啦碎在地上的聲音，隨即是一陣發狂的驚叫，艾麗斯從房裡奔出，衝到樓下。在門廳裡碰上正要到飯廳去的侯思特。

「噢，侯思特先生，有強盜，夫人她死了……被人殺死了！頭上有一個大洞，到處都是血……」

04／幕後黑手

巴鬥主任度過了一個挺美好的假期。只是在假期還剩三天的時候，天氣起了變化，下起雨來，還真令人掃興。可是，在英格蘭你還能期待什麼？至少到目前為止，他的運氣一直都非常好。

主任正和他的外甥吉姆·李區警官在吃早點，突然，電話鈴響了。

「我馬上就去，長官。」吉姆放回了話筒。

「什麼案子這麼嚴重？」巴鬥主任問，他注意到外甥臉上的神色有異。

「一樁謀殺案。崔瑟連夫人被害。她是一位老太太，在這一帶沒人不知道她，是個長期臥床的病人。她的家就在鹽溪的那個大懸崖上。」

巴鬥點點頭。

「我現在就去見那個傢伙（李區總是這樣不敬地稱呼他的警察局長上司）。他是那老太太的朋友，我們要一塊兒到現場去。」

走到門口時，吉姆懇求道：「舅舅，這次你能助我一臂之力嗎？這樣的案子我還是第一次碰到。」

「只要我在這兒，就一定會幫你。是破門搶劫嗎？」

「還不清楚。」

半小時後，警察局長羅伯．米契少校神色凝重地跟這對舅甥說話。

「現在下結論還為時過早，」他說，「但有件事看來很清楚：這不是外人幹的。東西沒丟一件，也找不出任何破門撬窗的痕跡，所有的門窗都關得好好的。」

他直直地盯著巴鬥。

「如果我請示蘇格蘭警場，你看他們會讓你來辦這個案子嗎？你就在這裡，還有你的外甥李區一同參與。如果你願意，那就表示要提早結束你的假期了。」

「這沒什麼，」巴鬥說，「不過，你還是請示一下愛德格——愛德格．科頓爵士是蘇格蘭警場的副廳長——我相信你們是朋友，對吧？」

米契點了一下頭。

「是的，我想我能夠說服愛德格。就這麼說定了！我馬上和他聯繫。」

他拿起電話說：「接蘇格蘭警場。」

「你認為這案子很嚴重嗎，長官？」巴鬥問。

米契臉色陰沉地說：「辦這件案子我們不能出一點紕漏，對那個做案的男人我們一定要有十足把握……當然，也可能是女人。」

巴鬥點點頭，他很清楚他話中有話。

「想必他知道是誰幹的，而且深感頭痛。」他暗自想道，「凶手必定是個有名氣、門面廣的人，不然我就吃下自己的靴子！」

§

巴鬥和李區站在擺設考究、整潔乾淨的老夫人臥室門口。在他們前面的地板上，一個警官正仔細地檢查著一根高爾夫球桿上的指紋。那桿子沉甸甸的，頂端處血跡斑斑，還有一兩根灰白的頭髮黏在上面。

勞曾比醫生正在床邊俯身查看崔瑟連夫人的屍體，他也是這個地區的法醫。

醫生伸直了腰，長嘆一口氣。

「一切都很明顯，她的頭部正面挨了致命一擊。第一下就擊碎了她的頭骨，立即致死。可是凶手為了萬無一失，又補了一下。我不必使用特別的術語來說明，這是明白易懂的普通常識。」

「她死了有多久？」李區問。

「我認為她是在十點至午夜這一段時間裡死的。」

「不能再精確一點嗎？」

「恐怕不行。因為所有的因素都必須列入考慮。現在我們並不能光憑死者的僵硬程度來判斷。總之，不會比十點更早，也不會超過午夜。」

「她是被那根鐵頭高爾夫球桿打死的嗎？」

醫生瞥了瞥高爾夫球桿。

「很可能。幸虧兇手沒把它拿走，但從傷口上看，我不能說是被這個大棒子打死的。看樣子，這球桿鋒利的一邊並沒有碰著她的頭，打到她的是這斜角的背面。」

「這樣打不是很困難嗎？」李區問道。

「如果是故意的，那的確是。」醫生贊同地說，「我只能說，得碰到狗屎運才能成功。」

李區舉起手，本能地試了一下那種打擊動作。

「很彆扭。」他說。

「是的，」醫生沉重地說，「這整件事都很不對勁。你看，她的傷是在右太陽穴上，可是，不管是誰下的手，他都必須站在床的右邊，面對床頭。因為左邊沒地方站，牆與床之間的距離太短了。」

李區認真地聽著。

「所以是用左手打的？」他問。

「這點我不敢打包票。」勞曾比說，「料想不到的事情太多了。隨便說說，最簡單的解釋是：凶手是個左撇子。當然還有很多其他方法也可辦到。比如說，老太太正好在凶手擊下時把頭稍微向左轉過來；或者他事先把床挪開，站在左邊打完後，又把床挪了回去。」

「後一種可能性不大。」

「是不大，但也有可能發生。在這些事情上，我還有點經驗。告訴你們，兄弟，要推斷一個凶殺傷口是左撇子所為，其中可是充滿了陷阱。」

瓊斯警佐從地板上抬起頭說：「這個高爾夫球桿是給右手打球的人用的。」

李區點點頭。

「但它並不一定是做案人的東西。我想是個男人幹的，醫生，你說對嗎？」

「那倒不一定。如果凶器就是這支沉重的鐵頭高爾夫球桿的話，一個女人也能用它致人於死。」

巴鬥主任平靜地說：「你還不能肯定這就是凶器，是嗎，醫生？」

勞曾比很感興趣地掃了他一眼。

「不能，我只能肯定它可能是凶器，這應該是凶器。我要化驗一下上面的血跡，看看是不是死者的血型；還要化驗頭髮。」

「對，」巴鬥贊同地說，「慎重一點總是沒錯。」

勞曾比好奇地問：「主任，你自己對這高爾夫球桿有什麼懷疑嗎？」

巴鬥搖搖頭說：「噢，沒有，沒有，我是個簡單的人，只相信用自己眼睛看到的東西。她是被一個沉重的東西打死的……很沉重的東西。那上面有血跡和頭髮，所以很可能是她的血和頭髮。如此這般，這就是殺人的凶器。」

李區問：「她挨打的時候是醒著呢，還是在睡夢中？」

「依我看她是醒著的。她臉上有驚訝的表情。她根本不知道發生了什麼事，所以沒有絲毫反抗的跡象，也沒有恐懼和害怕。當然，這只是我個人的看法。隨口說說，我認為她要不是剛剛從熟睡中醒來，還迷迷糊糊地搞不清東南西北，就是她認識這個殺害她的人，而這個人一般認為是不可能起意傷害她的。」

「除了床邊那盞燈是開著的之外，沒有別的什麼情況了。」李區沉思著說。

「是的，這有兩種可能。那燈也許是在她被闖入房間的凶手突然驚醒時打開的，或者它本來就是開著的。」

瓊斯警佐站起身來，心滿意足地笑了。

「那球桿上有組可愛的指紋。」他說。

李區鬆了一口氣。

「這應該能使案情變得簡單一點。」

「乖小孩，」勞曾比說，「留下了凶器，也留下指紋……他幹嘛不把名片也留下來？」

「他也許是亂了方寸。」巴鬥主任說，「有些人是這樣的。」

醫生點點頭。

「這話沒錯。好了，我現在必須走了，我還得去看看別的病人。」

「什麼病人？」巴門突然感興趣地問。

「在發現這件事之前，我就被管家找來了。今天早上崔瑟連夫人的女僕昏過去了。」

「她出了什麼毛病？」

「服了很多的巴比妥，情況很糟糕，但還是能恢復健康。」

「女僕？」巴門說。

他那牛眼般的大眼死盯著那個粗大的鈴繩把手，把手上的流蘇垂在死者的枕頭上，而死者的手就在枕頭旁邊。

勞曾比點頭說道：「是的，如果崔瑟連夫人產生警覺，她會做的第一件事就是拉鈴召喚女僕。可是她就是把鈴繩拉斷了也無濟於事，女僕是聽不見的。」

「這是事先安排好的嗎？」巴門說，「這一點你確定嗎？她有沒有吃安眠藥的習慣？」

「我很肯定她沒有，在她的房間裡找不出半點這類的藥物，而且我還發現藥是怎麼給她下的：番瀉莢[3]，她每天晚上都要喝一點番瀉莢汁，迷藥就下在裡面。」

3　番瀉莢被當作瀉藥。

巴鬥主任搔著他的下巴。

「嗯，」他說，「是個對這個家庭非常了解的人。你知道，醫生，這是件非常奇怪的謀殺案。」

「唉，」勞曾比說，「這就是你們的事了。」

「我們這位醫生人不錯。」勞曾比離開後李區說。

現在就剩下他們兩個人了。相片已經照了，現場也測量過了。對於這個出了殺人案的房間，兩個警官已了解了應該了解的一切。

巴鬥點點頭，算是回應他外甥的評論。他心裡好像有某種解不開的困惑。

「你認為在這根球桿上已經有了指紋以後，一個人戴上手套握它，指紋還能存在嗎？」

李區搖搖頭。

「我不這樣認為。你也是吧？你不可能抓住球桿而不動到它，我的意思是說，不弄糊那些指紋。然而指紋並沒有被弄模糊，它們清晰得不能再清晰了，這你自己也看到了。」

巴鬥同意他的看法。

「現在我們要很有分寸、很有禮貌地問問大家願不願意讓我們採指紋……當然，不能強迫。而每個人都會表示同意。接著，就可能出現兩種情況：不是這個指紋和所有的指紋都不相吻合，就是……」

「就是我們逮住了那個男人，是嗎？」

「我也這樣假定，可是做案的也許是女人。」

李區搖了搖頭。

「不，不會是女人。這個球桿上的指紋是男人的，女人的指紋沒有那麼寬。另外，女人也不可能這樣做。」

「是不可能，這是男人犯的案子。」巴鬥同意說，「殘忍、粗蠻、手腳俐落，還有點愚蠢。你知道這房子裡有這號人物嗎？」

「我和這房子裡的人素不相識，他們現在都在飯廳裡呢。」

巴鬥向房門走去。

「我們去看看他們。」他回頭又向床上看了一眼，搖搖頭說道，「那個拉鈴繩怎麼看都不順眼。」

「為什麼？」

「放的地方不對。」

開門的時候巴鬥又說：「不知是誰想把她置於死地？有好多壞脾氣的老太婆腦袋挨一記是自找的。她看起來不是那種人，我想她應該是頗受愛戴的。」他停了一下又問：「她很有錢，是嗎？那她死後誰會得到遺產呢？」

李區對這句暗示性的話語回答說：「一針見血！這就是解答。當務之急就是要搞清楚這件事。」

他們一起下了樓，巴鬥看著手中的名單唸出聲來：「歐爾丁小姐、羅伊德先生、史金屈先生、史金屈夫人、奧德麗．史金屈夫人。嗯，史金屈這一家眷屬不少哇。」

「據我所知，那是他的兩個妻子。」

巴鬥的眉毛一動，小聲說道：「他是個藍鬍子[4]？」

大家正在飯廳裡假裝吃飯，於是都被召集到餐桌周圍坐下。

巴鬥主任銳利地觀察著轉向他來的不同臉龐。他用自己的特殊方式打量著這一張張臉，如果他們知道他的想法，一定會大吃一驚。那是一種冷酷、偏執的想法。無論法律如何強調「還沒有確鑿證據之前人人都是無罪的」，巴鬥主任還是把一切與殺人案有牽連的人都看成是潛在的嫌疑犯。

他一個個地打量他們：

瑪麗．歐爾丁直挺挺地坐在桌首，臉色蒼白；湯瑪斯．羅伊德坐在她旁邊，正全神貫注地往菸斗裡裝菸絲；奧德麗坐在一張離桌子稍遠的椅子上，右手拿著茶托和盛滿咖啡的杯子，左手夾著一根香菸；奈維有些茫然、慌亂，正用一隻顫抖的手點菸；凱兒把手肘支在桌子上，濃妝豔抹也遮不住她臉色的蒼白。

巴鬥是這樣想的：

可能是歐爾丁小姐。她是一個冷靜、能幹的女人，想抓住她的漏洞可沒那麼容易。坐在她旁邊的那個男人是個高深莫測的傢伙，一隻手臂壞了，面無表情，大概有自卑感。那是兩個妻子中的一個，我猜。她嚇得六神無主了……沒錯，她是真的嚇壞了。那個咖啡杯子怪有趣的。那是史金屈，我好像似曾相識，他也坐立難安，神經緊繃。那紅髮女人是個悍婦，脾氣異常暴躁，但頭腦應該不錯。

就在他這樣一個一個估量著他們的時候，李區警官很生硬地說了一番話。瑪麗把在場每一個人的名字都通報了一遍。

最後她說道：「雖然我們都震驚不已，可是我們願意盡一切努力幫助你們。」

「首先，」李區說，把高爾夫球桿拿了起來。「你們有誰知道這個東西？」

凱兒驚叫了起來。

「真可怕，那不是……」她停住了。

奈維起身繞過桌子。

「看來像是我的，我能看一下嗎？」

「現在可以了，」李區說，「你可以拿著它看。」

那句有點耐人尋味的「現在」，並未引起其他人的反應。奈維仔細查看球桿。

「我想這是我放在球袋裡的一根鐵頭高爾夫球桿，」他說，「我馬上就能確定是不是，

4 法國民間故事中一個連續殺掉六個妻子的男人。

你們願意和我去看看嗎？」

他們跟著他走到放在地下室的一個大櫃子前，他使勁拉開櫃門。巴門的眼睛立時看得眼花撩亂，因為裡面擠滿了網球拍。與此同時，他突然記起他曾在哪裡見過奈維．史金屈。

他很快地說：「先生，我在溫布敦看過你比賽。」

奈維偏過頭來。

「噢，是嗎？」

他把一些拍子挪到一邊。在櫃子裡還放著兩個高爾夫球袋，靠在一些釣具的旁邊。

「這裡只有我和我妻子玩高爾夫球。」奈維解釋道，「那是一根男用的球棒。是的，沒錯，那是我的。」

他把他的球袋拉了出來，裡面至少放著十四根球桿。

李區警官心裡想道，這些運動員一定自視甚高，我可不願意當他們的桿弟。

奈維正說道：「那是一根聖艾斯伯公司出品的沃特休森牌鐵頭高爾夫球桿。」

「謝謝，史金屈先生，這樣就解決了一個問題。」

奈維又說：「使我吃驚的是，什麼東西都沒丟，這房子好像沒人撬門進來過呀。」

他的聲音攙雜著困惑，但也有恐懼。

巴門心想，他們都各懷心思，所有的人……

「僕人們，」奈維說，「都是極其溫良的。」

「關於僕人的情況，我要和歐爾丁小姐談談。」李區警官圓滑地說，「你能不能告訴我，崔瑟連夫人的律師是誰？」

「聖盧的『阿斯克威和齊勞尼』。」奈維很快地回答。

「謝謝你，史金屈先生，我們要從他們那裡搞清楚崔瑟連夫人的財產狀況。」

「你的意思是，誰繼承她的財產嗎？」

「是的，先生，有關她的遺囑和種種事項。」

「我不清楚她的遺囑內容。」奈維說，「但就我所知，她自己沒有多少東西可以留下，她大致的財產情況我都能告訴你。」

「請說，史金屈先生。」

「根據已故馬修．崔瑟連爵士立下的遺囑，她的全部財產都屬於我和我妻子，她只有支用利息的權利。」

「是這樣嗎？」

李區警官很感興趣地瞟了他一眼，好像一個人在他喜愛的珍藏上發現了額外增添的價值。這一眼把奈維看得畏縮起來。

李區繼續說：「史金屈先生，你知道這筆基金的數目嗎？」他的聲音不能再親切了。

「我無法馬上告訴你，我估計有十萬英鎊左右。」

「真……的。你們每人各十萬嗎？」

「不，我們兩個人平分。」

「原來如此。真是一筆相當可觀的數目。」

奈維笑了笑，鎮靜地說：「要知道，我根本不需要垂涎死人的金錢，我自己的錢就夠花了。」

李區警官看來很驚訝，沒想到他居然有這種念頭。

他們回到飯廳，李區接著又說了些話，是關於採指紋的事情。他說這是例行公事，為了排除那些不可能在死者房間裡留下指紋者的嫌疑。

每個人都表示願意——簡直是迫不及待了——讓警官採他們的指紋。

他們被領進書房。

瓊斯警佐手裡拿著小墨棍，正在那裡等待。

奈維和李區開始詢問僕人了。

從他們那裡幾乎一無所獲。侯思特解釋了他的鎖門程序，並發誓他今天早晨看過了，那門沒人動過，也沒有被人撬門闖入的痕跡。他說前門是用彈簧鎖鎖上的，沒上門閂，但可以從門外用鑰匙打開，這是因為奈維到復活灣去了，要很晚才會回來。

「你知道他是什麼時候回來的嗎？」

「知道，先生，大約是兩點半左右。我覺得有人和他一塊兒回來，我聽到了聲音，先是一輛汽車開走了，接著是關門聲，然後奈維先生上了樓。」

「昨晚他是什麼時候離開這兒去復活灣的？」

「十點二十左右，我聽到關門的聲音。」

李區點點頭，看來從侯思特這裡再也問不出更多的情況了。他們又會見了其他人，大家都感到很緊張、害怕。

在這種情況下，這是可想而知的。

有點失魂落魄的廚房女傭是最後一個被召見的。當她把房門關上離開之後，李區滿臉疑惑地看著他舅舅。

巴鬥說：「把那個女僕叫回來……不是那個鼓眼睛的，而是又高又瘦、臉臭臭的那一個，她知道一些情況。」

艾瑪・威爾斯顯然十分心慌意亂。因為這次是那個年長、魁梧的警官來盤問她，使她倍生警覺。

「威爾斯小姐，我要給你一點忠告，」他和顏悅色地說，「你知道，想對警察隱瞞事實是沒用的。這樣做對你不利，如果你明白我的意思……」

艾瑪・威爾斯氣憤但有些不安地抗議。

「我保證我從來沒……」

「好了，好了。」巴鬥舉起他那隻又寬又大的手。「你是看到了些什麼，也聽到了些什麼……到底是什麼？」

「確切地說，我沒有去聽它……我的意思是，我不得不聽……侯思特先生也聽到了。我沒想到，根本就沒想到，這會與謀殺有關。」

「很可能沒有關係，很可能沒有。只要告訴我們你聽到什麼就行了。」

「好吧，當時我正要去睡覺。那時十點剛過沒多久，我先到歐爾丁小姐那兒把暖水瓶放在她的床上……不管是冬天還是夏天，她總是要一瓶放著。這樣，我當然就要從夫人的門口經過。」

「說下去。」巴鬥說。

「我聽到太太正在和奈維先生吵得不可開交，聲音很大，他在那裡喊叫。他們吵得好凶！」

「能準確記得他們說了些什麼嗎？」

「我沒有像你所想的那樣去偷聽啊。」

「當然你沒有，可是你肯定聽到了一些話。」

「夫人說她不許什麼事情在她家裡發生，奈維先生說：『你竟敢說她的壞話。』奈維先生脾氣卯起來了。」

巴鬥仍面無表情，試圖要她多說一些，但她也說不出什麼了。最後，他讓那女人離開。

他和吉姆相對無言。

過了一會兒，吉姆說：「瓊斯現在應該能告訴我們一些指紋的情況了。」

巴鬥問：「誰在檢查那房間？」

「威廉，他很不錯，他不會漏掉任何東西。」

「你沒讓這家的人進去吧？」

「沒有，要到威廉檢查完畢才會讓他們進去。」

正在這時候，門開了，年輕的威廉把頭伸了進來。

「我想讓你們看一樣東西。在奈維．史金屈的房間。」

他們站起來，跟著他朝房子西邊的一個房間走去。

威廉把在地上捲成一團的深藍色西裝外套、褲子和背心指給他們看。

李區急問：「在哪兒找到的？」

「綁成一捆放在大衣櫃的底下。長官，你看這兒。」

他拿起外套，讓他們看那深藍色的袖子邊緣。

「看到那些黑色汙點了嗎，長官？如果那不是血，我就不是人。你們看，幾乎濺滿了整條袖子。」

「嗯，」巴鬥避開李區興奮的目光說，「看來這對年輕的奈維很不利。房裡還有其他衣服嗎？」

「一件深灰色的細條紋西裝外套掛在椅子上。臉盆附近的地板上濺滿了水。」

「會不會是他在匆匆忙忙拭洗身上的血跡時弄的，嗯？雖然這兒就靠近打開的窗戶，雨水可能打進來不少。」

「雨水不可能在地板上積這麼多水，長官，地板甚至到現在都還沒乾呢。」

巴門沒吭聲，他在眼前勾勒著一幅景象：一個手上、袖子上滿是鮮血的人，急忙把身上沾血的衣服脫掉，他把它們揉成一團塞進櫃子，拚命用水沖洗自己的手和赤裸的手臂。

他看看房間裡的另外一扇門。

威廉回答他詢問的目光。

「史金屈夫人的房間，門鎖著。」

「鎖著？從外面鎖的？」

「不，從裡面。」

「從裡面鎖的，呃？」

巴門沉思了一會，最後說：「我們再去見見那個老管家。」

侯思特心神不定。李區直搗黃龍。

「侯思特，你為什麼不告訴我們昨晚你曾無意中聽到史金屈先生和崔瑟連夫人吵架？」

老人眨眨眼睛。

「先生，我壓根就沒想到那件事，你們說是吵架，我可不這麼想。那不過是沒有惡意的意見分歧。」

李區想說「沒有惡意的意見分歧才怪呢」，但他抑制了自己，繼續問：「昨天晚餐時，史金屈穿什麼衣服？」

侯思特躊躇不語。

巴鬥平靜地說：「是深藍還是灰條紋？如果你記不清楚，別人還是能告訴我們。」

侯思特打破了沉默。

「先生，現在我記起來了，是深藍色的。這一家子，」他說，生怕警察不信任他。「在夏天並沒有換晚餐服的習慣。晚飯後他們經常出去散步，有時在花園，有時還到碼頭上去。」

巴鬥點點頭。侯思特離開了房間，在門口和瓊斯交臂而過。瓊斯看上去興高采烈。

他說：「長官，簡直是手到擒來。我弄到所有人的指紋，只有一個人的指紋和球桿上的一樣。當然，現在我只是粗略地比較了一下，可是我敢打賭不會有錯。」

「是嗎？」巴鬥說。

「長官，桿柄上的指紋是奈維．史金屈先生的。」

巴鬥往椅背上一靠。

「這麼說，」他說，「好像已經水落石出了，不是嗎？」

§

三人聚在警察局長的辦公室裡，每個人都沉著一張臉，甚感困擾。

米契少校嘆了一口氣說：「我看，我們也只能拘捕他了，不是嗎？」

李區平靜地說：「好像是這樣，長官。」

米契看了巴鬥主任一眼。

「巴鬥，振作起來，」他善意地說，「又不是八拜之交死了。」

巴鬥主任嘆了口氣。

「我不喜歡這樣。」他說。

「沒人喜歡。」米契說，「但我們有充分的證據，可以開搜捕狀了。」

「不僅僅是充分而已。」巴鬥說。

「如果我們不開一張搜捕狀，大家會問我們是在開什麼玩笑。」

巴鬥不高興地點點頭。

「我們還是再討論一遍吧。」局長說，「我們找得到動機……史金屈先生和他的妻子在老太太死後能得到一大筆錢；奈維是老太太死前最後一個見到的人……人們聽到他和她吵架。那天晚上他穿的衣服上有血跡，當然了；最要命的是，凶器上發現的指紋正是他的……而不是其他人的。」

「然而，長官，看樣子你也不想開搜捕狀啊！」

「我想才怪。」

「長官，你為什麼不想呢？」

米契少校摸摸鼻子。

「我們會不會把這傢伙看得太過愚蠢了？」他說。

「但是，長官，有些人有時候就是這麼愚蠢。」

「噢，我知道，我知道。要是他們不愚蠢，我們還能吃這行飯嗎？」

巴鬥對李區說：「吉姆，你又為什麼不願意逮捕奈維？」

李區聳聳肩膀，悶悶不樂地說：「我一直很喜歡史金屈先生，這些年常見他在此地來來去去，他是一個正派的紳士，一個運動家。」

「我不明白為什麼優秀的網球選手就不能也是個殺人犯。」巴鬥慢條斯理地說，「這並不矛盾。」他頓了一下。「只是我不喜歡那根鐵頭高爾夫球桿。」

「鐵頭高爾夫球桿？」米契有些不明白地問。

「是的，長官，或者是那個鈴繩。不是鈴繩就是球桿，兩者其一。」

他繼續用謹慎的語調緩慢地說：「我們到底認為這個案子是怎麼發生的呢？史金屈先生到崔瑟連夫人的房裡，結果和她吵了一架，發了脾氣，用球桿在她腦袋上開了個洞。事情是這樣的嗎？如果是的話，那就不是預謀。可是他怎麼會剛好帶著一支球桿呢？這種東西不是你晚上會隨手帶上的。」

「也許他正在練習揮桿什麼的。」

「也許是，可是沒人這麼說，因為沒人見他這樣做。人們最後一次看到他拿著鐵頭高爾夫球桿是一星期前他在沙灘上練球的時候。我覺得，你們不能把這兩件事扯到一塊。不是他吵了一架，發了脾氣，就是……說到這裡，你們注意一下，我曾經在網球場上見過他，在一場錦標賽中。運動選手大都情緒浮躁，動輒勃然大怒；如果他們的性情很火爆，在那種場合自然會表現出來。可是我從未見過奈維使性子。我必須說，這位奈維先生非常能克制自己，簡直可說是異於常人了。而我們卻認為他突然變得狂暴，給一個虛弱的老太太當頭一棒。」

「巴鬥，還有另一種推測。」局長說。

「我知道，長官。這個推測就是，一切都是預謀好的，他想要老太太手中的錢。這樣一來，那個鈴就說得通了……而且事先必須將那個女僕迷昏。但這樣推斷，球桿和吵架就說不通了。如果他想要在房間裡解決她，他必須非常謹慎，避免與她爭吵。他先把女僕迷昏，深更半夜再溜進老太太的房間，敲碎她的腦袋，再製造一個小小的搶劫場面，然後把球桿擦乾淨，小心地放回原處！然而長官，事實卻完全相反，冷靜謹慎的預謀竟和非預謀的暴力混在一起，而這兩者是根本混不到一起的！」

「你說得有些道理，巴鬥。但是，該選擇哪一種推測呢？」

「長官，那支鐵頭高爾夫球桿比較稱我的意。」

「沒有人可能用那根球桿把她打死了卻不破壞奈維的指紋。這是毫無疑問的。」

「這樣的話，崔瑟連夫人的腦袋敢情是被其他東西打碎的。」巴鬥主任說。

米契少校深深地吸了口氣。

「這相當異想天開，不是嗎？」

「長官，我認為這是普通常識。如果不是史金屈先生用那根球桿打了她，那也不會是別人。我堅決認為沒人做這樣的事。所以，那根球桿是故意放在那裡的。球桿上的血和頭髮也是後來沾上去的。勞曾比醫生也看那球桿不順眼，但因為那是最明顯的凶器，而他也不敢肯定別人沒有用過它，才不得不接受這種看法。」

米契坐在他的椅子裡往後一靠。

「巴門，說下去。」他說，「我放手讓你自由發揮。下一步呢？」

「撇開那根球桿不談，剩下的還有什麼該考慮的呢？第一，是動機。奈維·史金屈是不是確實有謀財害命的動機呢？我想，他想繼承那一大筆錢，多半取決於他是不是急需那筆錢。他自己說他不需要，我建議對這一點做查證，把他的財務狀況搞清楚。如果他經濟上有虧損、果真急需用錢的話，那情況就對他非常不利。但從另一方面看，如果他說的是實話，並且經濟狀況良好，那……」

「那怎樣？」

「那我們就要查查其他人的動機。」

「所以，你認為奈維·史金屈被誣陷了？」

巴門主任瞇起眼睛。

「我記不清在哪兒讀過一句話，它激起我的想像力。那話好像說的是一隻幕後黑手。我在這個案件裡也隱隱約約看到了這隻手。從表面上看，這是一起並不曲折的殘酷謀殺，但我好像從中看到了別的東西，一隻在幕後活動的大手……」

局長看著巴門，好一會兒沒出聲。

「也許你是對的，」他終於開口了。「他媽的，這案子挺有意思的！現在你對我們的行動計畫有什麼想法？」

巴門摸著寬厚的下巴。

「嗯，長官，」他說，「我這人總喜歡走最明顯的方向。現在每件事都使我們懷疑奈維．史金屈，那就讓我們繼續懷疑他吧。當然沒有必要真的把他抓起來，但要做出這樣的暗示，要審問他，使他感到緊張，然後全面觀察每一個人的反應。我們還要研究他的供詞，對他那天晚上的活動要像梳頭一樣理一遍，也就是說，把我們的意圖暴露得愈清楚愈好。」

「真是不擇手段。」米契少校眨著眼睛。「明星演員巴門，扮演心狠手辣的警探爪牙。」

主任笑了。

「長官，我喜歡符合大家的期望。這次，我想我要稍微慢一點，一切都慢慢來。我想做一些調查，而懷疑奈維是我們做這些調查的絕妙藉口。我有個看法，你知道，這棟房子裡有些古怪的事情。」

「從男女關係的角度看來？」

「如果你願意這麼說也行，長官。」

「你自己看著辦吧，巴鬥，你和李區繼續查，他聽你的。」

「謝謝你，長官。」巴鬥站了起來。「從律師那兒沒得到什麼可供參考的情況嗎？」

「沒有，我給他們打過電話了。我和齊勞尼是舊識了，他會把馬修和崔瑟連夫人的遺囑副本送來。她買過一些優良證券，一年能拿五百英鎊。她留給巴莉特一點錢，侯思特也得到一點，剩下的都給了歐爾丁。」

「我們要特別注意這三個人。」巴鬥說。

米契看上去很樂，他說：「你這個疑神疑鬼的傢伙。」

「五萬英鎊不可能不使人鬼迷心竅，」巴鬥不動聲色地說，「有好多人為了不到五十英鎊就可以謀財害命呢。這得看你需要多少錢。巴莉特能得一份遺產……說不定她是故意迷昏自己以避開嫌疑。」

「她幾近昏迷不醒，勞曾比都沒讓我們訊問她呢。」

「也許是因為無知，一下子喝得太多了。也許侯思特急需用錢。還有歐爾丁小姐，如果她身無分文，說不定也想弄點錢，過幾天舒服日子，不然等將來老了，也享受不到這些了。」

局長臉上露出懷疑的神色。

「好吧，就看你們的了。」他說，「做事去吧。」

§

回到海鷗角以後，兩位警官接到了威廉的報告。

「每間臥室都沒有發現任何可疑或是可供參考的東西。僕人們吵著要我們放他們去做事呢。要給他們答覆嗎？」

「我想可以吧。」巴鬥說，「我要到樓上轉一轉，那些不常用的房間能告訴你一些屋主的情況。」

瓊斯把一個小小的硬紙盒放在桌子上。

「這是從奈維．史金屈先生的深藍色外套裡取出來的。」他說，「紅頭髮是在袖口上找到的，金頭髮是在領子裡面和右邊那條袖子裡找到的。」

巴鬥拿出那兩根長長的紅頭髮和七、八根金色頭髮，端詳著它們。他的眼睛微微閃著光，說：「嗯，得來全不費工夫。現在我們知道應該從哪裡下手了。紅頭髮在袖口，金頭髮在領子裡，是嗎？奈維．史金屈先生的確有點像藍鬍子，他的一隻手臂摟住這個老婆，而另一個老婆則依偎在他的肩頭。」

「袖子上的血拿去化驗了，一有結果他們就會打電話來。」

李區點點頭。

「僕人們的情況怎樣？」

「長官，遵照您的指示。我觀察到，他們沒有一個人想離去，看來好像也沒有人對老太太懷恨在心。老太太做人嚴厲，但受人愛戴。這些僕人都受歐爾丁小姐的管束，她好像很得人心。」

「第一眼看到她，我就覺得她是一個能幹的女人。」巴鬥說，「要是她就是我們的那位凶手，那可沒那麼容易對付喔。」

瓊斯彷彿吃了一驚。

「長官，那鐵頭高爾夫球桿上的指紋是……」

「我知道，我知道。」巴鬥說，「沒錯，是那位樂於助人的奈維先生的。人們都說運動員的頭腦簡單（當然也不盡然），可是我並不相信奈維．史金屈是個低能兒。那個女僕的番瀉莢汁放在什麼地方？」

「通常放在二樓僕人洗漱間的架子上。她一般在中午的時候把它浸泡在那裡，到晚上睡覺前再把它拿走。」

「這也就是說，房子裡的任何人都能拿到它囉？」

李區堅信不疑地說：「這一定是個裡面的人幹的！」

「是的，我也是這麼想。我的意思倒不是說這事就是屋子裡的哪個人幹的，不是。每一個有鑰匙的人都能打開前門進來。奈維．史金屈昨天晚上拿了那把鑰匙，可是另配一把也很容易，或者一個老手用根鐵絲就能解決了。但我並不相信一個外賊能知道那條鈴繩和巴莉特晚上有喝番瀉莢汁的習慣！這是家庭的習慣！吉姆，跟我來，上樓去看看那個洗漱間和其他房間。」

他們從最頂樓開始。

首先到了一間堆滿雜物、廢物和舊家具的小閣樓。

「這裡我沒來看過，長官。」瓊斯說，「我不知道……」

「你何必到這兒來看？不來也可以，來這裡純粹是浪費時間。從地板上的灰塵來看，至少有六個月沒人進來過。」

所有僕人的房間都在這層樓，另外還有兩間空房和一間浴室。巴鬥粗略地把每個房間都看了一遍，發現那個鼓眼睛的女僕艾麗斯正關著窗戶蒙頭酣睡；那個細瘦的艾瑪有很多親戚，他們的照片放滿在她的五斗櫃上；侯思特有幾件雖然有了裂縫但很精緻的德勒斯登和克朗德比瓷器。

廚師的房間非常整潔；那個廚房下女的房間則又亂又髒。巴鬥從離樓梯最近的那個洗漱間走過。威廉把洗臉盆上的長架子指給他看。那上面堆滿牙缸、牙刷、各式各樣的軟膏，大瓶小瓶的鹽和洗髮劑。一盒番瀉莢打開著，放在架子的頂頭。

「杯子和盒上沒有指紋嗎？」

「只有女僕自己的。她的指紋我已經在她的房裡弄到了。」

「凶手根本用不著碰那個杯子。他只要把麻醉劑倒在裡面就行了。」

巴鬥下了樓，李區跟在後面。

他們從這最高一層的樓梯往下走到一半時，看到一扇位置很彆扭的窗子。還有一根末端帶著鉤子的長竿靠在牆角。

「他們用這東西來關上面的窗子。」李區解釋說，「可是窗子上面有個安全螺絲，所以只能關到這個程度。但留下的空隙很窄，沒有人能鑽進來。」

「我並沒有去想誰能從那兒爬進來。」巴鬥若有所思地說。

他走進第二層樓的第一間臥室，那是奧德麗．史金屈的房間。臥室裡整齊而乾淨，化妝台上放著幾把象牙髮梳，沒有鋪桌巾。巴鬥把頭伸進衣櫃看了一下，裡面放著兩件普通的外套和裙子，幾件晚禮服，三兩件夏天穿的上衣，衣料雖非上等，但剪裁很講究而且奢華，不過看起來都顯得舊了。

巴鬥點點頭，他站在寫字檯前呆立片刻，下意識地撥弄著放在吸墨用具左邊的筆托盤。

威廉說：「吸墨紙和廢紙簍裡沒有叫人感興趣的東西。」

「說得對，這兒沒有什麼可查看的。」

他們轉到其他房間去了。

湯瑪斯的房間十分凌亂，衣服隨意放置。菸斗扔在桌子上，到處散落著菸灰。床邊擺著一本吉卜林的《吉姆》，書還翻開著。

巴鬥說：「他習慣讓土著僕人給他收拾東西，喜歡讀些過時的名著，是那種守舊的人。」

瑪麗・歐爾丁的房間不大，但很舒適。巴鬥看著放在書架上的一些旅遊書籍和幾把舊式的銀梳。房裡的擺設和色調比其他房間都時髦些。

「她並不守舊，」巴鬥說，「房間裡也沒有照片，她不是留戀過去的人。」

這層樓還有三、四間留給別人使用的空房間和浴室，都收拾得乾乾淨淨。接著是崔瑟連夫人寬敞的雙人臥室。離開那裡再下三級小台階，就是史金屈夫婦占用的兩個房間和一個浴室。

巴鬥在奈維住的房間裡沒有待多長時間。他從打開的窗子朝外眺望，窗下是陡峭、直入海水的岩石，窗子朝西開，與從海裡聳起的險峻禿岬遙遙相對。

「下午有陽光，但早上的景色很陰鬱，退潮的時候會有一股難聞的海草味。」他低聲說，「對面那個岬陸看上去挺可怕的，難怪看著它會想自殺！」

他們走進那間較大的房間，那裡的門鎖已經打開了。

裡面亂七八糟的，衣服狼藉一地，有穿一下就扔的絲質襯衣、襪子和無袖套領衫，一件花格子襯衫胡亂地搭在椅背上。巴鬥往衣櫃裡看了一眼，裡面滿是皮大衣、晚禮服、短褲、網球服和運動服。

巴鬥幾乎是虔敬地關上了櫃門。

「奢侈的愛好，一定讓她丈夫花了不少錢。」巴鬥說。

李區若有所指地說：「這也許就是為什麼……」

他留了半句話不說了。

「為什麼他需要十萬……或者說五萬英鎊的原因？也許是。但我認為，關於這一點，我們最好是看看他自己怎麼說。」

他們下樓來到了書房。

威廉正奉命通知僕人們可以忙自己的事去了。如果願意的話，屋子裡的每個人都可以自由地回到自己的房間去。

講完這些以後，他又說李區警官還想和他們每個人再單獨會面一次，首先從奈維・史金屈先生開始。

威廉離開房間以後，巴鬥和李區在一張巨大的維多利亞時代大桌後面正襟危坐起來，一個拿著記錄本和鉛筆的警察則坐在房間一角。

巴鬥說：「吉姆，你先來開個頭，要給人深刻的印象。」

吉姆點點頭，巴鬥搓搓下巴，皺起了眉頭。

「不知怎麼了，我竟想到了赫丘勒・白羅。」

「你是說那個老頭子，那個比利時人，那個小小的滑稽人物？」

「去你的滑稽人物！」巴鬥主任說，「打從踏入警界開始，他就像一條黑毒蛇和母豹一樣危險！我真希望他就在這裡，這種事符合他的胃口。」

「什麼胃口？」

「心理學，」巴門說，「真正的心理學，不是那些外行人所賣弄的半瓶醋。」他生氣地想起了安芙瑞小姐和他的女兒席薇亞。「是啊，一個有能耐的人能使工作順利進行，使一個凶手滔滔不絕地講話……這就是他的方法之一。他認為每個人遲早要說出真話的，因為畢竟這比說假話要容易些。所以，凶手總會洩漏出一些他們認為無關緊要的東西，而這就是你逮住他們的時候了。」

「這麼說，你要讓奈維・史金屈自投羅網了？」

巴門心不在焉地表示同意。接著，他又有些煩惱和困惑地說：「真正叫我煩惱的是，為什麼赫丘勒・白羅會出現在我腦海裡。對了，是樓上的什麼東西。我究竟看見了什麼東西，使我想起了這個小老頭呢？」

奈維・史金屈的到來打斷了他們的談話。

他臉色蒼白，看上去憂心忡忡，可是並沒有早餐時顯得那麼緊張。巴門用犀利的目光盯著他。

倘若一個人知道了——如果有足夠的思考能力，就一定會知道——他的指紋已經留在犯罪的器械上，而且他的指紋已經被警方採樣下來，但是居然還能表現得既不慌張也不想抵賴，那可見就有鬼了。

但是，奈維・史金屈看上去相當自然……震驚，憂慮，悲傷，僅僅有點不算病態的緊張而已。

吉姆．李區用他有趣的西部口音說：「史金屈先生，我們希望你能回答一些問題，講一講你昨天晚上的活動和一些相關情況。同時，我還要提醒你，你沒有義務回答這些問題，除非你願意。如果你願意回答，你可以讓你的律師在場。」

他說完向後靠去，觀察著這番話的效果。

很顯然，奈維看上去好像很為難，不知如何是好。

李區心想，他現在要不是對我們的意圖真不了解，那他就是該死的第一流演員。看到奈維沒回答，他又大聲說：「嗯，史金屈先生，你聽見了嗎？」

奈維說：「當然你們問我什麼都可以。」

「你要知道，」巴門和顏悅色地說道，「你所說的一切我們都要記錄下來，也許以後在法庭上還要當作呈堂證供。」

史金屈滿臉憤怒，尖聲地說：「你在恐嚇我嗎？」

「不，不，史金屈先生，我只是在提醒你。」

奈維聳聳肩膀。

「我想這都是你們的例行公事。繼續問吧！」

「你已準備好供詞了嗎？」

「你們這樣說也行。」

「那麼，你能絲毫不差地告訴我們你昨晚都幹了些什麼嗎？從晚飯時開始講起。」

「沒問題。吃完飯，我們到客廳去了。喝咖啡，聽收音機，播的是新聞什麼的。然後我決定過河到復活灣飯店去找一個朋友，他就住在那裡。」

「你朋友的名字叫什麼？」

「拉特摩。泰德．拉特摩。」

「你們交情很深嗎？」

「噢，還談不上。他來到這兒以後，三天兩頭見面，就這樣混熟了。他經常過來吃飯，我們也會去他那兒。」

巴門說：「你去復活灣飯店的時間是不是太晚了些？」

「噢，那可是個好地方……不夜城。」

「可是家裡的人不是都相當早就上床睡覺了嗎？」

「大致來說是這樣。可是，我帶著前門鑰匙，無需任何人等著替我開門。」

「你妻子沒和你一塊去嗎？」

奈維再開口時，聲調稍微有些變化，變得生硬了。

「沒有，她頭痛，我走時她早已上床了。」

「說下去，史金屈先生。」

「我正要上樓去換衣服……」

李區打斷了他的話。

「對不起，史金屈先生，換什麼衣服？換上晚禮服還是換掉晚禮服？」

「都不是。我那時穿著我的藍色西裝，那是我最好的一套。因為有點下雨，我打算從渡口過去，到河對岸再步行……你知道，大約要走半英里路，所以我換了一套舊一點的衣服，如果你們想知道得更詳細一點，我可以告訴你們，是一套灰條紋西裝外套。」

「我們很希望把一切事情都搞清楚。」李區謙恭地說，「請繼續往下說吧。」

「剛才說到我正想上樓。這時侯思特走來告訴我，崔瑟連夫人想要見我，所以我就去了，結果和她發生了一點口角。」

巴鬥和藹地說：「史金屈先生，我想她生前最後見到的人就是你，對吧？」

奈維臉紅了。

「嗯，是吧……我想是的。那時她還好端端的。」

「你和她在一起待了多久？」

「我想大概是二十分鐘到半個小時，然後我就回到自己房間，換上衣服，帶著前門的鑰匙趕緊上路了。」

「那是什麼時候？」

「我想也許是十點左右。我迅速地走下山，剛好趕上就要開船的渡輪，下船後按照我原來的想法步行到那裡。我在飯店找到了拉特摩。我們喝了幾杯酒，玩了一會兒撞球。時間過得真快，等我發覺時，已經過了一點半，趕不上最後一班渡輪了。拉特摩很好心，開了他的車把我送回來。你也知道，這意味著要繞著鹽溪開……十六英里的路。我們離開飯店時大約是兩點，我想我回到家應該是兩點半左右。我很感謝泰德・拉特摩，便請他進屋子來喝杯酒，可是他說他想馬上回去，所以我自己進了屋子，立刻就去睡覺了。我沒聽見也沒看到什麼異常現象，整個房子都在安寧的酣睡中。今天早上，我聽到那女孩大聲喊叫，然後……」

李區叫他停住。

「好，好，現在稍微回過頭講講你和崔瑟連夫人的談話。她那時言談舉止正常嗎？」

「噢，絕對正常。」

「你們都說了些什麼？」

「噢，隨便聊聊。」

「氣氛融洽嗎？」

奈維臉紅了。

「當然。」

「你沒有……例如說，和老太太激烈地爭執了一番嗎？」李區圓滑地繼續問道。

奈維沒有立即回答。

李區說：「你最好還是說實話。坦白告訴你，有人無意中聽到你們的一些談話。」

奈維暴躁地說：「我們是有一點小爭執，但那算不了什麼。」

「爭執什麼問題？」

奈維努力忍住性子，恢復了平靜。他微笑著說：「坦率地說，是她責罵我。這是常發生的事。她要是不滿意誰，就把誰劈頭訓斥一頓，你知道，她是個老式守舊的人，很憎惡現代人的處世方法和思想，諸如離婚之類的事情，她就更反感。我們爭論了一會兒，我的頭有點發熱，但我們是在親密的友好氣氛中分手的……都同意各自保留不同的意見。」接著他又有些激動地說，「我當然不會因為在吵嘴時發了脾氣，就在她腦袋上猛擊一下……如果你是這樣想的話！」

李區瞟了巴鬥一眼。

巴鬥把沉重的身體朝前傾向桌子。他說：「你今天早上承認那支鐵頭高爾夫球桿是你的東西。在那上面也發現了你的指紋，你能對此做出任何解釋嗎？」

奈維愣了一下，然後尖刻地說道：「我……當然會有我的指紋，那是我的球桿……我經常拿它。」

「我的意思是說，你能否對這樣的事實做出任何解釋：你的指紋證明你是最後一個拿過這根球桿的人。」

奈維呆若木雞，臉色也變得蒼白起來。

「這不可能，」他終於說出話來。「這不可能，誰都能夠在我拿過以後再拿……只要戴上手套就行了。」

「不對，史金屈先生，沒有人能夠按照你說的那樣拿它——舉起它來打人——而不磨掉你自己的指紋。」

一陣沉默，良久的沉默。

奈維覺得不寒而慄，他渾身發抖地說：「啊，上帝。」

他用手捂住眼睛，兩個警察注視著他。

一會兒，他的雙手從臉上挪開，又坐直了身子。

「這不對，」他平靜地說，「這真的不對。你們認為是我殺了她，而我沒有。我敢發誓我沒有，這是個可怕的誤解。」

「你對這些指紋不能做出解釋？」

「我怎麼可能？我根本毫無頭緒。」

「那麼，你知道你那件藍色西裝外套的袖子和袖口上為何有血跡嗎？」

「血跡？這不可能！」這是在極度恐懼中低聲說出來的話。

「比如說，你沒有劃破自己身上什麼地方……」

「沒有，沒有，當然沒有。」

他們等待了一會兒。

奈維．史金屈緊鎖著眉頭，好像陷入了沉思一般，最後他抬起一雙充滿恐懼的眼睛望著他們。

「這是捕風捉影！完全是捕風捉影！根本不是真的。」

「事實是抹殺不掉的。」巴門主任說。

「可是，我為什麼要幹這種事呢？這簡直難以想像……不可思議！我一直很了解卡蜜拉啊！」

李區咳嗽了一下。

「史金屈先生，我相信你自己告訴過我們，說崔瑟連夫人死了之後，你可以得到很大一筆錢。」

「你們以為這就是我……可是我並不需要錢！我不缺錢用！」

「這只是你說的。」李區輕輕咳了一聲說。

奈維一下子跳了起來。

「聽著，有些事情我能證明。我能證明我不需要錢。我給我的銀行經理打個電話，你們自己可以和他談。」

電話接通了，沒有占線，一會兒就接通了倫敦。奈維說：「是你嗎，羅納森？我是奈維·史金屈，你認得出我的聲音。你聽我說，你能不能告訴警察——他們就在這兒——所有關於我的情況……好，嗯，請講吧。」

李區接過話筒，他說話的聲音不大，兩人一問一答。

他終於把話筒放下了。

「怎麼樣？」奈維急切地問。

李區不動聲色地說：「你有很多存款，銀行負責照管你的投資，報告表示投資情況良好。」

「怎麼樣，我說得沒錯吧？」

「看來是。可是，史金屈先生，你可能做了什麼承諾、負債……被敲詐勒索，你可能有許多我們所不知道的名目需錢孔急。」

「但是我沒有！我向你們擔保我沒有。你們查不出任何這種情況來。」

巴鬥主任晃晃他寬厚的肩膀，儼然像個慈父一樣說道：「史金屈先生，我們有很多你無法抵賴的證據，足以給你開一張搜捕狀了。可是我們沒有這樣做……現在還沒有！你知道，我們目前還是假定你是無辜的。」

奈維憤憤地說：「你是說，你們已經認定我是凶手了，但你們必須確定我的動機以便定案，好一棍子把我打死？」

巴鬥默然不語，李區望著天花板。

奈維氣急敗壞地說：「簡直像一場可怕的噩夢。我什麼也不能說，什麼也不能做，就像掉進一個陷阱，難以掙脫。」

巴鬥主任的身子動了一下，半睜半閉的眼睛閃爍著智慧的光芒。

「這番話說得好，」他說，「確實說得很好，它給了我一個靈感……」

§

瓊斯警佐巧妙地讓奈維從門廳和飯廳裡出去，而把凱兒從落地窗帶了進來，這樣就避開了他們夫妻碰頭的機會。

「可是奈維還是能見到其他人。」李區說。

「這樣更好。」巴鬥說，「她是我唯一得趁她還蒙在鼓裡的時候去打交道的人。」

天氣陰沉沉的，風很大。凱兒穿著花呢裙子和紫色毛衣，光澤的頭髮就像一個擦得晶亮的銅碗。在那些陳舊掉色的維多利亞時代書籍和鞍形座椅的反襯下，她更顯得美麗動人，只是看上去提心吊膽，惶惶不安。

李區毫不費力便誘使她滔滔不絕地敘述她前一晚的活動。

她頭疼，很早就上床了……她想大約在九點十五分左右。她睡得很沉，對外面的事一無所知，直到第二天早上被一陣慘叫聲驚醒。

巴鬥發問了。

「你丈夫離開之前，沒去看看你怎麼樣嗎？」

「沒有。」

「從你離開客廳到第二天早晨這段時間，你一直沒見到他嗎？」

凱兒點了點頭。

巴鬥摸著下巴。

「史金屈夫人，你和你丈夫的臥房隔門是鎖著的。那是誰鎖的呢？」

凱兒簡短地說：「我鎖的。」

巴鬥沒有說什麼。他在等待，像一隻老奸巨猾的貓，等候著將從洞裡跑出來的老鼠。

他的沉默比提問更有力量。凱兒突然激動地大聲說：「噢，這個我想你們都知道了！那個老朽的侯思特一定聽到我們在喝茶前的談話。即使我不說，他也會告訴你們。說不定他已經告訴你們了。我和奈維吵了一架……吵得不可開交！他快把我氣死了！我去睡覺前把門鎖了，因為我的怒氣還沒消。」

「我明白了，我明白了。」巴鬥用無限同情的聲音說道，「你們有什麼難以解決的問題嗎？」

「那和這件事有什麼關係嗎？好吧，我也不在乎告訴你們。奈維這陣子的舉止完全像個白癡，這全都是那個女人的錯。」

「哪個女人？」

「他的前妻。是她提議奈維到這裡來的。」

「你是說，來和你見面嗎？」

「是的。但奈維認為，這全是他自己出的主意……可憐的笨蛋！才不是呢，他以前從來沒有想過這種事，直到有一天他在公園裡碰到了她，她把這個主意塞進了他的腦袋，並使他相信這是他自己的主意。他也老實透頂地認為這是他的點子。可是我從一開始就看到了奧德麗在背後操縱的那隻黑手。」

「她為什麼要做這種事？」巴鬥問。

「因為，她想把他再弄回自己身邊。」凱兒說。她說得很急，有點喘不過氣來。「自從奈維和我結婚後，奧德麗就一直懷恨在心，這是她在復仇。她讓他安排我們在這裡聚會，然後她就對他施展手腕了。我們來到這裡以後，她就開始搞鬼。她精得很，就會裝出一副可憐相和躲躲閃閃的樣子……是的，她也知道怎麼去討另一個男人的歡心……她把湯瑪斯．羅伊德也一起弄來了，這個癡心男子始終對她愛慕不已。她假裝要與他結婚，藉此來激怒奈維。」

她停下來，呼呼呼地直喘氣。

巴鬥溫和地說：「我猜想奈維一定……呃，很高興她在一個老朋友身上又找到了幸福。」

「高興？他嫉妒死了！」

「那奈維一定很喜歡她。」

「噢，是的，」凱兒沒好氣地說，「她也了解得很！」

巴鬥的手指仍在下顎上摸來摸去，臉上的神色是半信半疑。

「你對三人到此地相聚的建議大概反對過吧？」他問。

「我怎麼反對？這不好像是我在吃醋嗎？」

「嗯，」巴鬥說，「歸根究柢，你是吃醋了，不是嗎？」

凱兒的臉上泛起了紅暈。

「我是！我一直很嫉妒奧德麗！從剛開始和奈維過日子，或者說快要和他結婚的時候起，我就感到她彷彿就在那房子裡，好像那房子不是我的而是她的！我把房子的色調全改了，徹底變了個設計，但還是無濟於事！我老覺得她就像一個灰色的幽靈在屋裡徘徊。我知道奈維自覺虧待了她而痛悔。他忘不了她，她總是在那裡，在他的心靈深處有一種內疚的感覺。你們知道，世界上就有這樣的人，他們看似淡漠而無趣，可是他們總能讓人一輩子魂牽夢縈。」

巴門若有所思地點點頭。他說：「好了，史金屈夫人，謝謝你。我們目前要了解的就這些了。可是我們不得不……呃，再問一些問題，尤其是關於你丈夫將從崔瑟連夫人那裡繼承的那一大筆錢，那五萬英鎊……」

「有那麼多嗎？你是指馬修在遺囑裡留給我們的那些錢嗎？」

「這些你全知道嗎？」

「嗯，是的。他留下的錢給奈維和奈維的妻子平分。但這並不表示我很高興那老太婆死掉。我不是那種人。我並不怎麼喜歡她……可能是因為她也不喜歡我，不過一想起有強盜悄悄潛入屋子把她的腦袋砸開了，我就渾身毛骨悚然。」

她說完這些話就走了。

巴門看著李區。

「你覺得她怎麼樣？我得說她長得漂亮，很容易就能把一個男人弄得神魂顛倒。」

李區同意他的話。

「可是在我看來，她實在稱不上是位淑女。」他不確定地說。

「這種人現在已不存在了。」巴鬥說，「我們該見一號夫人了吧？不，還是先找歐爾丁小姐好了。我想從她那兒了解一下局外人怎麼看待這種婚姻關係。」

瑪麗·歐爾丁鎮靜地走了進來，然後坐下。雖然她表面看似很平靜，眼裡卻藏著焦灼和不安。

她條理清晰地回答了李區的問題，證實了奈維昨天晚上的行蹤。她是在十點左右上床睡覺的。

「你上床時，史金屈先生正和崔瑟連夫人在一起嗎？」

「在一起，我能聽到他們說話。」

「說話還是吵架，歐爾丁小姐？」

她臉紅了一下，但回答是沉著的。

「你知道，崔瑟連夫人非常好爭辯。儘管她的話聽來尖酸刻薄，可是其實並沒有惡意。還有，她專斷獨行，喜歡駕馭他人……而男人並不像女人那樣能容忍這種情況。」

巴鬥心想，不像你這麼能容忍。

他打量著她那張透著睿智的臉龐。

她打破了沉默。

「不是我裝傻，可是我確實想不通……想不通你們為什麼會懷疑這家子的人。為什麼不能是外人犯下的呢？」

「歐爾丁小姐，懷疑你們是有幾個原因。一是什麼東西也沒有丟失，也沒有外人撬門潛入的跡象。無需我告訴你房子的周圍環境，不過你還是別忘了，你們西邊是高聳入海的峭壁；南邊有幾個露台和一堵臨海的牆；東邊花園的斜坡一直延伸至海岸，可是它被高牆圍住。唯一一扇通向馬路的小門，今天早上仍然和平日一樣從裡面鎖著。面向馬路的大門也同樣如此。我不是說外人不能爬牆過來或用另外一把鑰匙甚至萬能鑰匙打開門進來，但是到現在為止，我還沒發現有人幹這種事。做案的人知道巴莉特每天晚上喝番瀉莢汁，於是在裡面下了迷藥，這就意味著這是家裡的某個人幹的，鐵頭高爾夫球桿也是從地下室的櫃子裡拿出來的。這不是外人幹的，歐爾丁小姐！」

「不是奈維！我敢肯定不是他！」

「你為什麼這麼肯定？」

歐爾丁無奈地搖著手。

「看來不像是他，這就是為什麼！他不會去殺害一個躺在床上毫無自衛能力的老太太，奈維不會的！」

「彷彿是不大可能。」巴鬥通情達理地說，「可是當某些人有了足夠的動機，他們是會做出一些驚人的事情來。史金屈先生也許很需要錢。」
「我敢肯定他不需要。他不是那種揮霍浪費的人，向來不是。」
「他不是，但他的妻子是。」
「凱兒？她也許是。但這太可笑了。我敢擔保奈維最近煩惱的絕不是錢的事。」
巴鬥主任咳了一聲。
「他另有煩惱的事，是嗎？」
「我想凱兒已經告訴你們了，對吧？是的，真的是很頭痛。可是，這事無論如何也和可怕的謀殺案毫無關係。」
「也許無關。但我還是想聽聽你對這件事的看法，歐爾丁小姐。」
瑪麗慢吞吞地說：「嗯，我必須說，這件事造成一種難堪的……局面。不管是誰先出了這個主意……」
巴鬥巧妙地打斷她。
「我知道這是奈維·史金屈先生的主意，對吧？」
「他說是他的。」
「可是你不這麼想？」
「我……不，不知怎的，這不像是奈維的作風。我一直覺得是別的什麼人把這想法灌輸給他。」

「也許是奧德麗．史金屈夫人吧？」

「很難相信奧德麗會做這種事。」

「那會是誰呢？」

瑪麗無可奈何地聳聳肩膀。

「我不知道，這事相當蹊蹺。」

「蹊蹺，」巴鬥若有所思地說，「我也這麼想，這案子頗為蹊蹺。」

「事事都很蹊蹺，大家都有一種感覺……我說不出那是什麼，好像有什麼不祥的事物在空中飄浮……彷彿大禍就要臨頭了。」

「每個人都感到心驚肉跳嗎？」

「是的，正是這樣……我們都受著煎熬，甚至連拉特摩先生……」她不說了。

「我正想提到拉特摩先生呢，歐爾丁小姐。關於這位拉特摩先生，你能告訴我什麼嗎？他是一個什麼樣的人？」

「說真的，對他我所知不多，他是凱兒的一個朋友。」

「史金屈夫人的朋友？他們認識很久了嗎？」

「是的，凱兒結婚之前就認識他了。」

「史金屈夫人喜歡他嗎？」

「我相信很喜歡。」

「他們沒有……出過什麼事嗎？」

巴鬥婉轉地問，瑪麗立刻強力聲明：「當然沒有！」

「崔瑟連夫人喜歡拉特摩先生嗎？」

「不很喜歡。」

巴鬥覺察到她說話的冷淡口吻，改變了話題。

「現在談談那個女僕珍·巴莉特。她和崔瑟連夫人在一起很長時間了嗎？你認為她靠得住嗎？」

「噢，絕對可靠，她對崔瑟連夫人忠心耿耿。」

巴鬥身子朝後向椅背一靠。

「你完全沒想過，會不會是巴莉特猛擊了崔瑟連夫人之後，自己再喝迷藥以免被人懷疑？」

「當然沒想過，她為什麼要這樣呢？」

「你知道，她能得到一份遺產。」

瑪麗目不轉睛地看著巴鬥。

「是的，你也得到一份。」巴鬥說道，「你知道有多少嗎？」

「齊勞尼先生剛才來過，他告訴我了。」

「你以前不知道嗎？」

「不知道。可是有時我從崔瑟連夫人有意無意中的言談可以感覺到，她給我留了一些東西。我自己的東西很少，如果不工作，是難以維持生活的。我想崔瑟連夫人一年最少能給我一百英鎊。但她還有幾個親戚，我根本不知道她打算如何處理她那部分的錢。當然，我知道馬修先生的財產是給奈維和奧德麗的。」

「這麼說，她不知道崔瑟連夫人給她留了些什麼，」瑪麗．歐爾丁走了以後，李區說道，「至少她自己是這麼說的。」

「她是這樣說的。」巴鬥同意這一點。「現在輪到藍鬍子的第一個老婆了。」

§

奧德麗身穿淺灰色的法蘭絨上衣和裙子。穿著這身衣服，讓她看上去更形蒼白，就像遊魂一樣。這不禁使巴鬥想起凱兒說的話：「一個在屋裡徘徊的灰色幽靈。」

她心情平靜地簡單回答了他所提出的問題。

是的，和歐爾丁小姐一樣，她也是晚上十點就上床了，一整夜什麼也沒聽到。

「請原諒我探問你的私事。」巴鬥說，「你能不能告訴我們你為何會到這裡來？」

「我每年這個時候都會來這兒住一段時間。今年，我的……我的前夫也希望在這個時間到這裡來，並問我是不是在意。」

「這是他的主意？」

「噢，是的。」

「不是你的？」

「噢，不是。」

「但是你同意了？」

「是的，我同意了。我覺得……不好拒絕。」

「為什麼，史金屈夫人？」

她含糊其辭。

「總不能那麼不通人情。」

「你是受傷的那一方？」

「請原諒，你說什麼？」

「是你要和丈夫離婚的嗎？」

「是的。」

「你……恕我直言，你怨恨他嗎？」

「不，一點也不。」

「史金屈夫人，你做人非常寬宏大量。」

她沒有答話。

他又故意保持緘默，可是奧德麗並不像凱兒那樣容易被煽動。她可以坐在那兒緘口不語而沒有絲毫不安的樣子。巴門只好甘拜下風。

「你確定這次會面不是你的主意？」

「十分確定。」

「你和現在的史金屈夫人相處得很好嗎？」

「我認為她不喜歡我。」

「你喜歡她嗎？」

「是的，我認為她長得很美。」

「好了……就到這兒吧，謝謝你了。」

她起身向門口走去，接著猶豫了一下，又走回來。

「我只想說……」她有些緊張，說得很快。「你們認為奈維有嫌疑……認為他是謀財害命，但我保證絕不是這樣。奈維從來不把錢當回事。這我了解，我們做了八年夫妻。我有充分理由認為他不會為了錢就那樣把人殺害掉。這……這不是奈維做的。我知道我這番話就證據而言沒有任何價值……可是我仍舊希望你們能相信我說的話。」

她轉過身子匆匆走出房間。

「你覺得這個人怎麼樣？」李區問。「我從未見過這麼……這麼沒有情緒的人。」

「她只是沒有流露出來。」巴門說，「她是有情緒的，一種很強烈的情緒，然而我不知道是什麼……」

§

最後一個進來的是湯瑪斯．羅伊德。他嚴肅且一動不動地坐在那裡，眼睛有點像貓頭鷹一樣眨著。

八年來，他第一次從馬來亞歸來。他從小就有到海鷗角度假的習慣。奧德麗是他的一個遠房親戚，九歲的時候被他家收養了。前一天晚上他快十一點才上床，是的，他聽到奈維出去的聲音，可是沒看見他。奈維是人約十點二十分出去的，或者稍晚一點。他自己也是一夜都沒聽到什麼，僕人發現崔瑟連夫人的屍體時，他已經起床了，正在花園裡。他是個早早就起床的人。

一陣停頓。

「歐爾丁小姐告訴我們說，這個家裡有一種緊張的氣氛，你是否也察覺到這點？」

「我沒感覺。我沒注意到這麼細。」

撒謊，巴鬥心裡說，你不但注意到了，而且比誰都注意。

不，他認為奈維．史金屈不可能缺錢花，他一點也不像個手頭拮据的人。可是他對奈維先生的事情了解得很少。

「你對第二任史金屈夫人是不是了解一些情況？」

「我到這兒才頭一次見到她。」

巴鬥施展出最後一招說：「羅伊德先生，你也許知道，我們在凶器上發現了奈維・史金屈先生的指紋，還在他昨晚穿的西裝袖子上發現了血跡。」

他頓住不說了。

羅伊德點點頭。

「他告訴我們了。」他喃喃地說。

「我坦率地問你，你認為是他幹的嗎？」

湯瑪斯・羅伊德一向不喜歡匆匆忙忙，他等了一分鐘（這時間不算短），才答道：「我不明白你們為什麼要問我？這與我無關，這是你們的事。以我看來……這很不可能。」

「哪個人在你看來比較有可能？」

湯瑪斯搖搖頭。

「我唯一想到的人選也不可能幹出這種事。」

「是誰呢？」

羅伊德堅決地搖了搖頭。

「這只是我個人的看法，無論如何是不能說的。」

「你有協助警察的責任。」

「說就要說事實。但這不是事實，只是臆測。不管怎樣，這不可能。」

§

「從他那兒我們沒套到什麼。」羅伊德走後，李區說。

巴門也有同感。

「是沒有，可是他腦袋裡有些想法……某種十分明確的想法。我很想知道它是什麼。吉姆，我的孩子，這是一起非常特殊的罪案呀！」

李區剛要答話，電話鈴響了，他拿起話筒。聽了一兩分鐘後，說了聲「好」就把話筒砰地放下了。

「衣袖上的血是人血，」他說，「和崔瑟連夫人的血型是一樣的。看樣子，奈維・史金屈這下勢必要倒楣了……」

巴鬥剛好走到窗前，正大感興趣地朝外張望。

「那邊有個英俊的小夥子。」他說，「實在很英俊，但八成是個壞胚子。很遺憾，拉特摩先生——我覺得這位就是拉特摩先生——昨天一直待在復活灣飯店。他是那樣一種人，那就是，如果知道幹了壞事可以逃之夭夭並大撈一票，那就算砸爛他親奶奶的腦袋，他也在所不惜。」

「可是，這事對他沒有半點好處啊！」李區說，「崔瑟連夫人死了他又無利可圖。電話又響了。這電話真討厭，現在又是什麼事？」

他朝電話機走去。

「喂，噢，是你，醫生。她醒來了，是嗎？什麼？為什麼？」

他轉過頭。

「叔叔，你過來聽聽。」

巴鬥走過去接過話筒。他聽對方講著，臉上像往常一樣毫無表情。聽完後，他對李區說：「吉姆，去把奈維・史金屈叫來。」

奈維進來的時候，巴鬥正把話筒掛上。

奈維的臉色蒼白，神情疲憊不堪，他好奇地盯著蘇格蘭警場的那位主任，想辨察出他那張木然面孔後的真實感覺。

巴鬥說：「史金屈先生，你知道誰很討厭你嗎？」

巴鬥凝視著主任，搖搖頭。

「沒有？你肯定嗎？」巴鬥加重語氣說道，「我的意思是，先生，是不是有人不僅討厭你……我就直說了吧，而且是對你恨之入骨？」

奈維坐得筆直僵硬。

「沒有，沒有，絕對沒有，沒有這種人。」

「史金屈先生，好好想一想，你有沒有或多或少傷害過什麼人……」

奈維臉紅了。

「只有一個人可以說被我傷害過。但她並不是那種會懷恨在心的人。她就是我的前妻，我為了另外一個女人而離開了她。可是我向你們保證，她並不恨我，她是……她是一個沒有壞心眼的人。」

主任身子前傾，伏在桌上。

「史金屈先生，讓我告訴你吧，你是一個非常走運的人。這並不表示我很想指控你是凶手，我不會。可是這畢竟是件謀殺案！是一個完全可以成立的案子。除非陪審團剛好喜歡你這個人，不然你是穩被推上絞架的。」

「聽你這口氣，好像一切都過去了？」奈維說道。

「過去了，」巴鬥說，「史金屈先生，你得救了。這完全是僥倖。」

奈維仍然用好奇的眼光望著他。

「昨晚你離開崔瑟連夫人以後，」巴鬥說道，「她拉鈴叫過她的女僕。」

巴鬥注視著奈維聽他說話的神情。

「離開以後……這麼說，巴莉特看過她……」

「是的，她那時還安然無恙。而且巴莉特走進夫人的房間以前看到你離開了家。」

奈維說道：「可是那支鐵頭高爾夫球桿、我的指紋……」

「她不是被那支鐵頭高爾夫球桿打死的。我當時就感覺勞曾比醫生不大同意那東西就是凶器。她是被別的東西打死的。那根鐵頭高爾夫球桿是有人故意放在那兒，以便引發大家對你的懷疑。這個人也許偷聽到你們吵架，所以就選中你做個完美的代罪羔羊。也可能是因為……」

他沒說下去，但重複他提到過的問題。

「史金屈先生，這房子裡究竟有誰對你懷恨在心呢？」

§

「醫生，我有件事想請教。」巴鬥說。

他們在護理室和珍．巴莉特做了一次簡短的談話後，來到了醫生的房子。

巴莉特雖然虛弱、疲乏，但她把一切說得很清楚。

她吃了番瀉莢汁以後剛剛躺下，崔瑟連夫人的鈴就響了。她看了一下時鐘，時間是十點二十五分。

她穿上睡衣下了樓，聽到下面的門廳裡有聲響，就從欄杆上往下看一眼。

「是奈維先生要出去，他正從衣架上取下他的雨衣。」

「他穿的是什麼衣服？」

「那件灰條紋的。他一臉不高興，看上去很憂慮。他把手臂胡亂伸進雨衣，好像怎麼穿都可以。接著他走了出去，把前門砰的一聲帶上。然後我就到夫人那裡去了。可憐的夫人非常睏，竟想不起她拉鈴叫我是要幹什麼。可憐的夫人常常這樣。我替她把枕頭拍蓬鬆一點，重新給她倒了一杯水，再把她安置得舒服一些。」

「她看上去有沒有心煩意亂或者感到害怕什麼的？」

「沒有，就是疲勞而已。我自己也累得要命，老是打哈欠。上了樓之後，我倒頭就睡著了。」

這是巴莉特說明的情況，而且她聽到夫人死亡之後所流露的悲傷和恐懼，看來也不像是作假。

他們回到了勞曾比家以後，巴鬥說他有個問題要問。

「問吧。」勞曾比說。

「你認為崔瑟連夫人是什麼時間死的？」

「我已經跟你講過了，在十點到午夜之間。」

「我知道你說過了，但這不是我的問題。我是問你，你自己是怎麼想的？」

「我說的話不會記錄下來，呃？」

「不會。」

「那好吧。我猜想是十一點左右。」

「這就是我希望你說的。」巴門說。

「我很樂意滿足你的要求。為什麼呢？」

「她絕不可能是十點二十以前被殺的，這種說法不能成立。那時候巴莉特服下的迷藥還沒發揮作用。這迷藥告訴我們，謀殺是在更晚以後進行的……在深夜。我自己傾向於認為是在半夜。」

「很可能。十一點只不過是一個猜測。」

「但也必定不會遲於半夜。」

「不會。」

「不會晚於兩點三十分？」

「天哪，不會。」

「唉，這樣看來，史金屈先生就安全過關了。我還得去核對一下他離家以後的行蹤。如果他所言屬實，就可以還他清白了。我們得在其他嫌疑者身上再下工夫。」

「在那些繼承人身上，對吧？」李區說。

「也許是。」巴門說，「但是不知道為什麼，我並不這樣認為。我要尋找的是一個有怪癖的人。」

「怪癖？」

「一種不堪的怪癖。」

§

離開醫生家以後，巴鬥和李區走到了渡口。渡口有一條划艇，威爾和喬治・巴恩斯兄弟在替人擺渡。巴恩斯兄弟熟悉鹽溪的每一個人，從復活灣過來的大多數人，他們也都認識。喬治立即告訴他們，海鷗角的史金屈先生前一天晚上是十點三十分過河去的。但他沒有替他擺渡回來。最後一趟船是一點半從復活灣出發，史金屈先生不在船上。

巴鬥問他是否認識拉特摩先生。

「拉特摩？拉特摩？是那個英俊高挺的年輕紳士嗎？經常從飯店到海鷗角去的那個人？是的，我知道他。可是昨天晚上沒看見他。今天早上他過來了，而且又坐早上最後一趟船回去了。」

他們過了渡口，直接到復活灣飯店去了。

他們找到了剛剛從那邊回來的拉特摩。他是坐他們之前那趟船回來的。

拉特摩先生迫不及待想貢獻己力協助警方。

「是的，奈維那傢伙昨天晚上來過了。他看上去氣色不佳，彷彿有什麼心事。他告訴我，他和老太太吵架了。我還聽說他跟凱兒也鬧翻了……當然他沒把這件事告訴我。反正他有點垂頭喪氣。不過他一看到有我可以作伴，好像馬上就高興起來了。」

「我知道他沒有馬上就找到你，對吧？」

拉特摩馬上說：「我也不知道為什麼。我就坐在休息室裡啊。史金屈說他朝裡面看了一下，沒看到我，不過他那個時候有些心不在焉就是了。也或許是我到花園裡去逛了幾分鐘的緣故。這兩天我一有機會就往戶外跑，這飯店臭氣薰天的。昨晚在酒吧裡我就注意到了，我想那是汙水管的味道。史金屈先生也說這裡味道不對！我們都聞到一股令人作嘔的腐臭味，說不定撞球間的地板下有一隻死老鼠。」

「你們玩了撞球，後來你們又幹了些什麼？」

「噢，我們閒聊了一會兒，喝了一兩杯酒。後來奈維說：『糟糕，我趕不及坐渡船回去了。』於是我對他說，我可以開車送他回去，然後就送了。我們回到那兒時大約兩點半。」

「史金屈先生一個晚上都和你在一起嗎？」

「噢，是的，這大家都可以作證。」

「謝謝你，拉特摩先生，我們不得不這樣詳查。」

當他們離開了那位笑容可掬、冷靜沉著的小夥子之後，李區說：「你這樣仔細盤問奈維．史金屈的行蹤是什麼意思？」

巴鬥微微一笑，李區茅塞頓開。

「天哪，你是在調查另外一個人，這就是你的用意所在。」

「現在要說有什麼用意還言之過早。」巴鬥說，「我不過是必須確切知道泰德．拉特摩先生昨天夜裡在什麼地方。我們知道，從十一點十五分起到半夜以後，他都和奈維在一起。

可是在此之前他在什麼地方呢？奈維到達以後並沒有馬上找到他呀。」

他們耐心地詢問酒吧櫃檯、服務生和電梯小弟。九點到十點，有人看見拉特摩在休息室，十點一刻他在酒吧，可是從那時起到十一點二十分，他好像去向不明。之後，他們找到一個女僕告訴他們說，拉特摩先生曾經「在一個小書房裡和貝多斯夫人——一個從北方來的胖太太——在一起」。

當追問起時間時，女僕說大約是十一點。

「又斷了線。」巴鬥臉色陰沉地說，「他一直在這兒，只是不想把我們的注意力轉移到他那位胖（想必也很富有的）女伴身上。這樣我們又得回頭去調查那些人了：僕人、凱兒．史金屈、奧德麗．史金屈、瑪麗．歐爾丁和湯瑪斯．羅伊德。他們中間有一個殺了老夫人，可是是哪一個呢？如果我們能找到真正的凶器……」

巴鬥忽然停住不說了，猛然拍了一下自己的大腿。

「我想到了，吉姆，我的乖孩子！我現在知道是什麼使我想起了赫丘勒．白羅。我們隨便在這兒吃頓午飯就回海鷗角去，我要給你看一樣東西。」

§

瑪麗．歐爾丁看來坐立難安。她一下進來，一下出去；一會兒去掐那朵枯死的大麗花花瓣，一會兒又走到客廳毫無章法地移動花瓶的位置。

從書房裡傳來一陣模糊低沉的說話聲，齊勞尼先生和奈維在那裡。凱兒和奧德麗都不知到哪兒去了。

瑪麗又走進花園，看到湯瑪斯．羅伊德正在牆底下安安靜靜地抽著菸，就走了過去。

「啊，天哪。」

她迷惘地長嘆一聲，坐到湯瑪斯身邊。

「有什麼不得了的事嗎？」湯瑪斯問。

瑪麗有點歇斯底里地笑了一下。

「除了你之外，再也沒有人能說出這種話了。家裡出了命案，你卻說：『有什麼不得了的事嗎？』」

湯瑪斯有點吃驚地說：「我的意思是，有什麼新狀況嗎？」

「噢，我知道你說的是什麼了。要是每個人都像你這樣安之若素，那可真是謝天謝地了！」

「過分激動和煩躁有什麼好處？」

「沒有，是沒有。你有過人的聰明才智，你的鎮定態度很讓我佩服。」

「嗯，我想那是因為我是一個局外人。」

「這倒是真的。你不會像我們一樣為奈維被洗清罪嫌而大感寬慰。」

「奈維沒事了，我當然也高興。」羅伊德說。

瑪麗戰慄了一下。

「這事好險哪，要是卡蜜拉在奈維離開以後沒想到拉鈴叫巴莉特的話……」

她話說了一半，湯瑪斯替她接下去。

「那奈維就成了甕中之鱉了。」

他說這話時有一種冷酷的滿足，但他看到了瑪麗責備的目光，於是搖了搖頭，臉上掛著一絲微笑。

「不是我幸災樂禍，但既然現在奈維已經沒事了，我不禁為他這次受到了一些打擊而感到高興。他平日總是太過洋洋自得。」

「實際上他不是那種人，湯瑪斯。」

「也許不是，但他的態度我看不慣。反正今天早晨他是嚇壞了！」

「你是什麼殘忍性格呀！」

「反正他現在已經沒事了。瑪麗，你要知道，奈維甚至在這一點上也有異乎尋常的好運氣。要是其他人有那麼多對自己不利的證據，根本不可能開脫。」

瑪麗又顫抖了一下。

「別這樣說，我希望無辜者都能受到……庇佑。」

「你是這樣想的嗎，親愛的？」湯瑪斯的聲音很溫和。

瑪麗突然說：「湯瑪斯，我很擔心，我真的非常擔心。」

「哦？」

「是關於褚維士先生的事。」

湯瑪斯的菸斗一下掉到石頭上，他彎下腰去撿，說話的聲音有些改變了。

「褚維士先生怎麼了？」

「那天晚上他在這兒講了一個故事，是關於一個小殺人犯。湯瑪斯，我很懷疑……這是否真的只是一個故事，還是他意有所指？」

「你是說，他是針對當時在房間裡的某個人講的？」羅伊德慎重地問。

「是的。」瑪麗低聲說。

湯瑪斯平靜地說：「我也在懷疑。事實上，剛才你走過來的時候，我正在想這件事。」

瑪麗半閉著眼睛。

「我一直在竭力回想……你知道，他提起這件事的時候是那麼的刻意，幾乎是硬把它插到我們的閒談之中。他還說，他不論在哪兒都能把那個人認出來。他特別強調這一點，好像他已經認出這個人來了。」

「嗯，」湯瑪斯說，「這些我都全部想過了。」

「為什麼他要這樣做呢？有什麼目的？」

「我想，」羅伊德說，「這是一種警告，警告那個人不要企圖搞鬼。」

「你的意思是說，褚維士先生當時就知道卡蜜拉會被人謀殺，是嗎？」

「不，我想這扯太遠了。也許只是個一般的警告。」

「我現在拿不定主意的是，你認為，我們是不是應該把這件事告訴警方？」

湯瑪斯照常又做了一番長思。

「我看沒有必要。」他最後說，「我看不出這故事和謀殺案有什麼關聯。即便是褚維士先生還活著，他也不能告訴他們什麼。」

「事實上也不能了，」瑪麗說，「因為他死了！」她突然顫抖了一下。「湯瑪斯，他死得太離奇了。」

「心臟病，他心臟衰弱。」

「我的意思是指，那個電梯怎麼不明不白地壞了？我覺得很不對勁。」

「我也覺得不大對勁。」湯瑪斯說。

§

巴鬥主任環視著臥室。除了床已經鋪好以外，其他一切照舊。他們第一次來察看的時候，這個房間就很整潔，現在依然如故。

「就是那玩意兒。」巴鬥主任說，用手指著一個老式的爐柵。「你看那爐柵有什麼特殊的地方嗎？」

「維護得很好，一定是經常擦拭。」吉姆．李區說，「我看不出有什麼奇怪的地方，除了……對，除了左邊那個圓把手比右邊的更亮一些。」

「就是這個玩意兒使我想起了赫丘勒．白羅。」巴鬥說，「你知道他的怪癖……要是看到不太對稱的東西就會令他渾身不對勁。我想我先是無意中想到『這個一定會惹惱白羅』，然後便開始談起他來。瓊斯，採指紋的工具帶來了嗎？我們要檢查一下這兩個圓把。」

一會兒瓊斯就向巴鬥報告。

「右邊的那個有一些指紋，左邊的沒有。」

「那我們要的就是左邊那一個了。右邊的那些指紋是女僕上次擦拭的時候留下的，左邊的那個則是以後又被人擦拭過了。」

「廢紙簍裡有一些揉掉的砂紙。」瓊斯主動發表意見。「但我覺得它們沒有什麼用處。」

「那是因為你不清楚要找什麼。輕一點，我跟你打賭那個圓把的螺絲沒有旋緊……看吧，正是如此。」

瓊斯把圓把舉在手上。

「挺重的嘛。」他說，還把東西拿在手裡掂量著。「圓把的螺絲口上有一些……黑色的東西。」

「八成是血。」巴鬥說，「有人光擦拭圓把，卻沒有注意到上面的這一點汙跡。我敢打賭這就是把老夫人頭顱打碎的凶器。當然，還有許多東西有待發現，瓊斯，這就看你的了，把這房間重新搜查一遍，這回你該知道自己要找什麼了吧。」

巴鬥做了一點簡短、具體的指示，接著就走到窗戶前，把頭探出窗外。

「有個黃色的東西塞在那些常春藤裡……我相當肯定，又是拼圖的另一塊圖案。」

§

巴鬥主任穿過門廳的時候被瑪麗截住了。

「主任，我能跟你說幾句話嗎？」

「當然，歐爾丁小姐，我們到裡面談好嗎？」

他推開飯廳的門，午餐用過的刀叉盤碟已被侯思特收拾乾淨了。

「主任，我想問你一點事情，你不再認為這樁可怕的命案是……是我們某個人幹的了吧？凶手必定是外面的人，某個瘋子！」

「歐爾丁小姐，你不算錯得離譜。如果我沒有弄錯的話，瘋子是形容這罪犯的最好字眼。但是，不是外人。」

瑪麗的眼睛睜得大大的。

「你的意思是說，這屋子裡有人發瘋了嗎？」

「說到瘋子，你想到的形象一定是口吐白沫，兩眼發直。」巴門主任說，「瘋子並不都是那樣的。有些最危險的罪犯看上去就像你我一樣正常。一般說來，這是一種迷障。一個人一旦被某種念頭纏住，想法就漸形扭曲。很可憐，看到一個正常的人到你跟前來，告訴你說他們怎樣受到迫害、怎樣被盯梢，而你有時真會覺得他們說的都是實話。」

「我敢說這裡沒有一個人有受迫害的感覺。」

「我不過是給你舉個例子，發瘋當然還有其他形式。但是有一點我堅信不疑：不管是誰犯下這件罪案，這人必定是被一種執念所支配……一種不斷蔓生盤桓的念頭，它會一直發展到其他一切事物都變得無關緊要和無足輕重。」

瑪麗渾身一顫，說：「我想有些事應該讓你知道。」

她簡明扼要地把褚維士先生來晚餐和他講的故事告訴了他。

巴門極感興趣。

「他說他能認出那個人？順便問一下，那人是男的還是女的？」

「我認為故事講的是一個男孩子，可是褚維士先生實際上並沒有這樣說。噢，我現在記起來了，他當時就明確聲明他並不特別指涉性別和年齡。」

「他是這樣說的嗎？這也許意有所指。他說那個孩子有個明顯的生理特徵，他憑那個特徵到哪兒都能把他認出來，是嗎？」

「是的。」

「也許是一道傷疤，這裡誰有傷疤嗎？」

巴門主任注意到在回答之前，瑪麗．歐爾丁稍微遲疑了一下。

「我沒有注意過。」

「好了，歐爾丁小姐。」他笑著說，「你已經注意到什麼了。如果真是這樣，你不認為我也會注意到嗎？」

她搖了搖頭。

「我……我什麼也沒注意到。」

可是主任看出瑪麗的震驚和憂慮。他的話語顯然點示了某種令她極為不安的想法，他想知道那是什麼，可是經驗告訴他，在這個時候強迫她只是徒勞。

他把話題扯回到褚維士先生上面。

瑪麗把那天晚上的悲慘事件告訴了他。

巴門很詳細地問了一些問題，最後平靜地說：「這種事對我來說還是頭一遭，以前從未碰到過。」

「什麼意思？」

「僅僅在電梯上掛一個牌子就把人給謀殺了，這種事我還從未碰到過。」

瑪麗臉色驚恐。

「你真的認為……」

「這是一個謀殺？當然是的！簡潔、聰明的謀殺。當然這種方法成功的希望很小……可是它確實成功了。」

「就因為褚維士先生知道……」

「是的，因為褚維士先生能把我們的注意力集中到某個特定人選身上。但是他死了，我們只好在黑暗中摸索。不過現在我們已經覓得了一線光明，而且這案子愈來愈明朗化了。歐爾丁小姐，我告訴你，這起謀殺是經過精心策畫的，而且連最小的細節都周密考慮過。有件事我要你牢記在心：不要讓任何人知道你告訴我這些事。這事非同小可，切勿告訴任何人，千萬記住。」

瑪麗點點頭，可是仍然神色茫然。

巴鬥主任走出房間，又繼續去進行瑪麗攔住他以前他正要做的事。巴鬥是個辦事井井有條的人。他如果想了解某種情況，一個新的大發現並不會破壞他的執行效能，無論這個新收穫具有多大的誘惑力。

他敲了一下書房的門，傳來奈維・史金屈的聲音。

「進來。」

奈維把巴鬥介紹給齊勞尼先生。他身材頎長，有一雙敏銳的黑眼睛，神采出眾。

「來打攪你們，很對不起，」巴鬥主任抱歉地說，「但我有些情況還不大清楚。史金屈先生，你繼承了已故馬修先生的一半遺產，那另一半屬於誰呢？」

奈維有些詫異。

「我不是跟你講過了，屬於我的妻子。」

「我知道，可是……」巴鬥很不自在地咳嗽了一下。「是哪一位妻子，史金屈先生？」

「噢，我明白了，是我沒講清楚。錢是屬於奧德麗的，立遺囑當時她是我的妻子，我說得對嗎，齊勞尼先生？」

律師附議。

「遺囑白紙黑字寫得很清楚，遺產必須分給馬修先生的被保護人奈維．亨利．史金屈和他的妻子奧德麗．伊麗莎白．史金屈．史坦堤許，即使兩人離婚對此並無影響。」

「這下我清楚了。」巴鬥說，「我想奧德麗知道這些事情吧。」

「當然囉。」齊勞尼先生說。

「現在的史金屈夫人呢？」

「凱兒？」奈維看起來有點吃驚。「嗯，我猜她知道，可是我並沒有認真跟她說過這些事，但……」

「我想你會發現，」巴鬥說，「她是有所誤解的，她認為崔瑟連夫人死後，錢就歸你和你現在的妻子所有。她今天早晨是這麼對我說的。這就是我要來查清楚的原因。」

「多奇怪呀！」奈維說，「但這也不足為奇，我現在想起來了，她曾經有幾次對我說：『卡蜜拉死後，錢就歸我們的了。』我一直認為她是把她自己和我聯想在一起談我的那一份財產。」

「的確很奇怪，經常談論同一件事情的兩個人，理解上卻會有這樣的誤差。兩人所想的事大相逕庭，可是誰也沒有發覺差異所在。」

「我想是吧，」奈維不大感興趣地說，「無論如何，這跟此案沒有關係。我們根本不缺錢花。我倒是真替奧德麗高興，她一向手頭拮据，這一來會大大改變她的生活環境。」

巴鬥直率地說：「可是，史金屈先生，你們離婚的時候，你就給了她一筆贍養費，不是嗎？」

奈維臉紅了，不自然地說：「主任，人總是有自尊心的，奧德麗一直堅拒動用我給她的贍養費。」

「一筆數目相當大的贍養費。」齊勞尼插嘴說，「可是奧德麗·史金屈夫人總是把它退回，拒不接受。」

「真有意思。」

巴鬥說，沒等別人請他解釋這句話的用意何在就走了出去。

巴鬥找到了他的外甥。

「從表面來看，」他說，「這案子所牽涉的每個人幾乎都有一個金錢動機。奈維·史金屈和奧德麗·史金屈每人可以得到整整五萬英鎊；凱兒自以為也有權享用五萬英鎊；瑪麗能得到一筆足以維生的收入；至於湯瑪斯·羅伊德，我得說，一無所獲。其次，能拿到錢的還包括侯思特，甚至還有巴莉特……如果我們假定她是不惜冒險來避免別人懷疑她。是的，如同我所說的，處處存在著謀財的動機。但是，如果我沒弄錯，這案子與金錢根本無關。要說世界上確有純粹出於仇恨而殺人的事，這就是一樁。倘若沒人來從中搗亂，我這就能逮住凶手！」

§

安格斯．麥沃特坐在復活灣飯店的露台上，隔河眺望著對面陰鬱、高聳的禿岬。

此刻，他正專心於檢視自己的觀點與情感。

他不清楚是什麼驅使他到這地方來度過屈指可數的最後幾天閒暇，但某些東西把它牽引來了。也許他是想考驗自己……想理清楚心裡是否仍然殘存著絕望的幽影。

莫娜？他現在很少把她掛在心上，她已經成了別人的妻子。有一天他在街上和莫娜擦肩而過，卻沒動一絲感情。他清楚記得莫娜離開他時留給他的那份痛楚和悲傷，可是現在一切都過去了。

一隻渾身溼透的狗撞上來，還夾雜著氣憤的吆喝聲，把麥沃特從沉思中喚醒。這是他新交的十三歲朋友戴安娜．布林頓小姐的喊聲。

「你滾開，唐，你給我滾到一邊去！是不是很噁心？牠在海灘上那些爛掉的魚或什麼東西身上打滾，那味道老遠就能聞到。那些魚不知死了多久了。」

麥沃特的鼻子也聞到了那股味道。

「好像是在岩石的裂洞裡沾上的，」布林頓小姐說，「我把牠拉到海水裡，想洗掉那味道，可是沒用。」

麥沃特同意她所說的。唐，這隻親切可愛的硬毛小狗，看到牠的朋友堅決要將牠拒於千里之外，似乎很感委屈。

「用海水不行，用熱水和肥皂才有用。」麥沃特說。

「我知道，可是要在飯店裡洗挺傷腦筋的。我們自己又沒有澡盆。」

最後，麥沃特和戴安娜用繩子拴著唐，悄悄地從旁邊的門溜進了飯店，他們把小狗偷偷帶到麥沃特的浴室，給牠進行了乾淨徹底的刷洗。最後麥沃特和戴安娜渾身都弄得溼漉漉的。洗完之後，唐很是難受。又是那股噁心的肥皂味。就在牠好不容易發現了足以令其他同類嫉羨不已的極品香氛之際，卻又被……唉，算了，人類就是這樣，他們對香氣缺乏高尚的品味。

這件小事讓麥沃特精神好了許多。他坐著公共汽車到薩丁頓去，送了一套衣服到那兒去清洗。

這家號稱二十四小時交貨的洗衣店店員茫然地看著他。

「你是說麥沃特嗎？衣服恐怕還沒洗好。」

「應該洗好了。」

店裡說他昨天就可以來取衣服，「現在已經過了四十八小時而不是二十四小時。」……一個女人可能會這麼說，可是麥沃特只是皺了皺眉頭。

「時間還沒到。」女孩漫不經心地笑著說。

「胡說。」

女孩收斂了笑容，不客氣地反駁道：「反正就是沒洗好。」

「既然如此，那我把衣服拿走。」麥沃特說。

「衣服都還沒動呢。」她警告說。

「我要取走。」

「我想明天就能洗好……這是特別優待。」

「我沒有要求人家特別優待的習慣，請把衣服給我就是了。」

女孩滿臉怒氣地看了他一眼，走進後面的一個房間。她拿著一包捆得亂糟糟的包裹出來，把它一下扔過櫃檯。

麥沃特拿了包裹走了。

可笑的是，麥沃特覺得他好像打了一場勝仗。而實際上，這表示他必須把衣服再拿到別的地方去洗！

回到飯店以後，他把包裹扔到床上，煩惱地看著它。也許在飯店裡就能把它們拭淨並熨好。其實衣服還不太髒，說不定根本用不著洗。

他打開包裹一看，一下子火冒三丈，那個聲稱二十四小時交貨的洗衣店真是離譜得難以形容！這不是他的衣服！甚至連顏色都不一樣！他交給他們的是一套深藍色的西裝。這些馬馬虎虎、不負責任的糊塗蟲！

他怒氣沖沖地看了一眼標籤，那上面確實寫著麥沃特的名字。是另有一個麥沃特呢，還是誰糊里糊塗地把標籤貼錯了？

他惱火地看著那皺成一團的衣服，突然用鼻子聞了聞。

他敢肯定他聞過這種味道……一種極其難聞的味道……有點和狗身上的味道差不多。沒錯，就是那股味道。他想起了戴安娜和她的小狗。正是那股腐魚味！

他彎下腰去查看那套衣服，發現外套的肩部有一塊褪色的痕跡。肩部……

這下麥沃特真的很好奇了……

無論如何，明天麥沃特一定要和那個二十四小時交貨的洗衣店說幾句難聽的話。嚴重的管理不善！

§

吃罷晚飯，麥沃特漫步走出了飯店，沿著馬路向渡口走去。夜色晴朗，但是稍有寒意。

這預示著夏天已經過去，秋季即將來臨。

麥沃特乘渡船來到鹽溪，這是他第二次來到禿岬。這地方對他來說有一種吸引力。他慢慢走上山坡，經過巴莫拉旅館，來到矗立在懸崖上的一棟大房子跟前。「海鷗角」……他讀著用油漆寫在門上的名字。對了，這就是那個老太太被謀殺的地方。在飯店裡，人們對這件事議論紛紛，女服務生喋喋不休地向他描述過這件事，報紙把它放在顯著的版面，連篇累牘地登載這件案子。麥沃特很感不耐。他對謀殺案不感興趣，他喜歡讀的是國際大事。

麥沃特接著走下坡，繞著海灘和一些已經現代化的舊漁舍走了一小圈。然後又上了坡。他一直向前走著，大路漸漸變成一條通往禿岬的小徑。

禿岬形狀猙獰，令人望而生畏。麥沃特佇立在懸崖邊上，俯視大海。那天晚上，他也是這樣站在這裡。他試圖重新捕捉當時的一些情感……絕望、憤怒、疲憊，渴望從這一切中解脫出來。可是現在這些情感都不復存在了。他只感到心裡有一種冷冰冰的憤懣。掛在那棵樹上，被海岸警衛隊救下來，在醫院裡被當作一個淘氣的小孩般被人哄勸，這一切使他感到丟臉和難堪。為什麼別人老纏著他不放呢？他真願意，一千次願意就此解脫。他現在依然這麼想，唯一缺少的東西是必要的動力。

那時他一想到莫娜就似萬箭穿心，現在卻可以平心靜氣地去想她了。她很傻，任何阿諛奉承和曲意迎合她的人都能輕易欺騙她。她很美麗，是的，非常美麗，就差沒有頭腦，不是他以前一度夢寐以求的那種女性。

然而美就是如此。這時，他腦中隱隱約約浮出一幅夢幻似的圖畫：一個女人在月夜裡飛奔，白色衣裙在她身後飄拂，彷彿是裝飾在船頭的雕像，只是沒有那般堅固、那般堅硬……不一會兒，不可置信的事情卻戲劇般地發生了！夜色裡，有個身影在飛奔。白色的身影，時隱時現，不停地奔向懸崖。這個美麗而絕望的人影被身後窮追不捨的復仇之神迫上了死路！她絕望地奔跑……這絕望他似曾相識，他知道它意味著什麼。

麥沃特驀地從暗影裡站出來，正當她要縱身朝懸崖下面跳時，他一把抓住了她。

他激動地說：「不，你不能……」

他就像抓著一隻小鳥，她掙扎著，默默地掙扎著，接著仍像一隻小鳥一樣，突然一動不動了。

他急切地說：「不可以輕生！不值得，一點也不值得！即便你遇到最悲慘的事……」

她發出了聲音，像是一個遠去的幽靈蹦出笑聲。

他嚴厲地說：「你沒有遭遇不幸？那你這是在幹什麼？」

她有氣無力地小聲答道：「我害怕。」

「害怕？」

他大吃一驚，一下子鬆開了她，往後退了一步，這樣可以比較清楚地看看她。

麥沃特馬上知道她的話是真的。是恐懼使她奔跑得如此之快；是恐懼使她那張蒼白的聰明小臉變得如此茫然和呆滯；是恐懼使她那雙分得很開的眼睛鼓脹欲出。

他不解地問：「你害怕什麼？」

她回答時聲音很輕，他幾乎聽不見。

「我害怕上絞架……」

是的，她正是這樣說的。麥沃特久久凝視著她，眼光從她身上移向懸崖。

「這就是你要這樣做的緣故嗎？」

「是的，還不如痛痛快快地死了算了，免得……」

她閉上了眼睛，渾身戰慄著，顫抖個不停。

麥沃特在心裡把事情合乎邏輯地貫穿起來。

他最後說：「崔瑟連夫人？那位老太太被殺了。」接著他用責備的口吻說，「你是史金屈夫人……史金屈的第一個夫人。」

她點點頭，渾身仍然顫抖不止。

麥沃特謹慎地慢慢說著，竭力回憶起他所知道的一切……謠傳與事實攪和在一起的內容。

「他們懷疑過你的丈夫，是嗎？有許多證據對他很不利。但他們後來又發現這些證據都是有人假造的……」

麥沃特停下來打量著她。她不再發抖了，只是站在那裡，像個溫順的小女孩一樣望著他。她的那副神態令人心動得無法抗拒。

「我明白了……我明白是怎麼回事了。他為了另一個女人而遺棄了你，是嗎？但你還愛著他。這就是為什麼……」他頓了一下，又說：「你的心情我理解，我妻子也丟下我和另一個男人……」

奧德麗猛地伸出自己的手臂，絕望而斷斷續續地說：

「不，不……不，我不是這樣的，完全不是……」

他打斷了她的話，帶著堅決和命令的口吻說：「回家去！你用不著再害怕了，聽見了嗎？我保證你不會上絞架！」

§

瑪麗·歐爾丁躺在客廳的沙發上，感到頭暈目眩，四肢無力。

前天驗屍審訊開庭，驗屍官在對證據做了一番確認後，宣布休庭一個星期。

崔瑟連夫人的葬禮明天舉行，奧德麗和凱兒坐車到薩丁頓去買喪服，泰德·拉特摩跟著她們一起去，奈維和湯瑪斯·羅伊德出去散步了，家裡除了那些僕人，就只剩下瑪麗獨自一個人。

巴門主任和李區警官今天也不在，這使瑪麗那顆老是揪緊的心稍稍鬆懈下來。她覺得他們一不在，籠罩在屋裡的一層陰影就好似消失了。他們雖然態度彬彬有禮、舉止溫雅，可是那些無休無止、對每件事都要追究到底的問話總是使人心裡亂慌慌的。到現在，那個大木臉的主任一定對過去十天所發生的每件事、大家所說的每句話，甚至所做的每個動作都瞭如指掌了。

如今他們暫時不在了，真讓人有如釋重負之感。瑪麗也決定讓自己輕鬆一下，她要忘記一切，忘掉所有東西，她要好好休息養養神。

「對不起，小姐……」侯思特站在門口，帶點歉意地說。

「有什麼事，侯思特？」

「有個人想要見您，我把他領到書房去了。」

瑪麗有些驚訝和厭煩地看著他。

「是誰？」

「小姐，他說他叫麥沃特。」

「我從未聽說過這個人。」

「是的，小姐。」

「他一定是個記者，侯思特，你不該讓他進來。」

侯思特咳嗽了一下。

「我想他不是記者，小姐，他是奧德麗小姐的朋友。」

「哦，那就不同了。」

瑪麗梳理了一下頭髮，拖著沉重的步伐穿過客廳，向小書房走去。當那個站在窗邊的魁梧男子把頭扭過來時，她感到有點吃驚。

他一點都不像是奧德麗的朋友。

但她還是和悅地說：「對不起，史金屈夫人出去了，你想見她嗎？」

來人若有所思地打量著她。

「你是歐爾丁小姐？」他問道。

「是的。」

「你一樣也能幫助我。我想找根繩子。」

「繩子？」瑪麗很詫異。

「是的，繩子。你們都把繩子放在什麼地方呢？」

事後，瑪麗回想，那時她好像被催眠了似的。如果那個陌生人再多做任何一點解釋，她一定會拒絕。但對安格斯·麥沃特來說，他就算殫思竭慮也不可能想出什麼巧妙的理由，於是就非常聰明地乾脆什麼也不講。他只開門見山地說他要什麼，她也就茫茫然地領他去找繩子了。

「你要什麼樣的繩子？」她問道。

他回答道：「什麼樣的都可以。」

她有些不確定地說：「也許在花房裡……」

「我們就到那兒去好嗎？」

她領他去了。那裡有一些兩股和單股的繩子。麥沃特搖了搖頭。

他要的是成捲的大號繩子。

「樓上還有個小房間。」瑪麗猶豫地說。

「哦，也許就在那裡。」

他們從花房重新回到屋子裡，然後上了樓。瑪麗推開了小房間的門，麥沃特站在門口向裡面看了一下。他滿意地嘆了一口氣。

「就是這個。」他說。

在門邊的櫃子旁，有一大捲繩子、魚具與被蟲子咬爛的椅墊放在一起。他挽著她的手臂，把她輕輕推到繩子前面，一起低頭看著繩子。他摸了一下繩子說：「歐爾丁小姐，我希望你能記住這個繩子。你看到沒有，繩子旁邊的東西全蒙了灰塵，只有這繩子上面沒有，你摸一下。」

她驚異地說：「還有點溼呢。」

「正是。」

麥沃特轉身出去了。

「繩子呢？我還以為你要它呢？」瑪麗感到奇怪地說。

麥沃特笑了。

「我只想知道它在不在這裡，沒有別的目的。歐爾丁小姐，你不反對把這門鎖上，並且把鑰匙拿走吧？要是你把鑰匙交給巴門主任或是李區警官，那我會更加感激不盡。鑰匙最好是讓他們保管。」

他們下樓的時候，瑪麗竭力想使自己振作起精神來。

走到客廳裡，她表示異議地說：「說真的，我實在不理解……」

麥沃特堅定地說：「你沒有必要理解，」他握著她的手親切地搖搖。「對於你的幫助我不勝感激。」

說完他就徑自走出前門，瑪麗真不知道她是不是在作夢！

這時，奈維和湯瑪斯回來了。不一會兒，家裡的汽車也開回來了。看到凱兒和泰德那種高興的樣子，瑪麗．歐爾丁不禁有些嫉妒。他們嘻嘻哈哈不停地互相嬉鬧。但這又有什麼不行呢？卡蜜拉．崔瑟連對凱兒來說是不相關的人。快樂的年輕人很難理解這種悲慼的事情。

他們剛吃完午飯，警察們就回來了。侯思特用憂心忡忡的聲音告訴大家，巴門主任和李區警官在客廳裡。

巴門主任笑容可掬地和他們打招呼。

「我真不願意來打擾你們，」他抱歉地說，「不過有一兩件事我需要了解。比如說，這只手套是誰的？」

他掏出一只小小的黃色羚羊皮手套。

他問奧德麗：「這是你的嗎，史金屈夫人？」

她搖搖頭。

「不，不是我的。」

「是你的嗎，歐爾丁小姐？」

「不是，我沒有這種顏色的手套。」

「讓我看看是不是我的？」凱兒伸出了手。「不是。」

「試一下好嗎？」

凱兒試了一下，手套太小了。

「歐爾丁小姐，你也試一下好嗎？」

瑪麗也試了一下。

「你戴上也太小了。」巴鬥說。他轉向奧德麗。「我看你戴上一定正合適，你的手比她們兩位女士的都小。」

奧德麗接過手套，戴在右手上。

奈維生氣地說：「巴鬥，她不是已經告訴你，這不是她的手套。」

「哦，是嗎？」巴鬥說，「也許她說錯了，要不就是忘記了。」

奧德麗說：「可能是我的……手套的樣子都很像，不是嗎？」

巴鬥說：「史金屈夫人，不管你怎麼說，這只手套是在你臥室的窗外撿到的，它和另外一只一起扔在常春藤裡。」

一陣沉默。奧德麗欲言又止。她的眼睛在主任咄咄逼人的目光下低垂了下去。

奈維一下子跳了起來。

「主任，你聽著……」

「史金屈先生，我們可不可以和你個別談一談？」巴鬥陰沉地說。

「當然可以，主任，我們到書房去。」

奈維在前面走，兩個警官跟在後面。

門才剛關上，奈維就厲聲說：「在我妻子窗外撿到手套這個荒謬的說法，到底是怎麼一回事？」

巴鬥不動聲色地說：「史金屈先生，我們在這房子裡發現一些非常奇怪的東西。」

奈維緊皺眉頭。

「奇怪？你們說的奇怪是什麼意思？」

「我會讓你了解的。」

李區順從地點點頭，離開了房子，一會兒，他拿著一個怪模怪樣的東西回來了。

巴鬥說：「正如你看見的，這奇怪的東西是兩樣物品組成的，一個是從維多利亞式壁爐的爐柵上取下來的圓鋼把……一個沉重的鋼把；再就是一個網拍部分被鋸掉的網球拍柄，然後鋼把被安在這個拍柄上。」他停了一下。「我認為毫無疑問，這就是置崔瑟連夫人於死地的凶器。」

「真可怕！」奈維渾身為之一顫，然後說，「你們是在哪兒找到這個……這個可怕的東西？」

「那個圓鋼把已經被擦淨重新安裝回爐柵上，可是那個凶手一時疏忽大意，沒有把螺絲口擦乾淨，我們在那上面發現了血跡。那個拍柄和網拍部分也同樣又重新套在一起，是用醫療用膠布纏住的，而且被凶手隨手扔回地下室的櫃子裡，和其他許多東西亂堆在一起。要是我們不特別去找，誰也不會注意到它。」

「你們真聰明。」

「這不過是例行的搜查而已。」

「上面沒有指紋嗎？」

「那球拍從分量來看，大概是凱兒·史金屈夫人的，她用過這個拍子，你也用過它，這上面有你和她的指紋。但是，上面又有清清楚楚的痕跡表明，在你們兩人用過以後，又有人戴著手套拿過它。在重新把網拍部分和拍柄纏合在一起的醫療用膠布上有另外一個指紋。我想這是那個人粗心大意留下的。現在暫時還不說這是誰的指紋，因為我還有別的話要先講一講。」

巴鬥停頓了一下說：「史金屈先生，我希望你要做好心理準備，因為我會讓你大吃一驚。首先，我要問你一個問題：你能否肯定，你們在這裡重新相聚是你自己的主意，而不是由奧德麗．史金屈夫人向你建議的？」

「奧德麗沒有做過這種事，奧德麗……」

門開了，走進來的是湯瑪斯．羅伊德。

「對不起，打擾了你們。」他說，「但我覺得還是現在進來得好。」

奈維轉過身來看著他，臉上露出受了干擾而感到不耐煩的表情。

「我說老兄，你可不可以先離開？這可是私人談話呀。」

「恐怕我顧不得這個了，因為我在門外聽到了一個名字。」他頓了一下。「奧德麗的名字。」

「奧德麗的名字和你有什麼關係？」奈維發怒起來說。

「照你這麼說，那我進來又和你有什麼關係？我還沒有將事情對奧德麗講明。我這次回來是要求她嫁給我，我想她心裡也清楚這一點。不過最重要的是，我一定要娶她。」

巴鬥主任咳嗽了一下，奈維吃驚地看著他。

「主任，實在對不起，他這樣來打攪……」

巴鬥說：「史金屈先生，這對我來說無所謂，我還有一個問題要問你。在出了命案的當晚，你穿的是件深藍色的西裝。在那件衣服的領子和肩膀上發現有金色的頭髮，你知道它們是怎麼跑到那裡去的嗎？」

「我想那是我的頭髮。」

「不，那不是你的頭髮，先生，那是一個女人的頭髮。衣袖上還有紅頭髮。」

「我想那些紅頭髮是我妻子……凱兒的頭髮。那些金髮，你認為是奧德麗的？十有八九是的。我記得有一天晚上在露台，我袖口的一個釦子纏住她的頭髮了。」

「這樣的話，」李區警官小聲咕嚕著，「那些金髮應該在袖口上啊。」

「你到底要暗示什麼？」奈維叫道。

「在領子裡還有香粉的痕跡。」巴鬥說，「『波麗馬薇拉自然香一號』，一種味道極香、價錢昂貴的香粉。史金屈先生，你總不能說你也用這個吧，這我是不會相信的。凱兒抹的是『蘭花陽光之吻』，而奧德麗．史金屈夫人用的正是『波麗馬薇拉自然香一號』。」

「你到底要暗示什麼？」奈維重複道。

巴鬥把身子向前傾去。

「我想暗示的是，奧德麗．史金屈夫人曾經穿過你這件衣服。只有這個理由才解釋得通為何那些頭髮和香粉會遺留在那裡。你剛才看到我拿來的手套了嗎？那就是她的手套，右手的，左手那只在這裡……」

他把那只左手手套從口袋裡掏出來，放到桌上。那上面滿是皺褶，沾著一塊塊鐵鏽似的斑痕。

奈維說話的聲音含著恐懼。

「那上面沾的是什麼？」

「史金屈先生，那是血。」巴門斷然地說，「你看，這是左手那一只。奧德麗·史金屈夫人是左撇子。那天她坐在桌上吃早餐時，我注意到的第一件事就是這個，因為她右手端咖啡，左手拿香菸。還有，她寫字檯的筆托也放在左邊。她房裡爐柵上的鋼把，她窗外的手套，那件衣服裡的頭髮和香粉……這一切都相互吻合。崔瑟連夫人是右太陽穴遭到猛擊，可是床的位置告訴我們，想站在床的另一邊來這麼一下是不可能的。這就是說，要用右手猛擊崔瑟連夫人的右太陽穴是很不順手的。但若對方是左撇子，那就很好理解……」

奈維輕蔑地笑了笑。

「你是在暗示說，奧德麗……是奧德麗費盡心機做了這些準備，是奧德麗為了能撈一筆錢就把一個她相知多年的老太太殺死了？」

巴門搖了搖頭。

「我沒有這麼說。很遺憾，史金屈先生，看來你已經知道是怎麼回事了。這起謀殺自始至終是衝著你來的。自從你離開奧德麗·史金屈夫人，她就一直在尋找機會進行報復。最後，她終於失去了理智。也許她的理智本來就不很健全。或許她是想殺死你，可是這還不足以洩恨。後來，她終於想出了讓你因謀殺罪而受絞的計策。她選了一個你和崔瑟連夫人爭吵的晚上進行計畫，她從你的臥室裡把你的西裝外套拿走，在謀殺老太太的時候穿上它，這樣衣服上就會濺上血；她把你的鐵頭高爾夫球桿放在地板上，因為她知道我們會在那上面發現你的指紋，她還在桿頭上弄上血和頭髮。是她在你們那次不期而遇時，把來這裡聚會的主意塞進了你的腦子。然而她萬萬沒料到崔瑟連夫人拉鈴叫了巴莉特，而巴莉特又親眼看見你開門出去。」

奈維雙手捂住了臉，說：「這不可能，這不可能！奧德麗從來就沒有怨恨過我。你們把事情全搞錯了。她是最真誠、最正直的人，心裡從來沒有一絲歹念。」

巴鬥嘆了口氣。

「史金屈先生，我的任務不是來和你爭辯。我只想讓你有心理準備。我這就要去警告史金屈夫人，要她和我待在一起。我已經拿到了搜捕狀。你最好去幫她找個律師來。」

「這真是荒謬，荒謬透頂。」

「由愛生恨沒有你想像的那麼難，史金屈先生！」

「我告訴你，你們把事情全搞錯了……真是荒謬！」

湯瑪斯．羅伊德這時插話進來，他的聲音平靜而溫和。

「奈維，別『荒謬』個不停了，沉住氣。難道你不知道，現在唯一能拯救奧德麗的方法，就是丟開你的騎士精神而把事情的真相講清楚？」

「真相？你的意思是……」

「我指的是奧德麗和愛德瑞的事。」羅伊德轉向警官們。「主任，你們把事情弄錯了。不是奈維遺棄了奧德麗，而是奧德麗離開了他。她和我哥哥愛德瑞一起離家私奔了。後來愛德瑞因車禍喪了命。奈維這時對奧德麗展現了全然的騎士精神。奈維讓奧德麗和他離婚，這樣受人唾棄的就是他了。」

「我不想讓她名聲掃地。」奈維繃著臉輕聲含糊地說，「我以為其他人都不知道這件事。」

「愛德瑞在出車禍前寫信跟我講過他和奧德麗的事情。」湯瑪斯簡單做了解釋，接著說：「所以你看，主任，你所說的動機全落空了！奧德麗沒有理由去恨奈維，相反的，她應該對他感激不盡才是呢！他一直試圖要她接受她不應當拿的贍養費。可想而知，當奈維要她來這兒和凱兒見面時，她一定覺得難以拒絕。」

「都聽到了吧，」奈維迫不及待地插話進來。「你所講的那些動機全是不存在的，湯瑪斯說得沒錯。」

巴鬥那張木頭一樣的臉龐毫無表情。

「動機只是一個線索，」他說，「這方面我也許搞錯了，可是還有其他事證。所有的證據都表明她是有罪的。」

奈維意味深長地說：「但是兩天以前，所有的證據都證明我是有罪的！」

巴鬥看來有一點慌亂。

「這倒是沒錯。可是史金屈先生，現在看看你想讓我相信的是什麼。你想讓我相信有人對你們兩個懷恨在心……先是想陷害你不成，現在又把奧德麗．史金屈推進陷阱。史金屈先生，你現在能不能想出這樣一個人來，這人不僅恨你而且還恨你的前妻？」

奈維又用手把臉捂住。

「你把事情說成這樣，聽起來真令人難以置信！」

「這本來就令人難以置信。但我只能尊重事實。如果史金屈夫人真能提出什麼解釋的話……」

「我不是已經向你做了解釋嗎？」奈維問道。

「史金屈先生，那是沒用的，我必須履行我的職責。」

巴鬥驀地站了起來，和李區一塊離開了房間，奈維和羅伊德緊緊跟在他們後面。

他們穿過門廳來到客廳，在那裡停住腳步。

奧德麗．史金屈站了起來，向前走了幾步迎向他們。她直盯著巴鬥，嘴唇半啟，像是在微笑。

她非常柔和地說：「你們要帶我走了嗎？」

巴鬥以公家辭令說道：「史金屈夫人，我現在以你在九月十二日上個星期一謀殺卡蜜拉．崔瑟連的罪名而逮捕你。這是搜捕狀。我必須警告你，你所說的一切都要被記錄下來，當作呈堂證供。」

奧德麗嘆了口氣。她輪廓分明的姣好臉龐是那麼安詳、平靜，就像一塊純潔無瑕的寶石浮雕。

「這之於我等同是解脫。我很高興這一切……終於結束了！」

奈維跳上前去。

「奧德麗，什麼事也不要說，什麼都別說！」

奧德麗朝他微笑。

「為什麼不要說呢，奈維？那些全是真的，而且我很累了。」

李區深深吸了一口氣。哦，果然不錯，這女人是個瘋婆娘。可是這也能省去很多麻煩！他不知道他叔叔怎麼了。這老小子的眼睛像是看見鬼了；巴鬥死盯著那個瘋了的可憐人，彷彿不相信自己的眼睛。哦，這案子真有意思，李區滿足地想道。

這時，侯思特打開了門，高聲說：「麥沃特先生來了。」

他的出現使屋裡本來緊張的氣氛突然緩和下來。

麥沃特胸有成竹地直直走向巴鬥。

「你是負責崔瑟連案的警官嗎？」

「是的。」

「那麼，我有一些很重要的事要告訴你。很抱歉我之前沒來。我上個星期一晚上碰巧目睹了一件重要的事情，但我到現在才明白過來那是怎麼回事。」他迅速環視了一下四周。

「我能到別的地方和你談談嗎？」

巴鬥轉向李區。

「你和史金屈夫人待在一起好嗎？」

李區一本正經地說：「遵命，長官。」

然後李區把身子向前傾去，和巴門耳語了一番。

巴門轉過來對麥沃特說：「這邊請。」

巴門把麥沃特領進了書房。

「好了，你想對我說什麼呢？我的同事告訴我，他以前見過你……在上一個冬天，是嗎？」

「沒錯，」麥沃特說，「那時我自殺未遂，這是我要講的一部分。」

「說下去，麥沃特先生。」

「今年一月，我企圖自尋短見，從禿岬上跳了下去。這個月，我莫名其妙地突然想來看看這個地方。星期一晚上，我攀登到那裡去。在那兒佇立了一會，俯瞰著腳下的大海和遠處的復活灣，以後，我又看了看我的左邊，也就是說，我朝這棟房子望了一會兒。月光下，我看得一清二楚。」

「是的。」

「直到現在我才知道，那天晚上原來是發生了謀殺案。」

他向巴門湊近了一點。

「我現在就告訴你我所看到的事情。」

§

其實才花了五分鐘，巴鬥就回到了客廳，可是坐在那裡的人都覺得這五分鐘長得不能再長。

凱兒突然失去了控制，對著奧德麗大嚷起來。

「我就知道是你，我早知道是你，我知道你居心叵測……」

瑪麗．歐爾丁趕緊對凱兒說：「別說了，凱兒。」

奈維厲聲地說：「凱兒，看在上帝的分上，住嘴。」

泰德．拉特摩走向快要哭出來的凱兒，關愛地說：「凱兒，控制一下自己。」

泰德對奈維生氣地說：「你好像根本不知道凱兒受了多少折磨！史金屈，你為什麼不體貼她一些呢？」

「我很好。」凱兒說。

「我真恨不得把你從他們這幫人中帶走！」泰德說。

李區警官咳嗽了幾聲。他知道在這種時候，人總會說出許多不明智的話。不幸的是，事情過後，人們對這些話總是耿耿於懷。

巴鬥回到客廳，臉上毫無表情。他說：「史金屈夫人，你是不是去整理一下東西？恐怕李區警官有必要和你一起上樓去。」

瑪麗．歐爾丁說：「我也去。」

當兩個女人和李區警官離開以後，奈維急忙問：「嗯，那傢伙想幹什麼？」

巴門慢條斯理地說：「麥沃特講了一個非常離奇的故事。」

「對奧德麗有幫助嗎？你還是決定要逮捕她嗎？」

「史金屈先生，我跟你講過了，我得履行我的職責。」

奈維轉身離開，臉上熱切的神情消失了。他說：「我想最好還是給齊勞尼打個電話。」

「史金屈先生，你不必太著急。麥沃特先生的故事使我忽然想做個實驗，不過得等史金屈夫人走了以後再說。」

奧德麗下了樓，李區警官緊隨在她身邊，她的臉上依然掛著那種冷漠、超然的鎮靜神情。

奈維張開雙臂向她走去。

「奧德麗……」

她冷冷地掃了奈維一眼，說：「奈維，沒什麼，我不在乎，一點也不在乎。」

湯瑪斯．羅伊德站在門口，彷彿要擋住他們。

奧德麗的嘴角上露出一縷不易察覺的微笑。

「忠誠的湯瑪斯。」她小聲說道。

湯瑪斯咕噥著說：「如果有我幫得上的……」

「誰都無能為力。」奧德麗說。

奧德麗昂首走出去。一輛警車在外邊等著，瓊斯警佐坐在裡面。奧德麗和李區上了車。

泰德．拉特摩幸災樂禍地說：「多美的退場呀！」

奈維狠狠地瞪著他。巴鬥主任一溜煙插入兩人之間，平靜地說：「我說過我要做個實驗。麥沃特先生正在渡口等著，我們要在十分鐘之內趕到他那裡去。我們要坐汽艇去兜兜風，女士們最好穿暖和些。請在十分鐘之內準備好。」

巴鬥就像一個舞台監督，在舞台上指揮所有的人，對他們困惑的神色全然不屑一顧。

05 邁向啟動時刻

水面上寒氣襲人，凱兒把她那件小皮夾克緊緊地裹在身上。汽艇突突作響地沿著海鷗角下的河水順流而下，然後轉進一個把海鷗角和猙獰的禿岬間隔開來的小海灣裡。

人們有一兩次想提出疑問，而巴鬥主任總是擺擺他那火腿般的大手，表示還不到時候。激起浪花的河水從他們眼前滔滔流去，艇上的人都默不作聲。凱兒和泰德站在一起，望著水面；奈維顯得有些委靡不振，兩條腿伸在船舷外面；瑪麗和湯瑪斯坐在船首。這些人不時用好奇的眼光打量著身材高大的麥沃特。他背對著大家，縮著肩膀，孤零零地站在船尾，誰也不看。

一直到汽艇駛進禿岬那多摺的陰影裡，巴鬥才關掉發動機，開始講話。他說話時神情很自然，但顯得比以前都慎重。

「這件案子很奇怪，是我所碰過最奇怪的一件。不過我現在想先大致地說說關於謀殺的問題。當然，我要說的東西並不是什麼新鮮的見解。實際上，是我無意中聽到律師丹尼爾先生對此發表過的一番議論。如果說他也是從別人那裡聽來的，那我也不會感到奇怪，因為他的確有這樣的習慣！

「現在就開始了！當你閱讀一樁謀殺案的紀錄，或者欣賞一本以謀殺為題材的小說時，你經常是從謀殺案本身開始想起。這就錯了！謀殺在此很久以前就開始進行了。謀殺是各種錯綜複雜的事情在一個特定時間、特定地點匯聚到一起，並發展到最後的結果。大家是從世界各個角落和各種不同的原因被引進到這裡面去。比如，羅伊德先生從馬來亞來到這裡；麥沃特先生到這裡來是要重訪故地……想再看看他過去自殺未遂的地方。謀殺本身不過是故事的結尾……現在才是啟動的時刻。」

他停了一會兒。

「現在才是啟動的時刻。」

五張臉不約而同地轉向他……只有五張，因為麥沃特沒有轉過頭來。五張臉全都布滿疑竇。

瑪麗．歐爾丁說：「你是說，崔瑟連夫人的死是一系列事情發展到最後的高潮嗎？」

「不是的，歐爾丁小姐，不是崔瑟連夫人的死。崔瑟連夫人的死不過是凶手邁向主要目標的一個插曲。我剛才說的謀殺是指謀殺奧德麗．史金屈。」

巴鬥傾聽著他們在這一瞬間的呼吸聲，想知道是不是有人突然膽戰心驚……

「這件謀殺在很久以前就策畫好了……大概早在上一個冬天就開始策畫了。它考慮到了每一個最小的細節。它有一個目標，一個唯一的目標，就是讓奧德麗・史金屈上絞架，直至噈氣為止……

「這是一個自以為很聰明的人所精心策畫的。謀殺者往往很無知……首先是不利於奈維・史金屈的那些不充分的表面證據並沒有使我們受其蒙蔽。但是接著又出現了許多偽證，他認為我們不會把它們看作是同樣情況的重演。然而你只要仔細研究一下，就會發現那些不利於奧德麗・史金屈的證據也可以是偽造的。例如從她的爐柵上取下的凶器，藏在窗外常春藤裡的手套……左手那一只手套上還有斑斑血跡；沾在衣領裡的香粉和掉在衣服裡的頭髮，還有那捲從她房間取得而上面必定留有她的指紋的膠布，甚至她平常慣用左手的習慣。

「還有最後的臨門一腳……史金屈夫人自己供認不諱。我不相信你們有任何人（除了了解真相的那一個）在目睹了奧德麗身陷囹圄前的表現之後，還敢保證她是無辜的。實際上，她承認了罪行，不是嗎？如果不是我自己有過一次個人的經驗，我也會認為她有罪。使我感到震動的是那雙眼睛！當我看到和聽到她……你們知道，因為我遇過另外一個女孩，她做了和奧德麗一模一樣的事。她是無辜的，卻被迫承認自己有罪……奧德麗・史金屈當時看著我的目光，和那個女孩如出一轍……

「可是我知道，我得履行我的職責。我們警察是憑證據辦事，不是憑感情。但是我必須告訴你們，那時候我在心裡祈求出現奇蹟。因為我知道，除了奇蹟之外，什麼也拯救不了那可憐的女人。

「真是天助我也。我得到了奇蹟，瞬間就得到了……麥沃特先生突然帶著他的故事從天而降。」

他停了一下。

「麥沃特先生，你能把你在屋外跟我講的故事再重複一遍嗎？」

麥沃特轉過身來。

他的話很簡短。此時，簡短的話更能使人信服。

他講了一月間在懸崖上如何獲救和他重訪舊地的原因。

他繼續說：「星期一晚上我攀上了那裡，站在那兒沉浸於自己的思潮中。我想那時大概是十一點左右。我在無意中看了一眼崖上的那棟房子……現在我知道了是海鷗角。」

麥沃特停了一下又說：「那時，我看到在那房子的一個窗戶上懸掛著一條垂入大海的繩子，有一個人正順著繩子向上爬著……」

一瞬間，他們都明白了。

瑪麗．歐爾丁叫道：「這麼說，這真是一個外人幹的？它和我們沒有半點關係，不過是個普通的強盜案而已！」

「不要心急。」巴鬥說，「是的，這個人是從河對岸游泳過來的，可是房子裡必然有人做內應，替他準備好繩子。所以，仍然和房子裡的某人有牽連。」

然後，巴鬥慢條斯理地又說：「我們知道，那天晚上有個人在河對岸……這個人在十點半到十一點十五分這段時間據查不知去向。他用這段時間足足可以游泳來回一趟。這個人在河的這一邊可能有個同謀……」他說：「呃，拉特摩，是你嗎？」

泰德向後倒退了一步，聲嘶力竭地叫道：「可是我不會游泳！我不會游泳！這個大家都知道。凱兒，你告訴他們，我不會游泳。」

「泰德真的不會游泳！」凱兒叫道。

「是這樣嗎？」巴鬥打趣地說。

巴鬥向艇邊走去，而泰德則向另一個方向挪動，他笨拙地移動了幾步以後，就聽到「撲通」一聲。

「天哪！」巴鬥主任很擔心地說，「拉特摩先生掉到河裡去了。」

奈維正想縱身跳下河去，但手被巴鬥像老虎鉗一樣緊緊抓住。

「用不著，史金屈先生，你別把身子也弄溼了，那裡就有我的兩個手下坐在橡皮筏裡釣魚呢。」

巴鬥掉頭向艇邊看去。

「是真的，」他高興地說，「他是不會游泳……不過沒關係，他們把他撈起來了。我真該道個歉。不過要證實一個人會不會游泳，確實只有一個法子，那就是把他扔到水裡看看。」

看到了嗎，史金屈先生，我要做得萬無一失，就得先把拉特摩先生的嫌疑排除掉。羅伊德先生有一隻手是殘廢的，他絕對爬不了繩子。」

巴鬥的聲調洋洋自得。

「所以我們只好來對付你了，史金屈先生，對吧？身強力壯的運動員，能爬山、會游泳等等的。沒錯，你是十點半坐渡船過去的，可是誰也不敢肯定十一點十五分以前在復活灣飯店見過你，儘管你說你那時一直在找拉特摩先生。」

奈維把手臂猛地一甩，仰頭大笑起來。

「你是說，是我游過河、爬上繩子……」

「那繩子是你事先在你的窗子上懸掛的。」巴鬥說。

「然後我殺死了崔瑟連夫人，又重新游了回去？我為什麼要幹這種荒唐的事？是誰設計這些線索來加害於我？難道是我設計的以便加害自己！」

「正是。」巴鬥說，「而且這真是一個挺不錯的主意。」

「我為什麼要殺死卡蜜拉·崔瑟連？」

「你不是要殺死崔瑟連夫人。」巴鬥主任說，「你只是想把一個為了另一個男人而拋棄你的女人送上絞架。你知道，從你的兒童時期開始，你就有嚴重的精神問題——順便告訴你一下，我已調查過那個久遠之前的弓箭案——不管是誰動了你一根汗毛，那人都要受到你的懲罰。他們用死亡來償還好像還不能使你滿足。所以，害死奧德麗——你曾經愛過的奧德麗

——本身還不足以解你心頭之恨。噢，對的，在你的愛變成恨以前，她是你的摯愛。因此你必須為她想出一種特殊的死法，一種讓人長時間受折磨的死法。一旦你想到這個辦法以後，即便需要殺死一個曾經待你像親母一樣的老太太，你也毫不猶豫……」

奈維說起話來已經不那麼理直氣壯了。

「全是謊話！全是謊話！我沒瘋，我沒瘋。」

巴鬥輕蔑地說：「奧德麗離開你和另外一個男人私奔，是不是大大觸犯了你？這傷了你的虛榮心！她竟敢遺棄你。你把自尊心埋在心底，裝出一副是你遺棄她的樣子，並與另一個追求你的女子結婚以掩人耳目。但是，你無時無刻不在算計著要對奧德麗報復，要在她的脖子上套一根絞索……你想不出比這更壞的主意了。這主意是妙不可言沒錯，遺憾的是你沒有能耐把它做得更周延一些！」

奈維穿著花呢上衣的肩膀古怪地扭動了一下。

巴鬥繼續說：「那根鐵頭高爾夫球桿，以及其他東西……簡直是兒戲！還有那些指向你的拙劣線索！奧德麗一定知道你用心何在，她一定在心裡嘲笑你！你還以為我沒有懷疑你！你們這些兇手都是些好笑的小可憐！不可一世，自以為聰明過人、足智多謀，其實是幼稚可笑到家……」

奈維衝著巴鬥怪聲叫道：「這是個聰明的辦法……它是的！要不是那個自負的傢伙干預，要不是那個趾高氣揚的蘇格蘭佬，你們誰也別想識破，永遠無法識破！我事先想好了每一個細節，我什麼都想到了。現在出了差錯，我也沒辦法。我怎麼知道羅伊德知道奧德麗和愛德瑞的事？奧德麗和愛德瑞……該死的奧德麗！她應該上絞架，你們得把絞索套在她的脖子上！我要讓她在恐懼中死去，我要讓她死……讓她死……我恨她，告訴你們，我要把她置於死地……」

嘶啞的聲音消逝了，奈維頹然倒下，輕輕啜泣起來。

「噢，上帝。」

瑪麗．歐爾丁叫道，她面如土色，連嘴唇都發白了。

巴鬥低聲說道：「對不起，可是我不得不讓他激動起來……你知道，因為我們還需要一點證據！」

奈維仍在啜泣，他的聲音就像個孩子一樣。

「我要讓她上絞架……我要讓絞索套在她脖子上……」

瑪麗．歐爾丁一陣戰慄，轉向湯瑪斯．羅伊德。

湯瑪斯把瑪麗的手握在自己的手心裡。

§

「我一直提心吊膽。」奧德麗說。

奧德麗緊靠著巴鬥主任坐在露台上。巴鬥繼續過他的假期，現在他是以朋友的身分來海鷗角拜訪。

「一直提心吊膽，無時無刻不在害怕。」奧德麗說。

巴鬥點點頭說：「我第一眼看到你，就知道你已經嚇得魂不附體了。你是那種把強烈的感情埋在心底的人，喜怒不形於色。你那時的情感或許有愛，也或許有恨，但實際上是懼怕，對吧？」

她點點頭。

「結婚後不久，我就開始害怕奈維。但更讓人害怕的是，我不知道自己為什麼怕他。我開始想，我是不是瘋了。」

「你沒有瘋。」巴鬥說。

「我剛和奈維結婚的時候，他好像很理智、很正常，不管任何時候總是心平氣和、快快樂樂。」

「很有意思，」巴鬥說，「你知道，他扮演了一個優秀運動員的角色，這就是為什麼他能在打網球時穩穩地控制住自己。他扮演的這個角色對他來說比贏球更重要。當然，長期下來，他也飽受折磨。他的內心深處變得愈來愈邪惡。」

「深不見底，」奧德麗抖了一下，小聲說：「他總是把他想的事埋在內心深處，使你揣摩不透。我有時會從他的一句話、一個眼神裡猜出一點離奇古怪的想法……後來我就想，一定是我自己精神不正常了。我愈來愈害怕，總覺得有一種無名的恐懼包圍著我。這真要叫人發狂！

「我對自己說，我一定會發瘋的……可是我又無能為力。我覺得我一定得想辦法離開他！這時候愛德瑞來了，他告訴我他愛我。我想，如果能和他一起走那真是太好了，而他說……」

她停了一下。

「你知道發生了什麼事嗎？我去赴愛德瑞的約會，可是他一直沒來……他死了。我總覺得這是奈維……」

「也許是他幹的。」巴鬥說。

奧德麗吃驚地看著他。

「噢，你也這麼想嗎？」

「這永遠是個不解之謎了。車禍是可以製造的。不過，史金屈夫人，不要想太多，那起事故也可能是自然發生的。」

「那時我……我痛不欲生，我回到了雷托里。我想給他媽媽寫信，但我覺得既然她不知道這件事，就不要告訴她好了，免得她痛苦。誰知道奈維立刻就跟著來了。他非常和藹，非常親切，我一直向他說我好害怕！他對我說用不著讓別人知道我和愛德瑞的事，還說我可以用他給我的證據和他離婚，而他也會再結婚。我當時只覺不勝感激，我知道他一直迷戀凱兒的美色。我希望一切都會好起來，我也可以慢慢消除那種莫名其妙的恐懼。我到現在還以為是我本身的問題。

「可是我無法擺脫恐懼，完全無法擺脫。我從沒感到自己真正地擺脫了恐懼。後來有一天，我在公園裡碰到奈維，他告訴我他很想讓我和凱兒交個朋友，並建議我們九月都到這兒來。我拒絕不了。既然他把一切都安排好了，我又怎能拒絕他呢？」

「『你來我家好嗎？』蜘蛛對蒼蠅說。」巴鬥說。

奧德麗顫抖了一下。

「是的，就是這樣……」

「這件事他很狡猾。」巴鬥說，「他大叫大嚷地對別人說那是他的主意，而別人卻總感覺這不是他出的主意。」

奧德麗說：「後來我就到這裡來了……一切好像是一場噩夢。我知道某種可怕的事情遲早要發生……我知道奈維在策畫什麼，也知道那是衝著我來的。但我不知道會發生什麼事。我覺得我的腦袋都快要爆炸了！我心中害怕，可是又無可奈何，就像夢魘一樣，災難就要降臨到你頭上，你卻動也動不了……」

「我總在想，」巴鬥主任說，「有機會我很想看看一條蛇是怎樣用目光嚇住一隻鳥而使牠不能飛走的。可是我現在不那麼確定了。」

奧德麗繼續說：「就是在崔瑟連夫人被殺害了以後，我還不知道這意味著什麼。我全然困惑，一點都沒懷疑到奈維身上。我知道他並不在乎金錢，認為你們以為他為了繼承那五萬英鎊就殺了老太太是很荒謬的。

「我反覆想著褚維士先生和他那天晚上講的故事，即便如此，我還是沒把它和奈維聯想到一起。褚維士先生說，他能憑特殊的生理特徵把那個小孩認出來。我耳朵上有一道疤……我想別人身上都沒有什麼特徵。」

巴鬥說：「歐爾丁小姐有一撮白髮；湯瑪斯的右手不靈活……這也許不單純是地震留下的後遺症；拉特摩先生的頭形很古怪；還有奈維．史金屈……」

他停住了。

「奈維身上應該沒有什麼特徵吧？」奧德麗問。

「哦，不，他有，他左手的小拇指比右手的短。這是很少有的，史金屈夫人，這確實很少有。」

「這就是褚維士先生所說的那個特徵嗎？」

「正是。」

「是奈維把那個牌子掛到電梯上的嗎？」

「是的，趁羅伊德和拉特摩跟那老頭喝酒的空檔，他飛快地跑了一趟。多簡單，多聰明！就是現在，我也沒把握我們能證明這是一次謀殺。」

奧德麗又戰慄起來。

「好了，別再害怕了。」巴門說，「現在一切都過去了，親愛的，你繼續說下去吧。」

「你真聰明……我有好多年沒有這樣暢所欲言了！」

「是的，你就錯在這一點。你是什麼時候才看穿奈維大師的把戲？」

「我也不確定，我只是突然之間感覺到。他自己一身清白，剩下我們這些人全都有嫌疑。之後，我有一次無意之中看到奈維看著我……用一種幸災樂禍的目光看著我，我忽然醒悟了！就是那個時候……」

她驀地停住了。

「那個時候怎麼了？」

奧德麗慢慢說：「那時候我想乾脆一了百了算了……」

巴門主任搖搖頭。

「永不屈服，這是我的座右銘。」

「哦，你說得對，可是你不知道一個人提心吊膽地過了這麼久的日子之後，情況是怎樣。它使你手足無措，你無法思考，你無法做任何安排，你只能等著厄運降臨。而一旦它降臨了，」她突然笑了一下。「你會很驚訝，它竟然那麼令人感到快慰。用不著再等了，用不著害怕了，它終於來臨了……如果我告訴你，當你們以謀殺罪逮捕我的時候我一點也不在乎，你一定會以為我發瘋了。奈維是施盡毒計，而這一切終於要過去了。和李區警官一起離開，使我產生了一種安全感。」

「我們那樣做部分也是為了這個，」巴鬥說，「我想讓你脫離那個瘋子的魔掌。另外，我要制伏奈維，就必須依靠突然的行動。讓他以為他的詭計已經得逞，對他的打擊會更有力量。」

奧德麗低聲說：「如果奈維沒有被制伏，你們有任何證據嗎？」

「恐怕不多，就只是麥沃特在月光下看到一個人攀著繩子往上爬，以及在屋裡找到了繩子，證明他說的沒錯。那繩子盤成一捲在頂樓上放著，還有些潮溼呢。你知道，那天晚上下著雨。」

巴鬥停住了，目不轉睛地望著奧德麗，彷彿期待她說些什麼。

她只是很感興趣而沒有開口。

他接著說：「還有那套細條紋的西裝外套。他當然是在復活灣那頭就把它脫下來了，黑暗中他把它胡亂塞進一個岩洞裡，沒想到剛好就放到被潮水沖上來的腐魚上面。魚把衣服肩頭的那一塊弄髒了，味道很臭。後來我聽過有些人說飯店裡的汙水管壞了，奈維自己也這麼說。雖然他在那套細條紋西裝上套著雨衣，但臭味還是到處擴散。後來他火速處理了那件衣服，在第一時間就送到洗衣店去。然而他是傻瓜一個，沒有說出自己的名字，卻信口報了個名字，而這個名字是他從旅館的旅客登記簿上偶然看到的，這就是為什麼這套衣服後來會跑到你的朋友麥沃特手上，他頭腦很靈活，把衣服和那個爬繩子的人聯繫起來。你很有可能踩到一條臭魚，可是你不會把肩膀湊到魚身上去，除非你曾經在晚上脫了衣服游泳才可能這樣；不過沒人會沒事在九月的下雨天晚上去游泳。他很準確地把整件事情串聯在一起。麥沃特先生真是個天才。」

「不只是天才。」奧德麗說。

「嗯，也許你說得對。你願意知道一些關於他的事嗎？我可以告訴你他的過往經歷。」

奧德麗全神貫注地傾聽著。巴鬥發現她是一個好聽眾。

她說：「我欠他好多人情……對你也是。」

「你沒有欠我什麼。」巴鬥主任說，「當時，要不是我太糊塗，早就看出那個拉鈴的問題了。」

「拉鈴？什麼拉鈴？」

「崔瑟連夫人房裡的拉鈴，我總覺得那個鈴有些不對勁。不過當我從頂樓的樓梯下來時，我看到一根他們用來開窗子的杆子，那時候我差不多就想通了。」

奧德麗仍然不明白。

「那拉鈴能給奈維製造一個託辭，說他當時不在犯罪現場，這就是它的作用。崔瑟連夫人記不起她拉鈴要幹什麼……她當然記不起來，因為她根本就沒拉過鈴。鈴線就貼在天花板上，奈維在走廊裡用那根長杆子扯動鈴線讓鈴響起來。鈴一響，巴莉特從樓上下來，正好看到奈維下樓走出門去。她看到崔瑟連夫人時，老太太還好端端的沒一點事。設計女僕這招實在很賊。謀殺既然要在子夜以前執行，那何必下藥迷昏她呢？十之八九她那段時間不會下來的啊。奈維真是機關算盡，因為他這樣做才能顯示兇手是家裡的人，同時也能讓他自己去扮演一陣頭號嫌疑犯的角色……然後巴莉特能說話了，奈維就可以風光得洗刷冤屈，因而沒有人會再去過問他究竟是什麼時間到飯店去的。我們知道他不是乘渡船回來執行謀殺的，也沒有發現別的船被動用過，這樣就只剩下游泳的可能性了。他是個游泳健將，但即便如此，時間也是夠倉卒的。順著那條事先準備好的繩子，他爬進了自己的臥室，在地板上留下很大一灘水（遺憾的是，這一點當時我沒能看出來），爾後他穿上他的藍色西裝外套和褲子，拿出他早已準備好的兇器，走到崔瑟連夫人的房裡去。做這些事用不了多少時間，我就不一一細說了。事成以後，他又回來脫了衣服，爬下繩子，返回復活灣去了。」

「要是凱兒突然醒來怎麼辦？」

「我敢說奈維也給凱兒下了一點迷藥。他們告訴我，她從吃晚飯開始就不住地打哈欠。另外，奈維還故意尋釁和她吵了一架，這樣她就會一怒之下鎖上隔門，不理睬他。」

「我一直力圖回憶我有沒有注意到鋼把從爐柵上不翼而飛了，可是我想不起來。奈維是什麼時候把它放回去的呢？」

「趁第二天早上整棟屋子亂成一團的時候，他坐泰德的車回來以後，一晚上都忙著銷毀痕跡、設計圈套、黏合網球拍等等……順便說一句，他是反手給了老太太致命的一擊，這樣一來，才可以顯示做案的人是用左手擊出的。記得吧，史金屈的反手拍是他的特長。」

「別……別再說了，」奧德麗抬起手。「我再也受不了了。」

巴門看著她笑了。

「把這些說出來對你有許多好處。史金屈夫人，恕我魯莽，但我能給你幾句忠言嗎？」

「請說吧。」

「你與一個歇斯底里的罪犯共同生活了八年，這足以使任何女人因精神過度緊張而崩潰。可是，史金屈夫人，你現在已逃出了虎口，你用不著再害怕什麼了……你必須深刻了解這一點。」

奧德麗對巴門莞爾一笑，臉上的冷漠褪去了；現在那是一張甜美、羞怯但充滿信心的臉龐，兩隻分得很開的眼睛裡洋溢著感激之情。

她有點結結巴巴地說：「你告訴其他人說，有個女孩……她的反應和我一樣？」

「是我的女兒，」他說，「所以說，親愛的，奇蹟一定會出現。發生這些事只是為了考驗我們！」

§

安格斯．麥沃特正在打點行裝。

他小心翼翼地把三件襯衫放進皮箱，然後是那件深藍色的西裝外套。他沒有忘記把它從洗衣店裡取回來。兩個不同的麥沃特留下兩套不同的衣服，這是夠讓洗衣店裡的那個小姐為難了。

有人輕輕敲門，他說：「請進。」

奧德麗．史金屈走了進來。她說：「我是來感謝你的……你正在收拾行裝？」

「是的，我今晚離開這裡，之後就要乘船走了。」

「到南美洲去？」

「到智利。」

奧德麗說：「我來替你整理。」

麥沃特想拒絕，可是又拗不過她。他站在一旁望著她靈巧而有條不紊地替他整理衣物。

「好了。」整理完後她說。

一陣沉默。

這時奧德麗說：「你救了我的性命。要是你那天晚上沒有看見……」

她驀地停住了。

過了一會兒她又說：「你是不是立刻知道……那天晚上在懸崖上，你把我攔腰擋住，對我說『回家去，我保證你不會上絞架』……你那時是不是就知道你握有很重要的證據？」

「不完全是。」麥沃特說，「我還得動腦筋想想。」

「那你怎麼敢說……你那時是說了什麼？」

每當他不得不向人解釋他來源簡單的臨場反應時，麥沃特總感到有些苦惱。

「確切地說，我的意思只是……不想讓絞索套上你的脖子。」

奧德麗的臉頰上浮起了紅暈。

「如果人真是我殺的呢？」

「那也不會有差別。」

「你是否想過人是我殺的呢？」

「我沒怎麼去想這件事，我比較相信你是無辜的，不過這對我的行動並無影響。」

「然後你想起了爬繩子的那個人？」

麥沃特有好一陣子沒吭氣。之後他清了清嗓子說：「我想這個也許你已經知道了……其實我壓根就沒看見什麼爬繩子的人。事實上也不可能看到，因為我是星期天晚上到禿岬去的，不是星期一。我是從那套衣服上推測出後面發生的事情。在頂樓上找到那一捲繩子之後，對此更加堅信不疑了。」

奧德麗的臉由紅變白，她不敢置信地說：「那你描述的情節全是瞎編的？」

「『推測』對警察來說沒有什麼價值。我不得不說我親眼看見了一切。」

「要是法庭開庭審判我，你可能要宣誓你的所言屬實。」

「是的。」

「你會宣誓嗎？」

「我會。」

奧德麗又無法置信地叫道：「你……你就是不願意撒謊才丟了工作，最後還落魄到跑來這兒跳崖自盡啊！」

「我是絕對尊重真相的，但是我發現了比真相更重要的東西。」

「例如？」

「你。」麥沃特說。

奧德麗垂下了眼睛。

麥沃特困窘地清了清嗓子說：「你沒有必要覺得對我有所虧欠或什麼的，從明天起你就再也看不到我了。警察已經取得了史金屈的口供，他們不再需要我的證據。我還聽說他現在情況不妙，恐怕活不到開庭審判了。」

「很高興是這樣。」奧德麗說。

「你曾經喜歡過他嗎？」

「在我沒認清他之前。」

麥沃特點點頭。

「也許大家都這麼覺得。」他繼續說，「每件事都轉逆為順，巴鬥主任總算憑藉我的說法制伏了那個人……」

奧德麗打斷了他的話，說：「他是利用了你的說法沒錯，可是我並不相信他也被你蒙蔽了，他只是故意閉上眼睛。」

「你為什麼這麼說？」

「他和我談話的時候提到，很幸運有你在月光下目睹了那一切，不過後來他又補充了一兩句……他說那是個陰雨綿綿的夜晚。」

麥沃特吃了一驚。

「真是這樣的。星期一晚上我什麼也沒看見。」

「這不重要。」奧德麗說，「巴門主任知道你假裝看到的事情是確實發生的狀況，所以他才會拿這個去制伏奈維。湯瑪斯一提起我和愛德瑞的事，他就對奈維起了疑心。那時，他明白如果他對這起罪案的判斷是對的——他已經故意把箭頭指向一個特定的錯誤對象——他還需要的是可以用在奈維身上的證據。照他的話說就是，他希望出現一個奇蹟……而你的出現便是上帝回應了巴門主任的祈禱。」

「很奇怪他居然也會這樣說。」麥沃特喑啞地說。

「這下你知道了吧，」奧德麗說道，「你是一個奇蹟，我生命中一個特殊的奇蹟。」

麥沃特誠摯地說：「我不願意讓你覺得受了我的恩惠，我馬上就要從你的生活中銷聲匿跡……」

「非這樣不可嗎？」奧德麗說。

麥沃特端詳著她，她渾身的血直往上湧，耳根和鬢角都變紅了。

她說：「你帶我一塊走好嗎？」

「你不知道你在說些什麼！」

「不，我知道。做這種事真的很丟臉……但那對我而言猶如生死般重要。我知道時間很倉卒——順便告訴你，我挺保守的——我希望在我們離開之前舉行婚禮！」

「當然。」麥沃特深受感動地說，「你知道我不可能提出任何異議？」

「我知道你不會。」奧德麗說。

「我和你是不同類型的人。我想你還是和那個沉默寡言的老傢伙結婚吧，他愛慕你很久了。」

「湯瑪斯？忠誠的湯瑪斯。他真是太忠誠了，但他只是對那個多年以前愛過的女孩的形象忠貞不渝。不過他現在真正關懷的是瑪麗．歐爾丁，雖然他自己還不曉得。」

麥沃特朝奧德麗靠近一步，嚴肅地說：「你說的是心裡話嗎？」

「是的……我要永遠和你在一起，永不分離。如果你走了，我不會再找到像你這樣的人，那我可就要一輩子在寂寞中度過了。」

麥沃特嘆了一口氣。他掏出錢包，仔細地檢視著裡面的東西。

他喃喃道：「辦一份急用的結婚證書需要花不少錢，我明天一早就到銀行去領錢。」

「我可以借點錢給你。」奧德麗低聲說道。

「你可別做這種事，如果我要娶一個女人，結婚證書得由我來買，你懂嗎？」

「你別看起來這麼嚴肅嘛。」奧德麗溫柔地說。

麥沃特走向奧德麗，充滿柔情地說道：「上次我抓住你的時候，你就像一隻柔弱的小鳥，掙扎著要逃脫，現在你永遠也逃不掉了……」

她說：「我永遠都不會逃。」

專文推薦

藏在日常細節中的冒險

楊照（作家）

一開始，就都在那裡了。

一九二〇年，阿嘉莎・克莉絲蒂出版了《史岱爾莊謀殺案》，神探白羅就已經退休了。而且在這個案子裡，藉由敘述者海斯汀的轉述，就鋪陳出克莉絲蒂小說最基本的偵探原則：

「那些看來或許無關緊要的小細節……它們才是重要的關鍵，它們才是偉大的線索！」

「豐富的想像力就像洪水一樣，既能載舟亦能覆舟，而且，最簡單直接的解釋，往往就是最可能的答案。」

「沒有任何謀殺行為是沒有動機的。」

還有，一個不討人喜歡的死者，一群各有理由不喜歡死者、因而也就都有殺人動機的人，這些人彼此之間構成複雜的關係，有的互相仇視，有的互相愛戀，麻煩的是，有些愛人其實貌合神離，有些仇人其實私下愛慕；更麻煩的是，不論是愛或是仇，都有可能是扮演出來的。

一個外來的偵探必須周旋在這些嫌疑者之間，從他們口中獲取對於案情的了解，換句話說，他必須在很短的時間內，搞清楚誰是誰、誰跟誰吵架、誰跟誰偷情，然後判斷誰說的哪一句是實話、哪一句是謊言。常常謊言比實話對於破案更有幫助。

再偷偷透露一下，如果要和小說裡的凶手及小說背後的作者鬥智，就像克莉絲蒂對英國社會的了解，祕訣就在於要去追究小說裡的人物背景，尤其是他們的階級地位。基本上，階級地位愈高、權力愈大、愈有錢者，說的話就愈不要相信。例如在《史岱爾莊謀殺案》中，僕人、園丁說的話遠比有頭有臉的人說的要可信多了。就算要說謊，他們的謊言也比較天真，而且往往出於善良動機。當你歸納線索時，就會知道他們並非故意說謊，那是因為他們的認知受到蒙蔽或誤導，而你慢慢就從這蒙蔽或誤導中被引導到真相。

《史岱爾莊謀殺案》出版那年，克莉絲蒂三十歲，但書稿其實早在五年前就寫好了，畢竟要找到有人願意出版一個看來再平凡不過的家庭主婦寫的小說，並不是那麼容易。

所有和克莉絲蒂接觸過的人，都對於她的「正常」留下深刻印象。她看起來就和她那個年紀的典型英國家庭主婦一樣，害羞、靦腆，只能在社交場合勉強跟人聊些瑣事話題，完全無法演講，甚至連只是站起來對眾賓客說幾句客套話，請大家一起舉杯，她都做不到。她不演講，也很少答應接受採訪，就算採訪到她也很難從她口中得到有趣的內容。她會講的，幾乎都是記者本來就知道、或者自己就可以想得出來的。

例如說白羅這個神探的來歷。克莉絲蒂回答：他應該是個外國人，這樣就能在英國日常生活中看出英國人自己看不出的線索。她自己碰過的外國人，只有第一次大戰剛爆發時到英國避難的比利時人。比利時警察怎麼能跑到英國來？那一定是因為他已經退休了。他有潔癖，所以對於現場會有特殊的直覺，馬上感受到不對勁的地方。一個有潔癖的人，好像應該長得矮小些才相稱，一個矮小有潔癖的人最適當的名字，就是希臘神話裡的大力士「赫丘勒斯（Hercules）」，製造出荒唐的對比趣味。那白羅這個姓是怎麼來的呢？克莉絲蒂很誠實地說：「我不記得了。」

一切都如此順理成章，一切都如此合邏輯，不是嗎？有記者問她怎麼看自己的舞台劇〈捕鼠器〉，創下了英國劇場、甚至全世界劇場連演最多場紀錄的名劇？克莉絲蒂的回答也還是中規中矩，合理合節：那是一齣小戲，在一個小劇院演出，成本很低，任何人想到了都可以帶家人或朋友去看，老少咸宜，並不恐怖，也不特別荒謬打鬧，可是又什麼都有一點，包括恐怖和荒謬打鬧的成分。

她的身上找不出一點傳奇、怪誕色彩，那她為什麼能在五十年間持續寫偵探小說，創造了那麼多謀殺，還創造了那麼多詭計？

首先因為她是女性，以及她的身世，包括她的階級身分，使得她在描寫故事場景時比一般男性作者來得敏感。因為在她之前的偵探推理小說男性作家的階級身分都是高高在上，基本上他們會從較高的角度看社會，比較看不到底層的感受。

而她的婚變以及婚變中遭逢的痛苦，都使她更能體會與觀察，將英國社會的複雜細節融入小說的核心情節，讓探案與線索分析結合在一起。

克莉絲蒂一生結過兩次婚，第一次在一九一四年，婚後不久，丈夫就參加了歐戰，是英國皇家空軍最早一批飛行員。一九二六年，這個丈夫有了外遇，直率地向克莉絲蒂要求離婚，在那之前，克莉絲蒂的媽媽才剛過世，雙重打擊之下，又遇到車子無法發動，克莉絲蒂崩潰了，她棄車而走，忘記了自己究竟是誰，躲進一家鄉間旅館，登記時寫了她心裡唯一有印象的名字——她丈夫情婦的名字。

離婚後，一次在晚宴中，有人提起近東烏爾考古的最新收穫，克莉絲蒂就取消了原定要去西印度群島的計畫，改訂了跨越歐洲到君士坦丁堡的「東方快車」，是的，就是這趟旅程給了她寫《東方快車謀殺案》的靈感。不過更重要的是，在烏爾，她認識了一位年輕的考古學家，比她小十四歲，這個人後來成了她的第二任丈夫。

這位考古學家陪她去參觀在沙漠中的烏克海迪爾城，卻在沙漠中迷路困陷了。幾小時中克莉絲蒂卻沒有一點驚慌不安，當下考古學家就決定要向她求婚。

原來，克莉絲蒂的內心是有這種冒險成分的。要不然她不會兩次選到的，都是喜愛冒險的丈夫，而她本身大概也不會吸引一個在各種危險情境下挖掘古代寶藏的人，讓他願意向一個大他十四歲的女人求婚。

這樣說吧，維多利亞時代後期的英國環境，壓抑限制了克莉絲蒂冒險、追求傳奇的內在衝動，她只好將這樣的衝動寄託在丈夫和寫作上。她一邊陪著第二任丈夫在近東漫走，一邊在小說中寫各式各樣的謀殺與探案。謀殺和探案都是冒險，還有，偵探偵查中做的事——蒐集線索，還原命案過程——其實和考古學家的考掘，如此相似！

克莉絲蒂寫得最好的，正是「藏在日常中的冒險」。她個性中的雙面成分，造就了特殊的偵探魅力。既嚮往非常傳奇，卻又有根深柢固的日常邏輯信念，兩者都在克莉絲蒂的小說中扮演了重要角色。她的謀殺案幾乎都和日常習慣緊密編織在一起，日常環境成了凶手最重要的掩護。有些日常規律明顯地被破壞了，讓我們很自然以為那會是謀殺的線索，沿著這些線索形成了閱讀中的推理猜測，然而白羅早就提醒了，真正重要的反而是那些「細節」，也就是看來像是依隨日常邏輯進行的事，或說藏在日常邏輯中因而不被看重的事，那裡要嘛藏著凶手的核心詭計、煙幕，要嘛藏著凶手致命的破綻。

凶案的構想，就是如何讓異常蓋上日常、正常的面貌，又如何故意將日常、正常予以扭曲，製造假象；那麼偵探要做的，就是如何準確地在日常中分辨出真正的異常，將假的、明顯的異常撥開來，找出細節堆疊起來的異常真相。

此外，克莉絲蒂的小說裡隱藏著極其曖昧的情感價值觀，最典型、最有名的就是《東方快車謀殺案》。透過追查過程，讓讀者知道為什麼凶手要訴諸於這種手段，其動機具有可同情之處，再加上克莉絲蒂對身分階級的觀察，她比較相信或讓讀者相信那些沒有權力、地位的人，隨著偵查節奏去認識可能或必須懷疑的人。克莉絲蒂最擅長營造「多重嫌疑犯」的小說特質，因為讀者在閱讀時必須被迫去認識很多不一樣的人。在她最受歡迎的作品，大概都具備這樣的特質。

當然，她的作品中還有兩個最突出的神探，即白羅和瑪波。白羅是比利時人，但為什麼必須是外國人？這是因為英國人具有高度階級意識，這種觀念一路滲透到所有互動細節，包括人與人之間如何說話。而白羅因為不是英國人，他會發現一般英國人不太看得出來的東西，以及兩個人互動的方法哪裡不正常。至於瑪波為什麼得是老太太？她一如那個年代的老人家，總是靜靜坐著打毛線，因為不起眼，自然讓人放鬆防備，所以瑪波探案的線索都是來自於這樣的互動模式。

然而，白羅有很明顯的優勢，瑪波的身分使她基本上只能進行「靜態」的辦案，案子的空間受到侷限，白羅卻可以跨越各種空間，恣意揮灑。而且白羅擁有警官身分，可以合理出現在各種犯罪現場，瑪波能出現的地方，相形之下就勉強、不自然多了。白羅是明白的outsider，在英國，只要他出現，就會覺得有外人在而感到緊張，於是很容易露出平常不會表現的行為；瑪波則看起來是 insider，但實質上是 outsider，因為總是沒人發現她、當她空氣人。這兩人的探案，是兩個極端。雖然讀者最愛白羅，但克莉絲蒂自己偏愛瑪波勝於白羅。

不管後來的偵探、推理小說發展了多少巧妙詭計，克莉絲蒂卻不會過時，因為她的推理如此密切地和日常纏繞在一起；活在日常中，我們就無可避免被克莉絲蒂的「日常細節推理」吸引，隨時讀來都充滿驚奇趣味。

名家盛讚克莉絲蒂（依推薦時間排序）

金庸（作家）

克莉絲蒂的寫作功力一流，內容寫實，邏輯性順暢，也很會運用語言的趣味。閱讀她的小說，在謎底沒有揭露之前，我會與作者鬥智，這種過程非常令人享受。其作品的高明之處在於：布局的巧妙完全意想不到，而謎底揭穿時又十分合理，讓人不得不信服。

詹宏志（作家、PChome 網路家庭董事長）

推理小說在從先輩柯南．道爾等人的發明中出現力量時，誕生了一位《天方夜譚》故事中每天說故事說個不停的王妃薛斐拉．柴德，也就是「謀殺天后」克莉絲蒂，整個世界對聽這些故事才有如此的熱情。他們捨不得睡覺，每天問後來還有嗎、還有嗎，永遠不肯離去，這就是克莉絲蒂對推理小說的最大貢獻。

可樂王（藝術家）

所謂「克莉絲蒂式」的推理小說，就是一場和一個天才的寫作者或高明的恐怖份子在紙上捕掠捉殺的戰事。即便是一列火車、一處飯店或一間酒吧，在克莉絲蒂寫來皆充滿神祕和猜謎。在人生適合的下午裡，我總是一面嚼著口香糖，一面跟著矮子偵探白羅穿梭謀殺現場，克莉絲蒂的推理作品無疑是推理世界中最充滿「魔術性」的小說。

吳若權（作家、節目主持人）

我從小就對推理小說情有獨鍾，克莉絲蒂一系列的作品尤其令我愛不釋手。多年來，閱讀推理小說的經驗讓我覺悟：讀者在文字情節中推展開來的驚嘆，不只是因緣於故事的本身，而是自我性格的投射。從這個觀點來看克莉絲蒂一系列的作品，她簡直就是洞徹人性的算命師。而讀者，在她的文字中，發現了自己無可奉告的命運。

藍祖蔚（國家電影及視聽文化中心董事長）

做過藥劑師，難免懂得毒藥；嫁給考古學家，難免也就嫻熟文明的神祕；再加上曾經失蹤九天，一切不復記憶的離奇經驗，的確提供了寫作靈感，但若少了想像力，那些片羽靈光縱使辛辣如辣椒，卻不足以成菜。

推理小說重布局、重人物描寫，克莉絲蒂最厲害的卻是犀利的人性觀察，她一手創造的白羅探長，潔癖個性完全和她相反，更將她所憎厭的人格特質集於一身，殊不知，唯有不對著鏡子寫作，才能夠跳出框架與制式反應，開闢無限寬廣的新世界，建構多面向的詭異迷宮。

看完她的小說，你只會更加訝異，到底是什麼樣的心靈才能成就這般視野？

李家同（作家、前暨南大學校長）

克莉絲蒂的整體布局十分細膩，最後案情也都講解得非常詳細，回頭去看，在書中都找得到線索。故事的情節與內容也很好看，不是像一個流氓在街上被殺掉那麼單調。……看小說應該要花腦筋、要思考，從小就要養成思辨的能力，看她的小說，就是對邏輯思考能力極佳的訓練。

袁瓊瓊（作家）

雖然被公認是冷靜理性的謀殺天后，但是在理性之下，克莉絲蒂的底色依舊是感情。克莉絲蒂很明白，所有的慾望之後，都無非是某種愛情。在以性命相搏的犯罪世界裡，凶手以終結他人的性命來遂私欲，不過是為了成全自己的愛，或者是成全自己的恨。

鄧惠文（精神科醫師）

以推理小說作家而言，克莉絲蒂的風格相當獨樹一格。她的偵探在辨案時，靠的不光是科學證據的搜集，而是大量運用犯罪心理學，及對人性的深刻了解。例如在《五隻小豬之歌》中，白羅便是藉由聽取嫌疑犯訴說案情時所不自覺顯露的主觀意識及中心思想，而看出其中破綻，找出真凶。白羅是靠腦袋辨案，以心理層面去剖析案情，即使人們敘述的是同一件事，他可以聽出不同角色因出發點及看待角度不同所透露的情緒觀感，從而抽絲剝繭，還原事實真相。

克莉絲蒂所塑造的人物也生動且各具特色，不同個性所出現的情緒反應描寫，皆細膩而準確，讓讀者產生豐富的想像空間，一展卷便欲罷而不能。

吳曉樂（作家）

克莉絲蒂使用的語言平易近人，主要是以角色與情節的對應來斧鑿出故事的深度，堆疊出讓讀者回味的迂迴空間。而她筆下的角色往往性別、階級、性格、族群各異，塑造出多元又豐富的人物群像。

文學作品不問類型，若要流傳於世，最終仍得上溯至「人性」的理解與反思。而阿嘉莎．克莉絲蒂的作品中，我們可以看到人類屢屢得和自己的人生討價還價，或千方百計讓主觀意識與客觀條件達成某種程度的整合，讀者在重建人物的心理軌跡時，也見識到自身的是非成敗，我認為，這也是克莉絲蒂的作品能夠璀璨經年、暢銷不衰的主因。

許皓宜（心理學作家）

克莉絲蒂筆下的故事看似在談人性的醜惡，實則像一位披著小說家靈魂的心靈引導者，用她的文字訴說著人們得不到「愛」時的痛苦。於是在故事終了的剎那，你不得不對人生多了幾分「看透感」：原來，我們心裡的那些痛苦、報復與自我折磨的慾望，不是因為「憤恨」，而是起於對「愛的失落」。這或許是我們在情感世界中最珍貴且深刻的一種覺察了。

推理小說荒謬驚悚嗎？不，它其實很寫實。它幫我們說出心裡的苦、怨、醜陋的慾望，於是，我們可以重新學習愛了。

一頁華爾滋 Kristin（影評人）

從有記憶以來，閱讀克莉絲蒂最迷人之處往往不在真正的凶手是誰，而是在於「Why」（為什麼）與「How」（如何進行），在於人性與心理描摹的故事肌理。依循其書寫脈絡，會發覺不只是邏輯清晰、布局縝密、著重細節，她總能完美掌握敘事節奏，書中人物彷彿真實存在般鮮明躍然紙上，讀者情緒會隨精準文字保持流轉、跳動、收放，掩卷時並無太多真相水落石出的暢快，反倒淡淡的惆悵化為餘韻襲上心頭，原來還是種種意料之外，卻屬情理之中的人性盲目使然。私以為，那成就了克莉絲蒂的推理故事之所以無比迷人的主因之一。

冬陽（推理評論人）

雖然阿嘉莎．克莉絲蒂的作品並非我的推理閱讀啟蒙，卻是養成閱讀不輟的重要推手。首先，她無庸置疑是個說故事能手，打開我名為好奇的開關；其次是設計犯罪事件的巧妙多元，既日常又異常，凶手更是叫人意想不到。沒錯，我相信每個當讀者的都忍不住想破案，想早偵探一步識破詭計，或者像考試結束鈴響前一秒，瞎猜都要指著某個角色大喊「你就是犯人」！然後會忍不住作弊——不是翻到最後幾頁窺探真凶身分，而是往前翻查讓人起疑的段落、偵探顯然掌握重要線索的時刻，直到忍不住豎白旗投降，看神探（我知道啦，真正把我耍得團團轉的聰明人是作者）頭頭是道地分析我遺漏錯置的片片拼圖，終於看清真相全貌。這，就是偵探推理，我因此熟悉遊戲規則、沉醉在每一場迷人故事裡，成為這個類型書寫的俘虜，享受至今不疲的美好滋味。

石芳瑜（作家、永樂座書店店主）

布局細膩、處處留下線索，破案解說詳細，說明了這位安靜、害羞的推理小說女王心思縝密，且充滿想像力。密室殺人，完美犯罪，《東方快車謀殺案》不愧為古典推理小說的經典。再加上神祕的東方色彩，隨著火車抵達的迫切時間感，連非推理小說迷都會神經拉緊，讀完大呼過癮。

家庭主婦缺少人生經驗？處女座的阿嘉莎．克莉絲蒂充分展現她過人的寫作天分，靠得是從小開始的閱讀，以及對偵探小說的著迷。三十歲寫下第一本偵探小說《史岱爾莊謀殺案》的克莉絲蒂，在那個時代並不能說是「早慧」，但寫作生涯五十五年中，共創作了八十部偵探小說，卻令人難以企及。這位害羞靦腆的小說女神，大概是相信只要有足夠的理由，每個人都有殺人的可能！

余小芳（暨南大學推理研究社指導老師、台灣推理作家協會常務理事）

學生時代加入推理社團，社課指定讀物便是經典作品《一個都不留》，成為我對克莉絲蒂的初步印象，自此沉浸於推理小說的世界。隔年寒假陪同學參與轉學考，在斜風細雨的走廊中，滿足讀完《東方快車謀殺案》。隨著歲月遠走，已昇華成趣味回憶。

踏入推理文學領域需要認識的作家，阿嘉莎．克莉絲蒂絕對名列其中，她的作品常有英國小鎮風光、莊園式的謀殺、設備豪華的交通工具等，還有特色鮮明的偵探活躍其中。書中少有血腥、暴力的橋段，布局巧妙且結構嚴密，手法純粹、知性，故事內容與人物性格融為一體，以高超的想像力結合說好故事的能耐，為推理小說開創新局面。克莉絲蒂推理全集重編改版，值得新舊讀者一起探索。

林怡辰（國小教師、教育部閱讀推手）

多年後，還是難忘第一次閱讀阿嘉莎．克莉絲蒂作品的感動和激動。

這套將近一世紀的作品，文筆流暢，邏輯縝密，過程中不斷與作者較量、猜出凶手，直到最後解答不禁佩服，蛛絲馬跡處處展現作者的精妙手法，於是又拿起另一部作品，再次沉溺在謀殺天后所編織的日常世界中的奇幻，無可自拔。犯罪動機和手法穿越時空限制，如今讀來合理且依舊令人感動，閱讀中趣味橫生，難怪成為後來諸多偵探小說的原型。

克莉絲蒂創作生涯中產出的八十部推理作品，至今多部躍上大銀幕，無怪乎被稱之為「經典」，喜愛推理偵探作品的人不可不讀，你會驚異於她在文字中施展的魔法！

張東君（推理評論家、科普作家）

我愛克莉絲蒂！這位在台灣有時會被稱為克奶奶的超級暢銷推理小說家，即使是自認沒讀過她的書的人，也都會在各種書籍或影視作品中看到對她致敬的片段。由於她喜歡旅行和冒險，那些經驗與體驗都成為書中的場景，因此閱讀她的作品時，不只是雀躍地跟著偵探推理，也有了虛擬的旅行體驗。或者當成旅遊導覽書，在出發去尼羅河、去英國鄉間、去搭船搭火車時，就塞一本克奶奶的作品到隨身背包中。

我還是大學新生時，就聽學姐說她哥哥經常看克奶奶的小說，而且邊看邊狂笑。於是我跟著效仿，在某次搭飛機之前買了第一本小說當旅伴，不只看得超開心，看完後還到處找尋書中出現的那種有兜帽的斗篷，當成出門時的必備用品。克奶奶的作品是跨越文字、國界的。只要看過一本，就會不停地追下去。還好，真的是還好只有八十本。何況這次是全新校訂的紀念珍藏版，當然不能錯過！

發光小魚（呂湘瑜）（文史作家、助理教授）

一部好的偵探小說，除了情節設計巧妙之外，還需要洞悉人性，如此方能合理地交代人物的言行舉止與動機。阿嘉莎．克莉絲蒂便是其中翹楚，她的作品不管是偵探、愛情小說或戲劇，必要元素都是謎題與人性。在寧靜無波的場景下暗潮洶湧，永遠都有意料之外，讀者的情緒也會隨著劇情的進行起伏糾結。克莉絲蒂觀察到時代的變化，將犯罪心理融入作品中，於是，看她的小說不只能得到解謎的快樂，同時對人性也能夠有所省思。

此外，克莉絲蒂豐富的人生歷練及旅行經歷，例如一九二二年的環球之旅、居住過也旅行過的巴黎和埃及，甚至是追隨考古學家丈夫前往的中東，都讓她的小說讀來更加充滿異國情調。如果你也愛旅行，不如就讓我們一同搭上那一班南法的藍色列車，或由伊斯坦堡出發的東方快車，跟著白羅鑽進一樁奇案，一嘗旅程中破解謎題的快感吧。

盧郁佳（作家）

國小時，家裡買了一套阿嘉莎．克莉絲蒂全集，從此成了我的毒品，在白癡課本將我的腦袋啃噬成海綿般空洞時，撫慰受創的心靈，那時我仍對人心險惡一無所知。

數學課教你列算式，樂趣遠不如克莉絲蒂教你住宅平面圖、偷換時序的密室魔術，你從庭園長窗進房間，我從房門直通鄰房，他從走廊進房……從而學會故事是建構邏輯。她文風多變，時而《四大天王》中讓神探白羅向助手海斯汀大賣關子，眉頭緊皺，山雨欲來，預示天翻地覆，只能靠他拯救世界；時而用維吉尼亞．吳爾芙《自己的房間》中俏皮的語言，讓貧苦村姑安妮在《褐衣男子》中回憶南非出生入死的冒險，竟源於她耽讀村裡圖書館爛舊的冒險愛情小說，還有戲院每週末放映〈帕米拉歷險記〉，帕米拉每集從飛機跳落高空、搭潛艇、爬上摩天大樓，每次被黑幫老大抓到總不一刀斃命，卻老要用瓦斯毒死她，暗示續集又會逃出生天。

長大才發現，克莉絲蒂小說就是我的〈帕米拉歷險記〉：它以歌劇般輝煌龐大的天真陰謀、精細的人際觀察（一句話重音放在哪個字、從膝蓋鑑定女人的年齡等），召喚年輕讀者抱持浪漫精神投入未知的壯遊，瘋魔、衝撞、冒犯，傷痕累累毫無懼色。正如瓦斯在冒險片中太多、現實中卻太少；陰謀在現實中沒有克莉絲蒂寫得那麼複雜，但她刻畫的心理卻是現實中解謎的試金石。

賴以威（臺灣師範大學電機系副教授）

或許可以為經典下幾個定義：該領域的愛好者更都讀過；不是這個領域的愛好者，許多人也都聽過；影響後續的作品，在很多著作中都可以看到它的影子；值得反覆再三閱讀，每隔一陣子再讀都可以獲得閱讀的樂趣，有更多的體悟。我永遠記得第一次讀《東方快車謀殺案》時，被那宛如嚴謹設計數學謎題的鋪陳、推進給深深吸引、震撼。從這幾個角度來說，克莉絲蒂的推理小說被稱之為「經典」，可說是當之無愧。

謝哲青（作家、旅行家、知名節目主持人）

克莉絲蒂小說的魅力在於透過每個角色的對白，藉由不斷的說話來表現人物的個性，以彰顯其人格特質中一些無法被忽略的事實。我們從他們的言語、講話的過程和字裡行間，竟然就能知道誰是兇手。

我從克莉絲蒂的小說學到很多，除了推理小說有趣的事實之外，最重要的是，我在工作的職場跟人應對的時候，如何從語言和對話裡去捕捉某些隱而不顯的事實。許多人們欲蓋彌彰的東西，無論心事也好、祕密也好，克莉絲蒂都會用文學的手法，讓你理解語言的奧妙和魅力。

克莉絲蒂的書寫會讓你覺得彷彿自己也在現場，你可以從聽到的對話當中，學會如何理解人心的一些小技巧，這是小說家最出色、最偉大的地方。我們必須學習傾聽別人說話——這些人講話是真誠的嗎？他想要跟你分享什麼資訊？這些資訊可靠嗎？——這是我在閱讀推理小說時，最大的收穫和理解。

阿嘉莎・克莉絲蒂大事記

1890　　　• 九月十五日出生於英格蘭德文郡托基鎮。

1894　4 歲　• 開始在家自學，父母親、姐姐教導閱讀、寫作、算術和彈鋼琴。

1895　5 歲　• 家中經濟走下坡，舉家搬至法國，學會流利的法語。

1905　15 歲　• 在巴黎寄宿學校學鋼琴和聲樂，但生性極度害羞，未成為職業鋼琴家，最終回到英國。

1907　17 歲　• 陪同母親前往埃及調養身體，對社交活動充滿興趣，但尚未對日後感興趣的埃及古物點燃熱情。
• 回英國後繼續寫作、參與業餘戲劇表演。

1908　18 歲　• 寫出第一篇短篇小說〈麗人之屋〉，同時也寫出第一部愛情小說《白雪黃漠》，以筆名向出版社投稿，但屢遭退稿。

1912　22 歲　• 與英國皇家軍官亞契・克莉絲蒂（Archibald Christie）熱戀。
• 八月爆發第一次世界大戰，亞契奉派到法國作戰。

1914　24 歲　• 耶誕夜結婚，亞契隨即返回戰場。克莉絲蒂參與紅十字會工作，在醫院擔任護士和藥劑師，因此對藥理和毒物非常熟悉，造就後來多部推理小說情節都以毒藥殺人。

1916　26 歲　• 開始嘗試寫推理小說，寫出第一部小說《史岱爾莊謀殺案》，主角偵探赫丘勒・白羅的靈感，來自於大戰期間英國鄉間的比利時難民營。本書歷經數家出版社退稿後，終獲柏德雷・海德（The Bodley Head）圖書公司的出版機會，之後並簽下另五本小說的合約。

1919　29 歲　• 前一年亞契返回英國，八月生下女兒露莎琳。

1920	**30 歲**	• 出版《史岱爾莊謀殺案》。
1922	**32 歲**	• 出版第二部小說《隱身魔鬼》，主角是夫妻檔偵探湯米和陶品絲。 • 與亞契至南非、澳洲、紐西蘭、夏威夷和加拿大等國旅行十個月，在南非得到《褐衣男子》的靈感。
1923	**33 歲**	• 三月出版第三部小說《高爾夫球場命案》，白羅再度登場。
1926	**36 歲**	• 四月母親過世，克莉絲蒂陷入憂鬱。 • 六月在「威廉．柯林斯父子出版社」出版《羅傑艾克洛命案》。 • 八月亞契因外遇提出離婚，十二月初一次爭吵後，克莉絲蒂離家棄車失蹤，消息登上全國新聞。
1927	**37 歲**	• 一月在悲痛心情中寫出《藍色列車之謎》，第一次創造出聖瑪莉米德村，即後來瑪波小姐居住的村子。 • 分居期間在雜誌刊登以白羅為主角的短篇小說，後來集結出版《四大天王》。 • 十二月在雜誌刊登短篇小說〈週二夜間俱樂部〉，瑪波小姐初登場，後來收錄在一九三二年出版的短篇小說集《十三個難題》。
1928	**38 歲**	• 十月正式離婚，仍保留「克莉絲蒂」姓氏。 • 秋天搭乘「東方快車」前往土耳其的伊斯坦堡，再轉往伊拉克首都巴格達，參觀考古現場烏爾，認識考古學家伍利夫婦（Leonard and Katharine Woolley）。
1930	**40 歲**	• 二月應伍利夫婦之邀再訪烏爾，認識考古學家麥克斯．馬龍（Max Mallowan），九月於英國愛丁堡結婚。這段婚姻開啟克莉絲蒂旺盛的創作生涯，兩人到中東考古現場的旅行為許多作品帶來靈感。

- 婚後克莉絲蒂開始維持固定的寫作行程。十月出版《牧師公館謀殺案》，是第一部以瑪波小姐為主角的小說。
- 出版第一部以「瑪麗·魏斯麥珂特」（Mary Westmacott）為筆名的《撒旦的情歌》，並陸續發表了五部非犯罪小說。

1932　42歲
- 出版《危機四伏》。

1934　44歲
- 出版《東方快車謀殺案》，是白羅海外辦案三部曲之一，故事靈感來自中東的旅行經歷。一九七四年第一次改編成電影大獲好評。

1936　46歲
- 出版《美索不達米亞驚魂》，白羅海外辦案三部曲之二。

1937　47歲
- 出版《尼羅河謀殺案》，白羅海外辦案三部曲之三，故事背景是年輕時與母親同遊的埃及。一九七八年第一次改編成電影大受歡迎。

1939　49歲
- 二次大戰期間，克莉絲蒂在大學學院醫院擔任義務藥師，學習到最新的毒藥知識，對於推理小說寫作大有助益。
- 出版《一個都不留》，是克莉絲蒂最著名作品之一。

1941　51歲
- 出版《密碼》，呈現出克莉絲蒂對戰爭的看法。
- 出版《豔陽下的謀殺案》。

1942　52歲
- 出版《藏書室的陌生人》、《五隻小豬之歌》等名作。

1944　54歲
- 以「瑪麗·魏斯麥珂特」為筆名出版第三部作品《幸福假面》，被美國書評人發現是克莉絲蒂的作品，讓她從此失去匿名創作的自在樂趣。

1950　60 歲
- 獲選為皇家文學學會的會員。

1953　63 歲
- 出版《葬禮變奏曲》。

1956　66 歲
- 一月獲頒大英帝國爵級大十字勳章（GBE）。
- 十一月以「瑪麗・魏斯麥珂特」為筆名出版《愛的重量》，是這個筆名的最後一部作品。

1958　68 歲
- 成為「偵探作家俱樂部」主席。

1960　70 歲
- 馬龍獲頒大英帝國爵級大十字勳章。

1961　71 歲
- 獲得艾克塞特大學頒發榮譽文學博士學位。

1968　78 歲
- 馬龍獲封為爵士，克莉絲蒂亦被稱為馬龍爵士夫人。

1971　81 歲
- 獲頒大英帝國爵級司令勳章（DBE），獲封為女爵士。

1973　83 歲
- 出版最後一部創作《死亡暗道》，亦為湯米和陶品絲最後一次辦案。

1974　84 歲
- 最後一次公開露面，出席電影《東方快車謀殺案》首映會。

1975　85 歲
- 八月六日，白羅成為有史以來第一次在《紐約時報》頭版刊出訃聞的小說主角，宣傳九月即將出版的《謝幕》，這也是白羅最後一次辦案。

1976　86 歲
- 一月十二日去世。
- 十月出版《死亡不長眠》，瑪波小姐的最後一次辦案。

附錄 2

克莉絲蒂推理原著出版年表

1920 史岱爾莊謀殺案 The Mysterious Affair at Styles（神探白羅系列）

1922 隱身魔鬼 The Secret Adversary（神探湯米＆陶品絲系列）

1923 高爾夫球場命案 The Murder on the Links（神探白羅系列）

1924 白羅出擊 Poirot Investigates（神探白羅系列）

1924 褐衣男子 The Man in the Brown Suit（神探雷斯上校系列）

1925 煙囪的祕密 The Secret of Chimneys（神探巴鬥主任系列）

1926 羅傑艾克洛命案 The Murder of Roger Ackroyd（神探白羅系列）

1927 四大天王 The Big Four（神探白羅系列）

1928 藍色列車之謎 The Mystery of the Blue Train（神探白羅系列）

1929 七鐘面 The Seven Dials Mystery（神探巴鬥主任系列）

1929 鴛鴦神探 Partners in Crime（神探湯米＆陶品絲系列）

1930 牧師公館謀殺案 The Murder at the Vicarage（神探瑪波系列）

1930 謎樣的鬼豔先生 The Mysterious Mr. Quin（神探鬼豔先生系列）

1931 西塔佛祕案 The Sittaford Mystery

1932 十三個難題 The Thirteen Problems（神探瑪波系列）

1932 危機四伏 Peril at End House（神探白羅系列）

1933 十三人的晚宴 Lord Edgware Dies（神探白羅系列）

1933 死亡之犬 The Hound of Death

1934 三幕悲劇 Three Act Tragedy（神探白羅系列）

1934 李斯特岱奇案 The Listerdale Mystery

1934 帕克潘調查簿 Parker Pyne Investigates（神探帕克潘系列）

1934 東方快車謀殺案 Murder on the Orient Express（神探白羅系列）

1934 為什麼不找伊文斯？ Why Didn't They Ask Evans?

1935 謀殺在雲端 Death in the Clouds（神探白羅系列）

1936 ABC 謀殺案 The A.B.C. Murders（神探白羅系列）

1936 底牌 Cards on the Table（神探白羅系列）

1936 美索不達米亞驚魂 Murder in Mesopotamia（神探白羅系列）

1937 巴石立花園街謀殺案 Murder in the Mews（神探白羅系列）
1937 尼羅河謀殺案 Death on the Nile（神探白羅系列）
1937 死無對證 Dumb Witness（神探白羅系列）
1938 白羅的聖誕假期 Hercule Poirot's Christmas（神探白羅系列）
1938 死亡約會 Appointment with Death（神探白羅系列）
1939 一個都不留 And Then There Were None
1939 殺人不難 Murder Is Easy/Easy to Kill（神探巴鬥主任系列）
1940 一，二，縫好鞋釦 One, Two, Buckle My Shoe（神探白羅系列）
1940 絲柏的哀歌 Sad Cypress（神探白羅系列）
1941 密碼 N Or M?（神探湯米＆陶品絲系列）
1941 豔陽下的謀殺案 Evil Under the Sun（神探白羅系列）
1942 五隻小豬之歌 Five Little Pigs（神探白羅系列）
1942 藏書室的陌生人 The Body in the Library（神探瑪波系列）
1942 幕後黑手 The Moving Finger（神探瑪波系列）
1944 本末倒置 Towards Zero（神探巴鬥主任系列）
1945 死亡終有時 Death Comes as the End
1945 魂縈舊恨 Sparkling Cyanide（神探雷斯上校系列）
1946 池邊的幻影 The Hollow（神探白羅系列）
1947 赫丘勒的十二道任務 The Labours of Hercules（神探白羅系列）
1948 順水推舟 Taken at the Flood（神探白羅系列）
1949 畸屋 Crooked House
1950 謀殺啟事 A Murder Is Announced（神探瑪波系列）
1951 巴格達風雲 They Came to Baghdad
1952 殺手魔術 They Do It with Mirrors（神探瑪波系列）
1952 麥金堤太太之死 Mrs. McGinty's Dead（神探白羅系列）
1953 黑麥滿口袋 A Pocket Full of Rye（神探瑪波系列）
1953 葬禮變奏曲 After the Funeral（神探白羅系列）

1954 未知的旅途 Destination Unknown

1955 國際學舍謀殺案 Hickory, Dickory, Dock（神探白羅系列）

1956 弄假成真 Dead Man's Folly（神探白羅系列）

1957 殺人一瞬間 4:50 from Paddington（神探瑪波系列）

1958 無辜者的試煉 Ordeal by Innocence

1959 鴿群裡的貓 Cat Among the Pigeons（神探白羅系列）

1960 哪個聖誕布丁？ The Adventure of the Christmas Pudding（神探白羅系列）

1961 白馬酒館 The Pale Horse

1962 破鏡謀殺案 The Mirror Crack'd from Side to Side（神探瑪波系列）

1963 怪鐘 The Clocks（神探白羅系列）

1964 加勒比海疑雲 A Caribbean Mystery（神探瑪波系列）

1965 柏翠門旅館 At Bertram's Hotel（神探瑪波系列）

1966 第三個單身女郎 Third Girl（神探白羅系列）

1967 無盡的夜 Endless Night

1968 顫刺的預兆 By the Pricking of My Thumbs（神探湯米＆陶品絲系列）

1969 萬聖節派對 Hallowe'en Party（神探白羅系列）

1970 法蘭克福機場怪客 Passengers to Frankfurt

1971 復仇女神 Nemesis（神探瑪波系列）

1972 問大象去吧 Elephants Can Remember（神探白羅系列）

1973 死亡暗道 Postern of Fate（神探湯米＆陶品絲系列）

1974 白羅的初期探案 Poirot's Early Cases（神探白羅系列）

1975 謝幕 Curtain: Hercule Poirot's Last Case（神探白羅系列）

1976 死亡不長眠 Sleeping Murder（神探瑪波系列）

1979 瑪波小姐的完結篇 Miss Marple's Final Cases（神探瑪波系列）

1991 情牽波倫沙 Problem at Pollensa Bay

1997 殘光夜影 While the Light Lasts

國家圖書館出版品預行編目（CIP）資料

本末倒置 / 阿嘉莎・克莉絲蒂（Agatha Christie）著；斯韌譯. -- 二版.-- 臺北市：遠流出版事業股份有限公司, 2024.04
面；　公分. -- (克莉絲蒂繁體中文版20週年紀念珍藏；66)
譯自：Towards Zero
ISBN 978-626-361-537-3(平裝)

873.57　　113001932

克莉絲蒂繁體中文版 20 週年紀念珍藏 66

本末倒置

作者 / 阿嘉莎・克莉絲蒂
譯者 / 斯韌

主編 / 陳懿文、余式恕　校對 / 呂佳真
封面、內頁設計 / 謝佳穎　排版 / 連紫吟、曹任華
行銷企劃 / 舒意雯　出版一部總編輯暨總監 / 王明雪

發行人 / 王榮文
出版發行 / 遠流出版事業股份有限公司
地址 / 104005臺北市中山北路一段11號13樓
電話 / (02)2571-0297　傳真 / (02)2571-0197　郵撥 / 0189456-1
著作權顧問 / 蕭雄淋律師

2003年12月1日 初版一刷
2024年4月1日 二版一刷
定價 / 新臺幣380元（缺頁或破損的書，請寄回更換）

ISBN 978-626-361-537-3

遠流博識網 http://www.ylib.com　E-mail: ylib@ylib.com
遠流粉絲團 https://www.facebook.com/ylibfans